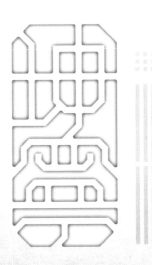

八

時鏡

第二二二章　最好的芳吟

點在屋內的燭臺，已經翻倒在地，熄滅成一片黑暗。僅有院中的燈光能模模糊糊穿過雪白的窗紙，映照入這一間屋子。

姜雪寧都不知自己是怎樣走過去的。

又到底是怎樣一種力量在支撐著自己的身體，使她不至於在行進的中途倒下。

刀琴臉上的傷口有血，甚至手上也沾滿了血跡，彷彿是才替誰用力地按住傷口。

那血從他手指上滴答往下落。

在姜雪寧從他身畔走過時，這清俊寡言的少年幾乎哽咽：「是我慢了……」

姜雪寧卻跟聽不見似的。

她只能看見那順著地磚縫隙蔓延的血泊。

原本整齊的屋子裡，箱篋書本帳冊，幾乎都已經翻亂，幾本帳冊與一遝宣紙散落得到處都是。那個昔日清遠伯府的庶女、那個過去吃了好多好多苦的姑娘，就那樣奄奄一息地搭垂著眼簾，無力的腦袋輕輕靠在多寶格的底部，清秀的面頰已失去血色。腹部那一道猙獰的從背後捅過來的傷口，被她手指捂著，可鮮血依舊靜寂地流淌，一點一點帶走她所剩無幾的生機。

怎麼會呢？

不該是這樣的。

姜雪寧還記得自己去清遠伯府赴宴的那天，幾個凶惡的婆子從走廊那頭衝過來，氣急敗壞地追趕著她，她又怕又急，撞到了她，弄髒了她的香囊。那一滴眼淚從她大大的、清澈的眼睛裡掉落下來，讓人想起草尖上的露珠。

局促，柔軟，笨拙。

就像是那根草，微不足道，卻有著頑強的生命。

即便是被那幫壞人抓住，使勁地往水裡摁，也在用力地掙扎，拍打著湖面，濺起漣漪，攪得水波亂了，倒映在其中的天也皺了。

她救了她之後，曾經誤解過她，以為她毫無資質，不求上進。

可她給了她驚喜。

從宮裡出來的那一天，她將那裝著銀票和香囊的匣子雙手捧到她的面前，小心而又充滿希冀地望著她，卻不知在她心底掀起了怎樣的波瀾。

那一刻，才是姜雪寧重生的真正開始。

離開京城兩年，幾乎都是尤芳吟陪在她身邊。

從蜀中，到江南。

外人眼中她或恐是不受寵的伯府庶女，溫婉的任氏鹽場少奶奶，甚至是會館裡以誠以信的尤會長，可在她眼底，她永遠是那個一根筋的、認定了便對人掏心掏肺的傻姑娘……

姜雪寧覺得自己此刻的身與心已經分作了兩半，反倒使她擁有一種怪異的冷靜。

她來到她身畔，輕輕地跪在那片血泊裡。

然後伸手幫助她捂住那淌血已經變得緩慢的傷口，聲音裡有種夢囈似的恍惚，只是道：「芳吟，芳吟。我來了，沒有事了。他們都去叫大夫了，周岐黃的醫術那樣好，妳一定會沒有事的。」

尤芳吟的眼睫低低搭垂著，在聽見這聲音時，終於緩緩抬起。

然而眼前卻是一片的模糊。

姜雪寧背對著門口跪坐，她的視線也昏沉一片，就像是自己的魂魄已經被無底的深淵和索魂的地府拘走了一半似的，不大能看清她的模樣。

可她能分辨她的聲音。

於是竟在這一刻，做出了往日般尋常的神情，好像此刻不是生離死別一般，低啞地喚：「二姑娘，妳來啦。」

姜雪寧對她說：「不要說話。」

尤芳吟眼底漸漸蓄了淚：「刀琴沒有騙我。我叫他去找您，可好怕他不聽，去找大夫，耽擱了時間，叫我見不著您的面……」

姜雪寧的聲音已添了顫抖：「不要說話……」

她的眼淚卻突地滾落下來，潤濕了她烏黑的眼睫，透出一種前所未有的悲切：「他拿走了印信，東家！他拿走了我們的印信，蜀中和江南的生意，一定出了岔子……」

「不要再說了！」

這一刻，姜雪寧先前勉強堆積出來的那一點脆弱的平靜和冷靜，終於被她笨拙的執拗打破，大聲地打斷了她。然而緊接著，瘦削的肩膀就抖動起來，聲音像是被什麼堵住了一般，低啞下去。

不知是在對她說，還是在對自己說。

她一遍一遍重複。

「沒有事的。妳怎麼會有事呢？鹽場和商會，還有那麼多人在等妳，還有那麼多的生意要做，妳怎麼會有事呢？乖，別說話，不要哭，周岐黃很快就來了……」

可說著說著，眼眶便紅了。

眼淚猝不及防地掉下來。

她竭力地仰起頭，想要扼止住它們，不使自己在這樣的時刻看上去格外軟弱。然而無常的悲愴，卻似岸邊的浪濤，一浪一浪地拍打著她。她不是那沙灘上的石頭，只是趴在石頭上受了傷的水鳥，不斷地被那凶猛的浪頭按下去，整個浸沒。

世界彷彿失去了根基。

她什麼也抓不住，什麼也握不穩，在與這洶湧浪濤一次又一次的搏鬥中，她什麼也沒能得到，只留下染血的羽翼，折斷的指爪，還有那累累堆砌的傷痕……

姜雪寧克制不住地慟哭，她伸出自己的手臂，將尤芳吟緊緊地摟在懷裡，卻只感覺到冰冷的寒意將她包裹，令她瑟瑟發抖：「不哭，不哭，會好的……」

尤芳吟彎著唇笑。

眼淚卻是前所未有的滾燙。

明明是行將離去的人，可卻反而成了那個寬慰的人，試圖以自己微弱的言語，留下一點力量：「芳吟本來就是會死的人，當年是姑娘救了我，把我從閻王殿前拉了回來。活著的這幾年，都是芳吟不該得的。老天爺垂憐，才叫芳吟遇到您。姑娘，不要哭……」

姜雪寧泣不成聲。

尤芳吟卻好像被自己話語，帶回了當年。

在她暗無天日的過往裡，從沒有見過那樣明豔好看的人，也從沒有遇到過那樣明亮澄澈的天。

「我是死過一回的人，那底下好像也不可怕，就是有些黑，什麼也不看見，連黑也看不見……」尤芳吟有些費力地抬了手指，似乎想要在冰冷的虛空裡，描摹什麼，可卻破碎不成樣子。「那時候，我好像看見過一個人，她和我長得好像，一直看著我。後來您把我從水裡救出來，她一下就消失了。我再也……沒有看見過她……」

她烏黑的眼仁，倒映著窗紙上的光暈。

慢慢轉動著，視線卻落到姜雪寧面上。

她彷彿又成了當年那個無措且笨拙的少女，用輕紗似的聲音敘說：「都怪我太笨了，明明您提醒過我提防他，可我想，他救過我……」

姜雪寧摟著她的手收緊了，用力地握在了她的肩膀，卻壓不住那一股驟然襲來的椎心之痛。

周寅之！

倘若沒有用周寅之，當初的她沒有辦法救尤芳吟脫困離京；可也正因她用了周寅之，今日的尤芳吟才會遭此戕害，橫遭禍患！

命運兜兜轉轉，同她開了個天大的玩笑！

她哽咽著道：「沒有，沒有，妳怎麼會笨呢？妳做成了那樣大的生意，還來了忻州，籌備了糧草，連呂照隱那樣厲害的人，遇著妳都要吃癟，任公子對妳也讚不絕口……不是妳的錯，妳沒有錯……沒有人比妳好……」

先前的痛楚，竟漸漸褪去了。

尤芳吟覺得這一刻好奇妙，彷彿整個人都重新煥發了生機，於是懷著一分希冀道：「也比那個人好嗎？」

姜雪寧望著她。

她眼底便出現了那種幻夢一般的恍惚：「有時候，我會覺得，您不是在看我。您偶爾出神，好像是透過我，看見了別的什麼人。我就好怕，好怕，好怕那個人出現，把我趕走。我不會算帳，不怎麼識字，不知道怎麼做生意，也做不來那些算計，我好怕幫不上您的忙，好怕您不要我，好怕比不上她……」

姜雪寧終於怔住了。

然後淚如雨下。

這一世除卻上回與謝危，她從來不曾提及上一世的事情。那些都是應該埋葬在過往的祕密。她從來沒有想過，在她看見與上一世尤芳吟一模一樣的那張臉，想起上一世的尤芳吟時，會有人從她細微的神態裡發現端倪。

這個命苦的姑娘，是如此地細弱而敏感，默默將一切藏起。

她想起獄中那盞點著的油燈。

想起燈下影綽陳舊的帳本。

想起那個在伯府後院裡長大的怯懦姑娘，忽然有一天來同她說，她要同任為志立契假婚，以便逃離京城，投入寬闊天地，去做生意。

……

姜雪寧不住地顫抖著。

她沾滿了血的手指抬起來，試圖擦去尤芳吟面頰上的眼淚，可非但沒擦乾淨，還在那蒼白之上留下了觸目驚心的血痕。

第一次，她如此無助。

她緊緊地抱著這個傻姑娘，如同一個罪人般，抽噎著向她懺悔：「沒有，沒有。妳就是最好的。是妳讓我知道，我可以幫助別人，我可以同命運博弈。是妳讓這一切開始，我沒有救妳，是妳救了我，妳才是那最仁善的菩薩……老天爺再給我一個，我也不要。妳就是世上唯一的芳吟，最好的芳吟……」

尤芳吟笑了起來。

那是近乎滿足與幸福的笑。

在這昏沉陰慘的黑暗裡，竟有一種煥然生輝的光彩，如同驕陽皎月一般照耀。可轉瞬便黯淡下去，彷彿這一笑抽乾了她身體裡殘存的力量，燒光了僅有的餘燼。

在生命的最後，她用力地抓住了她的手。

就像是當初在那湖面上掙扎一樣。

她哭：「姑娘，我捨不得，我好想活……」

然而，連這掙扎的力量，也隨著她面上黯淡的光彩，一道微弱下去。

匯聚的血泊靜止了，冰冷了。

就像是那打翻的燭臺火芯，終於熄滅一般，曾在這個世間綻放過光彩的尤芳吟，也悄無聲息地熄滅了。

周岐黃拎著醫箱來了，聽見裡面的動靜，不敢進來。

遠遠傳來任為志嘶喊的聲音。

呂顯走近了房門，在看清裡面場景的時候，身子搖晃起來，竟像眩暈一般，一步一步，慢慢地往後面退了開去。

姜雪寧渾身都是血，跪坐在血泊裡，抱著那具漸漸變得冰冷的軀體。

周遭都是沉寂的黑暗。

有風吹進來，好像有一千一萬個魔鬼藏身在幽暗之中，桀桀地怪笑，諷刺著凡人自以為能夠掌控、實則為上蒼所擺布的命運。

可好不甘心。

好不甘心！

憑什麼！

憑什麼要擺布我！

那種滔天的仇恨，撕心裂肺著，尖銳地將她包裹，姜雪寧為之戰慄，哭紅了的眼，直視頭頂那片壓抑的黑暗，歇斯底里地向虛空質問：「她是我救回來的，你憑什麼向我要回去？既然已經放過了她，又怎麼敢這樣冷酷地把她奪走？你是想告訴我，重頭回來，就是什麼也不能改變嗎？我告訴你，你做夢！除非連我一塊殺掉，否則便睜大你瞎了的眼睛看著！這輩子，我絕不——絕不向你跪下——」

第二二三章 仇恨

「得了先生傳令後，本是要即刻前去的。只是將去時，聽下面人來回，周寅之去過了長公主殿下那邊，說了會兒話，好像還給了什麼東西。」刀琴屈膝半跪，在臺階下埋著頭，搭在刀柄上的手指握得緊緊的，似乎極力想要忍耐什麼，可仍舊紅了眼眶，啞著嗓道：「叫他們繼續留心後，才去找周寅之。可我去時，我去時……」

他去時，周寅之已在尤芳吟屋舍之內，持刀將人挾持。

尤芳吟有多重要，他豈能不知？

周寅之有人質在手便立於不敗之地，刀琴固然是武藝不俗，三番兩次欲要動手，可因為尤芳吟在對方手中，屢屢出險，只恐傷了人。

投鼠忌器者，未免束手束腳。

對方一路能爬上錦衣衛副指揮使之位，本也不是什麼庸才。電光石火間一次交手，刀琴險些被其一刀削去腦袋，幸而他及時退了一退，方才只劃了臉。

然而也就是這一退，給了周寅之機會。

在那一刻，這人的狠毒與不擇手段，體現得淋漓盡致——

他竟毫不留情地一刀從尤芳吟後心捅入。

染了血的繡春刀鋒利地貫穿了她的身體。

刀琴彼時渾身冰寒，所能做的只是衝過去將尤芳吟接住，慌忙按住她的傷口，試圖喊大夫來救。而周寅之，則趁此機會逃脫，順著後院的院牆翻出去，沒了影子。

謝危腰腹間的傷痕還未完全癒合，本該在屋中靜養，此刻卻立在廚房中，慢慢將一小碟新做的桃片糕放進食盒。

門外正是午後。

陽光懶洋洋照著，卻叫人覺不出半點暖意。

姜雪寧已獨自在屋內待了一整日沒出來。

尤芳吟出事的那晚，她用力地抱住那漸漸冰冷僵硬的軀體不鬆手，誰也沒辦法勸她，把她拉走。最終還是燕臨回來，徑直先將人打暈了，才送回房中。

整個府邸一片兵荒馬亂。

最為詭譎的是即刻傳令封城後，竟無周寅之蹤跡。直到子夜查過先前各處城門輪值的兵士，才揪出一干已被周寅之拉攏賄賂之人。原來從將軍府離開後，周寅之沒有耽擱半點時間，徑直出城逃命去了。

人死了。

凶手沒抓著。

次日蜀中和江南的消息終於姍姍來遲，報稱早在半個月之前，任氏鹽場與江南相關商會，皆先以參與謀逆之罪收監入獄，如有反抗者先殺以儆效尤。只是一則對方動手太快，下手太狠，連敢往外通消息的人都不剩下幾個；二則周寅之勒令圍城警戒，嚴防死守，扼住官道，幾乎斷了往西北去的消息；三則路途遙遠，若不經朝廷驛館以加急方式傳信，尋常消息要到忻州，少說得有一個月。

而周寅之也深知這一切。

查抄的事情留給錦衣衛和官府做，自己則單槍匹馬來了京城，演得一齣虛與委蛇的好戲，伺機向尤芳吟下手，奪走印信，以便取得其餘存放在各大錢莊、票號裡的萬貫之財。如此雷霆萬鈞的手段，明面上是周寅之，背後卻必定有帝王的支撐。

可姜雪寧醒來，聽了回報後，只是木然地一聲：「知道了。」

她把旁人都趕了出去，只把門關起來，什麼人也不想見，什麼消息也不想聽。連送到房門外的飯菜，都已經放涼了，卻不曾見她出來過一次，更不曾動過半筷。

謝危沒有抬起頭來看刀琴，只是搭著眼簾道：「周寅之動手之前便料到，在追殺他和救尤芳吟之間，你必會放棄前者，選擇後者。此人的心腸比你狠毒，並不出人意料。」

刀琴卻不如此以為。

他臉頰上的刀傷尚新，幾乎沒忍住眼眶發紅：「倘若屬下去得早些，或者晚些，尤姑娘都未必會遭他毒手。是我落人算計，束手束腳，才害了尤姑娘……」

刀琴跟著謝危的時日雖然久，見過的事情也不少，可生平少有對不起人的事，更何況是這樣的一個姑娘家？

他到底還是幾分少年心氣。

氣憤與愧疚，盡數湧來，壓得他抬不起頭，竟然掉了眼淚。他又不管不顧用力去擦，動作裡只有一股壓抑的狠勁兒，看上去格外狼狽。

謝危抬眸看了他一眼，輕輕嘆了口氣，卻道：「你沒有錯，別跪著了。」

旁邊的劍書也不大看得慣他這少見的孬種樣。

他走上前去，要用力拉他起來，皺著眉訓他：「有什麼好哭的？哭能把人救回來嗎？」

謝危只道：「把凶手抓了，以祭亡者，方是彌補之道。」

刀琴不肯起身，只咬著牙道：「刀琴願為效死！」

謝危將食盒的蓋合上，也不管他二人如何折騰，拎了食盒緩緩從他身邊走過去，只淡淡道：「且候些時日，等寧二來交代吧。」

只不過，走出去兩步，腳步又不由一停。

他轉身問：「呂顯近日如何？」

劍書一怔，片刻後才低聲道：「瞧著沒事兒人模樣，終日埋在房中理軍費帳目。昨日下面有個帳房先生來說，算錯了好幾筆。」

謝危靜默，便沒有再問了。

他拎著食盒往姜雪寧院子裡走。
傷勢未復，步伐不大也不快。
到得庭院外面的走廊上，竟正好瞧見沈芷衣。
這一位雖然被救了回來，卻暫時無法回到京城的公主殿下，穿著一身顏色淺淡的素衣，靜靜立在剛發春芽的花架下，向著庭院裡望去，目中卻似有些煙雨似的惘然。
謝危腳步於是一停。
他也向著那庭院中看了一眼，方才道：「殿下不去看看嗎？」
沈芷衣看見他，沉默半晌，道：「不敢。」
謝危道：「寧二為了救公主來邊關，尤芳吟追隨寧二而來，如今人卻因此沒了，殿下心中不好受，所以不敢見吧？」
沈芷衣竟從這話裡聽出了一分刺。
她凝視謝危。
謝危卻平淡得很，生生死死的事情彷彿也並不放在心上，只是道：「謝某若是殿下，也必輾轉反側不能入眠的。只不過立在此處也改變不了什麼。殿下如若無事，春寒料峭，還是不要立在此處吹風了，以免傷身。」
他往臺階下走去。
沈芷衣看著他的背影，不清楚那一絲敵意是否是自己的錯覺，然而偏偏這時候，她竟不想管謝危究竟是什麼身分。

所以異常直白地問：「謝先生是在嫉妒我嗎？」

謝危沒有笑，也沒有回答，搭著眼簾，便往前去了。

丫鬟們都戰戰兢兢伺候在外面，以備裡面姜雪寧忽然有傳喚。

桌上的飯菜早已放涼了。

房門卻還閉得緊緊的，半點沒有要開的跡象，裡面更是安靜極了。

其實房門沒有上鎖，也沒有從裡面拴住。

只是誰也不敢去攪擾她。

謝危來，都不需看那些個丫鬟一眼，便知是什麼情況，拎著食盒走上前去，便慢慢將門推開了。

大白天，屋裡卻十分昏暗。

一片有些晃眼的光隨著吱呀的開門聲，漸漸擴大，投落在冰冷的地面上。

某個昏暗的角落裡傳來冰冷的一聲：「滾出去。」

謝危聽見了，沒有生氣，只是走進來之後，返身又將門關上。

他拎著食盒，溯著聲音的來處找到她。

姜雪寧靠著一面牆，坐在昏暗角落的地上，兩臂鬆鬆半抱著屈起的雙膝。在聽見靠近的腳步聲時，她沒有半點表情的臉上，陡然劃過了一抹深重的戾氣，抬起眼眸來，便要發作。

然而入目卻是謝危的身影。

她面頰蒼白得近乎透明，身子好像一吹就能吹走似的單薄，沒有血色的嘴唇顯得脆弱，一雙眼卻因著面頰的瘦削而有一種驚人的幽暗，像是夜裡的刀光，利得能扎進人心裡。

姜雪寧看著他：「你來幹什麼？」

謝危在桌上放下食盒，將那一碟桃片酥，取來擱在她面前，只道：「吃點東西吧。」

他原想坐在她面前的。

可腰腹間傷口尚未痊癒，實在坐不下去，便輕輕伸手，從旁邊拉了一把椅子來，在她邊上坐下，向她道：「周寅之跑了，只怕一時半會兒抓不住，倘若妳先餓死，那可要人笑話了。」

姜雪寧注意到了他比往日滯澀了幾分的動作，平靜地道：「你不要命了。」

謝危卻道：「寧二，有時候不是人自己要站上山巔，攀上懸崖，是一路走到了頭，才知道是懸崖。世間事便是妳身後飛沙走石、摧枯拉朽的狂風。要麼站在原地，讓它將妳吞噬；要麼就被逼著，閉上眼睛，往前頭深淵裡跳。就算妳想，也沒有別的選擇。」

姜雪寧眨了眨眼：「憑什麼是我，憑什麼是她？」

謝危抬手，指尖觸到她面頰，將邊上垂落的一縷亂髮撥到她雪白的耳廓後。

聲音卻如雨後的山嶺，有一種水霧朦朧的靜靜寂。

他說：「人的一生，便是不斷地失去。不是這樣，也有那樣。妳不能抓住那些已經失去的東西，那會讓妳丟掉現在本還擁有的所在。」

這一刻的姜雪寧，是如此脆弱。

彷彿掉在地上都會摔得粉碎。

他的動作是如此小心翼翼，經過的袖袍，甚至都沒怎麼攪動空氣裡浮動的微塵。

她覺得自己像是一隻裝滿了仇恨與憤怒、不甘與悲愴的瓷瓶，明明內裡一片衝撞，可外表看上去卻冰冷得如同一層死灰。

世間有好多事令人困惑。

她注視著謝居安，卻一點也不合時宜地想起過往的事，然後問：「那天我說你曾殺過我，你為什麼沒有找我問個究竟呢？」

謝危搭著眼簾看她，慢慢道：「我不想知道。」

姜雪寧縹緲地笑：「你可真聰明。」

其實那一句話對這一世的謝危來說，並不公平。她也知道，可這不是她所能控制的。因為她是經歷過兩世的姜雪寧，過去發生的事情可以在別人的心頭磨滅，卻不能在她的心底祛除創痕。

謝居安總是一個敏銳的人。

許多事情覺察端倪，能猜個大概，卻未必一定要打破砂鍋問到底。

正所謂，難得糊塗。

他同張遮不一樣。張遮覺得，兩個人若要在一起，倘若有祕密，不能長久；可謝危太聰明，所以反而願意糊塗，有祕密於他而言並無妨礙，甚至只是一件微不足道的小事。

他只輕聲問她：「妳想說嗎？」

姜雪寧說：「我不想說。」

她慢慢後仰，腦後靠著冰冷的牆，眨了眨眼，卻恍惚想起很久很久以前的事，便靜靜地同他道：「其實打從年少時，見你第一面，我就討厭你。你穿著一身白衣裳，抱著琴，一副病懨懨要倒的癆鬼樣，看著叫人瞧不起，可行止與那些人一點也不相似，更與我不一樣。你最叫人生厭的，是那雙眼睛。好像什麼都知道，什麼都清楚，我甚至感覺你在憐憫我。你讓我知道，人與人有多不相同，讓我站在了鴻溝天塹的這一面。我什麼也不是，離京城越近，我越怕，也就越討厭你。後來我真的想過，如果再給我一次機會，讓我回到那個時候，我會拿走你的刀，摔了你的琴，把你扔在荒野，讓山裡的豺狼吃了你。」

一滴淚從她眼角滾落。

謝危慢慢伸出手去，將她攬住，讓她靠在自己腿上，低低道：「妳本該那樣做的。」

她緊繃著的身體終於輕顫起來。

姜雪寧到底還是在他面前露出了自己全部的軟弱，卻只盯著虛空裡某一個固定不變的點，說：「你是個很壞、很壞的人。」

謝危說：「我是。」

姜雪寧哭了很久。

謝危也聽了很久，然後慢慢道：「有時候做不了一個良善的人，便當一個很壞的人，也沒有什麼不好。妳要覺得自己可以變成不一樣的人，才能真的變成不一樣的人。打破那道給自己立下的藩籬，先相信，再去做。要麼被壓垮，要麼走過來。幸運總是歸於少數人的，而上蒼不會那麼眷顧我們。寧二，仇恨，有時候是個好東西。」

就像他希望，她能相信他們可以在一起一般。

去打破那道藩籬。

姜雪寧抬眸望向他，彎唇時不無嘲諷，可過後又只餘下深重的愴然，浮動的悲哀，問：「謝居安，你這輩子，就是這樣過來的嗎？」

謝危輕輕點頭：「嗯。」

他低垂著眼簾，想，以前是這樣過來的。

第二二四章　塵世亂起

姜雪寧的確想過：倘若自己是個壞人，便該防患於未然，扼殺於襁褓。既然明知周寅之前世作惡，今生何不敢在他做大之前，早早將人除去，以免有今日的禍患？

可她若真是個惡人了，又怎麼會救尤芳吟呢？

如果救了尤芳吟，便證明她不是個壞人。不是壞人，也就不會在一個人還未犯錯之前便因為他將來可能會犯的錯誤而先將其除去。

所以思來想去，竟成了一盤死局。

她就是這麼一個人，所以必然遇到這些事。

若一定要究個根底，或恐是——她還不夠強。

可若這般，世間事也太沒有道理。當年蕭燕兩氏聯姻不強嗎？謝居安到底身負了血海深仇，忍辱蟄伏二十餘年；前世的沈琅、沈玠不夠強嗎？一朝朝堂顛覆，橫死宮中，或者病死龍榻。

任誰強，也只強一時。

東風壓倒西風，西風又壓倒東風。

沒有誰能真的強一世。

天下的道理，怎麼能以強弱來論呢？

臨走時，謝危彷彿看出了她心懷中縈繞的困惑，只淡淡道：「天下的道理，確不該以強弱來論。然而沒有強弱，就沒有道理。弱者總喜歡向強者講道理，可道理從不站在他們那邊。」

說完，他收回了目光。那扇門又重新慢慢地關上了。四下裡靜寂無聲。

姜雪寧閉上眼，彷彿能聽到思緒浮塵的聲音。又坐了許久，她才慢慢撐著地面，起身來，拿起謝危擱在邊上的那一碟桃片糕，吃了幾口。

黃昏時候，她終於從屋裡出來了。

丫鬟們慌忙去布菜。

姜雪寧先喝了盅湯，才就著菜吃了一碗飯，洗漱過後，便叫人去找刀琴來。

聽見說姜雪寧要找自己，刀琴怔忡了半晌，才懷著忐忑不安一路來了，可立在臺階下時，那日尤芳吟遭難的情景又不免浮上心頭。

他不敢出聲。

只不過房門本就只掩了一半，沒關，姜雪寧埋頭在書案前寫什麼東西，一抬眼已經看見了他，靜默了片刻，道：「你進來吧。」

刀琴攥著刀的手緊了緊，嘴唇抿成一條壓攏的線，終於還是無聲地走了進來。

案頭上放著筆墨。

簡短的三封信已經寫好，姜雪寧待其墨跡吹乾後，便將信箋都摺了，分別放進三隻不同的信封，以火漆貼好，遞給刀琴：「周寅之一旦回京，忻州的事情便會十分棘手。你跟著先生多年，走南闖北，武藝高強，該有不俗的應變之能，所以這件緊要事，我想托你去辦。」

刀琴接了信，看著她。

姜雪寧續道：「這三封信裡，一封是寫給定非世子的，這個人說不定你們比我更瞭解；一封是給鄭保的，他如今該已經成了宮中的秉筆太監，是個『滴水恩，湧泉報』的人。況謝先生在京中的根基想必也不會那麼快就被完全拔除，正所謂蛇打七寸，我希望你帶著這兩封信去京城，分交二人後，暗中協調京中事宜，替我抓一個人。」

刀琴愣住。

姜雪寧抬眸望著他，一字一句道：「是一個女人，在周寅之的後院，該是他的妾室，從其尚未發跡時便跟著他，喚作『么娘』。我不知她有沒有為周寅之誕下子嗣，倘若沒有便罷了，有的話一併帶走。」

刀琴問：「第三封信呢？」

姜雪寧起身，走到盛了清水的銅盆旁，將自己沾了墨跡的手指浸入，聲音平緩無波：「抓到么娘後，留給周寅之。」

她搭著的眼簾下，是前所未有的淡漠。

刀琴靜默許久，才道：「是。」
姜雪寧道：「事不宜遲，你儘快啟程吧。」
刀琴卻駐足原地，似乎有話想說。
可唇分時，又覺喉頭發澀，無論如何，那些話也說不出口。
歉疚又有何用？
尤芳吟已經回不來了。
姜雪寧慢慢閉上眼，想起那個純粹的傻姑娘，便是打葉子牌也不忍心贏了別人，情緒險些沒能收住。
過了片刻，她強將它們壓了下去。
然後才對刀琴道：「你沒有錯，善也沒有錯。錯的只是那些仗人善、行己惡的人。芳吟不會怪你的，但她一定希望你幫她討個公道。」
刀琴原還強繃著，聽得此言，卻是鼻尖驟然一酸，眼底發潮，掉下淚來，砸在了手背上。他扶刀跪地，但道：「刀琴必不辱命！」
然後才起身，拜別姜雪寧，徑直大步走出門去。

從忻州到京城，天下已經亂了。

周寅之這一路上，甚至有種做夢般的感覺。

明明來時一切尚好，到處都傳揚著邊關打了勝仗的消息，士農工商一片喜色；可在他一路馳馬回官道時，竟看見許多衣衫襤褸的流民，攜家帶口，大多是從南邊而來。

而且越往東走，流民越多。

終於在入京前一日，他覺得自己安全了，忻州那邊的人即便想要追來也沒辦法，於是在驛館換馬的時候，問了一句：「本官從忻州一路回來，看見道中有流民無數，都是怎麼回事？」

驛館的驛丞難得接待這樣的大官，唯恐伺候不周，忙諂媚地道：「嗐，您先前去了邊關，恐怕還沒聽說吧？都說是天教在南邊作亂，好像是要——」

周寅之心頭一跳：「要反？」

驛丞也不大敢說，湊得近了，訕訕一笑：「下官不敢講，外頭那些個流民都這樣傳，說不準是哪裡來的謠言，所以都嚇得往北邊跑。」

「……」

周寅之的面色頓時寒了下來，他一手拽住韁繩，用力之大，幾乎使得韁繩粗糙的邊緣陷入掌心。

驛丞被他嚇著了。

周寅之卻再不多言，換過馬之後，竟然連停下來歇腳的意思都沒有，直接催馬上了官道，在天將暮時抵達京城。

第一件事便是回家。

在么娘的伺候下，也顧不得回答她關切的話語，換過一身乾淨的朝服，帶上那沒沾血卻好似血染的印信，立刻入宮覲見。

人到宮門口的時候，正遇上那吊兒郎當、晃晃悠悠從裡面走出來的定非世子。

這不成器的紈褲還邁著八字步。

一身都是富貴氣，腰間叮呤咣啷掛了一打玉佩，知道的說他身分尊貴與人不同，不知道的怕還以為是街上那些個騙子小販，出來兜售一窩破爛貨。

瞧見周寅之，蕭定非眉毛便挑了一下，半點也不避諱地瞧他一圈，笑著打招呼：「哎呀，這不是周指揮使嗎？都從忻州回來了啊。不過你這一趟去得可不趕巧，裡頭正發火呢。」

怎麼說也是皇帝昔日的恩人。

這兩年他在朝裡混了個禮部的閒職，倒結交了一幫與他一般不幹正事兒的權貴子弟，還在京城裡搞了個什麼「逍遙社」，極盡風花雪月之能事，稱得上紙醉金迷。

周寅之雖也不是什麼手段乾淨、品性端正之人，可也不想與這樣的人多打交道，更何況蕭姝厭惡這個沒死的兄長，他自不會與蕭定非深交。

所以此刻只淡淡頷首。

連話都沒搭半句，他便徑直從對方身邊走過，入得宮去。

乾清宮裡的情況，果然不好。

還沒走近，就已經聽見了沈琅暴怒的聲音：「好個天教！好個天教！吃了熊心豹子膽，也敢捲土重來！也不看看一幫流民匪類，能成什麼氣候！當年先皇怎麼叫這一幫亂臣賊子伏法，朕今朝便怎麼叫他們有來無回！來人，去宣定國公蕭遠來！」

鄭保匆匆從門內出來。

迎面撞上周寅之。

周寅之對著這種皇帝身邊伺候的人，向來是客客氣氣的，於是輕輕拱手，壓低了聲音：「鄭公公，聖上那裡？」

鄭保看他一眼，道：「一個時辰前的加急消息，兵起金陵，天教反了。」

尤芳吟下葬的日子，選在正月十四。

南邊漸漸亂了的消息雖然晚些，但也陸續傳到忻州。

前有朝廷，後有天教。

天下將亂，黎民不安。

別說是百姓流離失所，甚至就連他們想要扶棺回蜀也不能夠，幾經計較，竟只能在忻州城外找了個風水不錯的地方，將人下葬。

萬貫家財，被朝廷清抄一空；鹽場商會，更已無半點音信。

這時候的任為志，喝了幾日的酒，操持著喪禮，一覺醒來看見外頭慘白的天光，聽見那喧鬧的動靜，跟著走到外面去，看見素服的眾人，還有那一具已經抬上了車的棺木，竟有種一夢回到往昔的錯覺。

孑然一身，形影相弔。

除了自己，一無所有。

姜雪寧也立在那棺木旁。

連那位很厲害的謝先生也來了。

任為志走過去時，就那樣久久地注視著姜雪寧，想芳吟若不來這一趟，或許便沒有這一遭的禍事。可沒有姜雪寧，芳吟當初也不會得救。

直到唱喏聲起，他才恍惚回神。

這位曾經潦倒落魄又憑藉大膽的銀股絕地翻身的任老闆，一身書生氣，卻又恢復原本那潦倒落魄的模樣，捧了牌位，走在前方。

出城。

入土。

安葬。

一座新墳便這樣立在了山腳，紙錢飛遍天。

姜雪寧靜靜地看著黃土越堆越高，最終將棺槨完全埋住，只覺得心內荒蕪一片，彷彿已經生了離離的蒿草。

謝居安等人在後方看著她。

她卻在那新刻的墓碑前蹲下，輕輕伸手撫觸著那粗糙的石面，道：「我有話想單獨對芳吟講，讓我一個人多留會兒吧。」

眾人盡皆無言。

任為志先轉身離去，彷彿在這裡多待一刻，都是煎熬。

其餘人看向謝危。

謝危靜默半晌，情知很快便要離開忻州，也知尤芳吟在她心中有何等的分量，到底還是沒有多言，只吩咐了幾名軍中好手，隔得遠遠地看著。自己則與其餘人等，到山腳下的平坦處等候。

誰也沒有說話。

然而過得有大半刻，正當謝危想叫燕臨上去看看時，那山林之中竟然驟然傳來了驚怒的暴喝：「什麼人？」

刀兵交鋒之聲頓起！

所有人都覺得頭皮一炸，悚然震驚。

燕臨的反應更是極快，想也不想便抽劍疾奔而上！不片刻到得新墳處，卻只見數十黑巾蒙面之人似從山上重疊的密林之中竄出，與周遭看護之人鬥作一團。

這些人手持兵刃皆奇形怪狀，更兼一股詭譎，呼啦啦一甩，便套在人腦袋上，再一拽整個頭都跟著旋割下來！

端的是殘忍凶惡！

竟然都是血滴子！

燕臨顧不得許多，掃眼一看，原本那墓碑前面哪裡還有姜雪寧蹤跡！

對面山林中卻隱約有人影迅速離去。

今日本就是喪葬之事，又是在忻州城外，誰能想得到竟會有人神不知鬼不覺埋伏在此地？一行人等帶了兵刃的都少，軍中之人更擅群戰，打仗拚戰術，若論單打獨鬥又豈能與江湖上這些刀口舔血的狠毒之人相比？一時半會兒竟奈何不得他們，眼睜睜被這幫人纏鬥拖延，看著山林裡的人影迅速消失！

「寧寧——」

燕臨目眥欲裂，一劍豁開了面前那名黑巾蒙面人的胸膛，滾燙的鮮血濺了滿身滿面，卻連擦也不擦一下，硬生生殺出一條血路向林中追去！

整座墳場，一時慘若地獄。

刀劍相交，肢體相殘。

血跡拋灑。

有那麼幾滴落了下來，濺到那座今日剛立起來的嶄新墓碑之上，也將上頭輕輕擱著的一頁紙染上斑駁的血點。

謝危傷勢未愈，跟著來時，腳步急了一些，不經意間牽動傷口，腰腹間隱約有滲出一抹鮮紅。

見得這場面，他還有什麼不明白？

這一刻，只感覺天底下別無所有，僅餘下冰冷肅殺、風起如刀！

他踩著腳底下那些躺倒的屍首，從橫流的鮮血當中走過，立到那座墓碑前，將那一頁紙拿了起來，慢慢打開。

已經有許多年，不曾見過這字跡了。

在這封信裡，寫信之人並不稱他為「少師」，而是稱他——度鈞！

『大爭之世，聚義而起；汝本受恩，竟以仇報。苦海回頭，尚可活命。正月廿二，洛陽分舵，候汝一人，多至當死！』

「萬休子……」他面容蒼白，竟陡地笑了一聲，捏著那頁紙的手背卻隱隱有青筋微突，慢慢道：「正愁找不著你，倒自己送上門來。」

第二二五章 萬休子

一瓢冷水潑到臉上，姜雪寧終於悠悠轉醒。

喉嚨鼻腔裡隱隱還泛著一點嗆人的味道。

她有些不適地咳嗽了兩聲，想要伸出手捂住口時，便發現自己兩隻手都被捆縛在了身後，綁在一根徑有一尺的圓柱之上。那麻繩有些粗糙，綁得太緊，已經在她腕間的肌膚上磨破了皮，留下幾道深淺的紅痕。

水珠從她濃長的眼睫墜下，擋了她的視線。

她費力地眨了眨，眼前才慢慢由模糊變清晰。

一間有些簡陋的屋子，木窗木地板，門口黑壓壓都是人，正前方卻擺了一張翹頭案，一方茶桌，一個身穿藍灰色道袍的白髮老道就坐在旁邊鋪了錦墊的椅子上，正上上下下拿眼打量她。

邊上一名年輕的道童見她醒了，便將手裡的水瓢扔回了桶裡，退到老者身旁垂首而立。

姜雪寧終於想起來了。

距離她被抓已經過去了好幾日，對方一行蒙面人忽然從林中竄出，速度極快，她根本沒來得及呼喊，便被人從後方以沾了嗆人藥水的巾帕捂住口鼻，沒片刻便昏倒過去。中途有數次醒來，都在馬車上，是被這些人弄醒，叫她吃些東西。可看管極嚴，往往剛吃完東西便重新將她迷倒。

整個人於是昏昏沉沉。

乍一醒過來，她晃晃腦袋都像是在搖晃漿糊。

只不過在看到這老頭兒時，她忽然就清醒了——

不僅因為這老頭兒她從沒見過。

更重要的是，眼下醒來竟然不是在馬車上，而是在一間屋子裡，還將自己綁在了圓木柱上，想必是要審問她了？

那老者雖然也穿道袍，卻與謝居安不同。

謝居安的道袍，是俗世間文人隱士慣來穿的，雖是依道觀裡道士袍的形制改良而來，可從來是既不繡太極也不繡八卦的。這老者穿的卻是八卦紋樣綴在袖底袍邊，加之頭髮在頂上束成盤髻，身高而體瘦，臉頰兩邊顴骨高突，眼窩微凹，雙目卻精光內斂，若非面上有股隱隱的歪門邪道之氣，配上那把花白的鬍鬚，倒的確有點世外高人、得道真仙的架勢。

他小指留著不短的指甲。

人雖老瘦，面上的皺紋卻不太多，儼然是駐顏有術。

一名身段玲瓏的妙齡女子，看著也就二八年紀，穿著一身石榴紅的紗裙，也不知是故意還是怎的，衣衫微亂，胸前敞開，露出整段脖頸和一側香肩，只乖順地跪坐在那老者腳邊，輕輕為他捶腿。

老者的手則從她脖頸滑下去。貼著她細膩的肌膚，便輕輕放在她後頸處，又換了手背挨著，竟是拿這妙齡少女當暖爐！

姜雪寧眼皮跳了跳。

那老者的目光卻停在她身上，仔細打量她細微的神情，見她雖從迷藥的藥力裡被冷水潑醒，卻只看了一圈周遭，並未慌亂，不由道：「小女娃倒是很鎮定，不愧能被他瞧上。」

姜雪寧不知他說的「他」是誰。

但左右看看，裡外拿刀拿劍的都有，穿常服的穿道袍的不缺，可唯獨這老頭兒一人坐著，還有小美人兒捶腿，不用想都知道該是這一場的始作俑者了。

她哪裡有什麼驚慌呢？

當下只道：「尊駕出動那樣多的人，花費那樣大的力氣，將我迷暈抓了來，除了綁起來之外也不打不殺，那想必是我這個人還有不小的利用價值。既然如此，性命無憂，急有什麼用呢？」

老者便笑了一聲，竟多了些讚賞之意：「不錯，識得大體。貧道修道多年，俗世的名都已忘了，道號『萬休子』，喚我『真乙道人』也可。此番大費周折請姜二姑娘來做客，手底下那些小孩兒做事沒輕重，路上若有怠慢，還請姑娘海涵。」

萬休子！

真乙道人……

儘管心中已有準備，可真當這名號在耳旁響起時，姜雪寧還是心底冒了一股寒氣。

萬休子道：「這也不驚訝嗎？」

姜雪寧道：「若沒猜錯的話，去年山東泰安府遇襲，便該是閣下的手筆。只是那一次沒成罷了。天底下沒有『千日防賊』的道理，想防也難。道長處心積慮，伺機而動，得手也不奇怪。」

萬休子頓時撫掌大笑：「好，好！」

姜雪寧可聽說過這人。

儘管前世從未見過，也不知對方最終下場如何，可二十餘年前聯合平南王一黨攻入京城，殺得半座京城染血，連皇族都差點覆滅，可算得上是謀逆史上濃墨重彩的一筆。

朝廷簡直對此人恨之入骨。

奈何天教在南邊勢大，而自打當年事敗後，萬休子便甚少再出現於人前，只通過自己手底下的親信操控教眾，非不得已絕不露面，行蹤甚是隱祕。

所以即便官府絞殺多次，也未有所得。

她一時倒不特別能猜透對方為何抓自己來，是以不敢輕易開口接話。

但是跪坐於地給萬休子捶腿的那姑娘，聽得萬休子竟對姜雪寧這樣和顏悅色，竟吃了味兒，朝她橫了個白眼，轉過頭卻越發楚楚可憐地挺著胸脯往萬休子面前湊，聲音嬌軟得讓人起一身雞皮疙瘩：「教首，今日已將暮時，您還不服仙丹麼？奴、奴這裡擱久了……」

萬休子垂眸看她一眼。

那妙齡女子便討好地自懷中摸出一丸紫紅色的丹丸，朝著他遞來。這丹丸乃是花了許多力氣煉製而成，是萬休子日常所服，至於效用麼……

萬休子往那女子臉上也摸了一把，才將那枚不大的丹丸取了出來，放入口中服下。

姜雪寧看著，隱約覺察出這二人的關係來，看得一陣惡寒。

萬休子服食丹丸後面色稍稍紅潤了些，只拿手點過那妙齡女子的胸口、脖頸，最後掐著下頷，抬起她臉來打量，又重看向姜雪寧，似乎在比較著什麼。

那女子酸得很：「奴不好看麼？」

萬休子原先還好好的，這一句話之後卻不知怎的，面色瞬間陰沉下來，竟然掐著那女子的下頷狠狠往後一推，冷誚道：「妳也配同她比？」

那女子委屈得掉眼淚。

萬休子似乎要發作，但瞧著她這可憐樣，又輕輕伸手拍了拍她臉頰，像是對待個玩物，倏忽間卻恢復成先前那種平淡的口吻，道：「度鈞破了例，看得上她，自然比妳要好許多。」

那女子咬緊了嘴唇，卻一瞬間看向姜雪寧，似乎不敢相信，甚至出現了幾分比先前更強烈的妒色。

就是周遭那些教眾，也都忽然有些嘈雜的聲音。

四面的目光好像忽然都落到了姜雪寧身上。

有驚奇，有探尋，有不可思議。

姜雪寧整個人都有點不大好，倒不是沒見過世面，被這點小場面嚇住，而是覺得這些人看自己的目光與先前不一樣了，好像是在打量什麼從未見過的人一樣。

仔細一聽，隱約有人說「度鈞先生居然也找人修煉了」、「這女人好大本事」……

他們話裡提及的「度鈞」……

這名字姜雪寧有印象。當初通州一役，張遮便是假借「度鈞山人」的名義混入天教！如今，萬休子竟然說，是度鈞看上了她？

她心電急轉之下，面上未免有些色變。

萬休子將這看在眼中。

他忽然意識到了什麼，發白的眼珠慢慢轉了一圈：「妳還不知道度鈞身分？」

姜雪寧心頭一跳。

若沒萬休子這一句，她自不明白。

然而多了這一句，腦海中一道靈光劈作電光，幾乎炸得她渾身一陣戰慄，心裡於是浮出了那說出去只怕也沒人敢信的答案——謝居安！

萬休子咂摸咂摸，似覺興味，又將那妙齡少女扯來，上搓下揉，腹間發硬，神情卻好像不為所動，只是在提起「度鈞」二字時，便漸漸想起這二十餘年的事來。

他冷冷地哼了一聲。

說話時卻有點喟嘆之感：「一晃許多年，本以為替天行善，卻沒想引狼入室，養虎為患。貧道倒也不是耐不住氣性，只是如今身子雖還進補得當，夜能禦女，調和陰陽以為修煉之道，可到底年光易去，壽數有盡，再不舉事只怕空為姓謝的做嫁衣裳。沒想到，上蒼有好生之德，竟然助我，偏要他為女色所誤，露出這樣大的破綻！貧道豈有不笑納之理？」

姜雪寧隱約聽出點意思了：原來抓她，是為了對付謝居安。

那妙齡少女在萬休子手底下哼哼唧唧地叫喚。

萬休子對她卻只像對件物品似的，雖玩弄，卻無半分垂憫之意，看了只叫人毛骨悚然。

他甚至還笑了一聲。

只道：「我天教乃是道教正統，當淡欲求。只是不沾衽席之事算不得修煉，得是男陽女陰調和，身與意分，身交融、意守中，不亂其性，方為『得道』。我本當他有慧根，叫公儀尋了幾個乾淨的，陰年陰月陰日，放他床上給他修煉。我是想著，『孤陽不長』，女人那處終究是魂銷窟，英雄塚。不早修煉，他日緊要時見著什麼尤物妖精，下半身走不動，到底會誤事。豈料，他倒不肯領情。」

話說到這裡時，萬休子的神情已變得愉悅了幾分。

尤其是在看向姜雪寧時，竟透出幾分滿意。

他這兩年實在難得逢著這樣得意的時刻，尤其是逮著謝危短處，只等著人自投羅網，整個人都放鬆不少：「哼，這些年來我也知道他不安分，在京城裡已儼然不將我這個教首放在眼中了。只是他自來行事縝密，欲情愛恨不沾身，便弄死他幾個親信，他也是不眨眼不過問的冷血，實在尋不著什麼破綻。可惜呀，當初他不理會，我沒拿捏成他；如今，便成了他的死穴。這樣厲害的人，終究沒逃出個『情』字，栽在女人身上。老天爺都偏幫我，要我登臨大寶，主宰天下啊！」

姜雪寧聽這糟老道汙言穢語，臉色已差了幾分。

再想起自己身陷囹圄，卻不知要為謝危、燕臨等人帶來多大的麻煩，便更沒辦法笑出來了。

萬休子卻似故意一般，又問：「他被妳捅上一刀也不還手，想必是得了妳陪著修煉，很是得趣吧？」

「修煉」……

姜雪寧眼角微微抽了抽，只當沒聽到。

轉而卻道：「宮中有方士以汞煉丹，專奉天子，能使人回到少壯之時。教首若擔心年歲不久，倒可一試的。」

「哈哈哈哈……」

萬休子竟然仰頭笑出聲來，根本不為她此言所動。

「狗皇帝得了妖邪方士進獻的丹丸，命不久矣！小女娃，妳當我不知道汞有劇毒？道家修煉是養生之道，自然溫補。妳若想看我服食丹丸暴斃，怕是沒這可能。」

姜雪寧：「……」

正兒八經搞養生的邪教頭目，在這遍地都是嗑汞丹的方士裡，可真真一股清流。

她實在服了。

萬休子瞅了一眼外頭漸漸昏暗下來的天色，只道：「沒剩下兩個時辰了，倘若度鈞不來……」

他回眸看向姜雪寧。

姜雪寧心裡暗罵一聲，想了想謝居安為人，連白眼都懶得給這位教首翻，只道：「放心，謝居安肯定來，只不過肯定不是一個人來。我若是教首，這時候收拾收拾東西跑，還來得及。」

萬休子瞳孔微微縮了縮，似乎在考量她這話。

半晌後，嘿然一笑，陰森森道：「本座也想看看。」

二人沒有再說話了。

姜雪寧話雖如此說，可也不過是基於她前世對謝危的瞭解，以及今生與謝危的交集，心裡並非真的有底。那人瘋的時候是什麼樣，她實在見識過了。真做出單槍匹馬、深入虎穴的事情，不是沒有可能。

只是那般便落入這人圈套了。

非但救不了她，只怕還要使二人陷入困境。

她心裡祈禱著謝居安不要出現。

如是等到子時初，也不見人。

萬休子的面色越來越差。

眼見著子時三刻的更聲就要敲響，外頭一陣急促的腳步聲響起，一名道童伏首在門外稟報：「啟稟教首，度鈞先生在分舵外請見！忻州大軍未有異動，沿途無人跟隨，確實獨自歸教！」

第二二六章 演齣好戲

洛陽子夜，寒星在天，不見明月。

眼前這座歸一山莊的莊門外看不見半個人影。

然而門旁守著的兩個人，手腳粗壯，膀大腰圓，抄著手還抱著刀劍，冰冷的目光掃過謝危時，透著濃濃的警惕，還有……

一點掩不住的驚訝與好奇。

天教上下，見過他的人並不多；見過他，且還知道他就是傳說中那位「度鈞山人」的人，更是寥寥無幾。

然而這些天與他有關的傳聞，卻傳得到處都是。

都說是公儀先生的死，疑點重重；此人非但叛教，還要恩將仇報，與教首起了齟齬；此次洛陽之行，便是教首終於要大顯神威，出山來對付他了。

可誰能想到，傳說中的度鈞先生，竟是這般？一身素淨的道袍，雖有幾分僕僕風塵之色，可墨畫似的眉眼裡卻帶著一種波瀾不驚的淡漠。雖孤身前來，也無半分懼色。

更重要的是，竟不是什麼糟老頭子……

比起當初他們常見到的公儀丞，謝居安實在是太年輕了，以至於讓他們有些不敢相信。

只不過，很快先前進去報信的道童就出來了。

到得門口，倒還恭敬。

竟然向謝危躬身一禮，只是未免有些皮笑肉不笑的味道，道：「教首與那位姜二姑娘，一道恭候多時了，先生請進。」

滿街空寂，從無人的街道上吹來，拂過謝危衣袂，飄搖晃蕩。

他卻是神情巋然。

也不多說什麼，眼簾一搭，渾無半分懼色，不像是受人掣肘甚至即將淪為階下囚的倒楣鬼，反倒有一種處變不驚的從容鎮定，彷彿進自家門一般，隨那道童從門內走了進去。

在天教的這二十餘年，他甚少以「謝危」二字發號施令，出謀劃策，而是取「度鈞山人」為號代之，為的便是他日潛入朝廷時，「謝危」這名字還乾乾淨淨，不至招來朝廷的懷疑，露出太多的馬腳。

所以也很少去各分舵。

洛陽這座分舵，他並不熟悉。一路跟著道童走時，他便不動聲色地朝著周遭看去，終於七彎八拐繞到了山莊的一座跨院。

外頭舉著明亮的燈籠，燈籠下頭黑壓壓一片都是天教教眾。

只聽道童道一聲：「度鈞先生來了。」

那一瞬間，所有人的目光都轉了過來，落到了他的身上。隨即，圍攏的人如潮水一般慢慢分開，給他讓出一條道來，目光卻一路跟隨著他，虎視眈眈。

可謝危視若無睹。

他連看都沒看這些教眾一眼，徑直從這條分開的道中走入跨院，於是看到了裡面開著的那扇門。

萬休子大費周折、處心積慮地將姜雪寧抓來，便是覺得度鈞對這女人十分特殊，覺得天賜良機，或恐自己能抓住他的軟肋。

只不過這從頭到尾都是一種猜想。

倘若謝居安收到他留下的信函後，今日置這女人的生死於不顧，沒有前來，他其實也不會有半分驚訝。所以，在親耳得聞謝危來了，又親眼看見他從外面走進來時，坐在椅子上的萬休子不自覺用力地握了一下自己掐著那妙齡女子肩膀的手，不由大為振奮。

那妙齡女子可沒料到，輕輕痛呼了一聲。

然而萬休子已將她一把推開了，雙目精光四射，帶著幾分森然的寒氣，迅速鎖定了謝危，笑起來：「好，好膽氣！你竟真的敢來！」

謝危立著，不曾見禮。

他甚至沒有先向萬休子看去，而是看向了姜雪寧。

自打聽見道童來報說，謝居安已經來了，她心便往下沉去；此刻見得謝危走進來，更覺心都沉到了谷底。

姜雪寧還被綁在圓柱上。

連日來都是被藥迷昏趕路，不久前又被一瓢水潑醒，她的面容顯得有些蒼白憔悴，尚有幾分未乾的水珠順著面頰滾落。一雙烏黑的眼仁望向他，眸光輕輕閃爍，彷彿有許多話要講，偏偏都藏在了靜默裡。

謝居安這些天已經無數次地想過，在洛陽分舵見到她，會是何等情形。

大局當前，他當控制自己。

所以在將一切一切的情形，甚至是最壞的情形都在心裡構想過一遍之後，他以為自己重新見到姜雪寧時，會是心如止水，不露分毫破綻。更何況，情況遠沒有自己想的那樣壞。然而只這期期艾艾的一眼，含著點輕如煙絲似的愁態，便在他心上狠狠撞了一下，讓他險些在這一瞬間失控，洩露那深埋於心底的戾氣與殺機。

萬休子饒有興趣地看著他，道：「看來你還真在乎這小女娃？」

謝危這才轉過了眸光。

只稍往萬休子腳邊上那委委屈屈、衣衫不整的妙齡女子掃上一眼，他便知道這屋裡方才沒發生什麼好事，又一想到方才姜雪寧便在這屋裡看著，眼底的霜冷便重了幾分，卻道：「教首傳喚，豈敢不至？只是姜雪寧乃是朝中同僚的女兒，曾救過我性命，論情論理，都不該被我所牽連。一個無關緊要的局外人罷了，且也不是姜伯游府上很得重視的女兒，只怕沒有什麼利用的價值。」

這是在撇清和她的關係。

只不過……

姜雪寧心底忽然生出了一絲狐疑，也不知為什麼，見他鎮定自若與萬休子對答，竟莫名覺得安定下來不少：謝居安一個身負血海深仇的人，仇還沒報，當不至於真將自己置身於無法翻身的險峻，該是有備而來的。就這撇清關係的幾句，便值得深思。

果然，姜雪寧能想到，萬休子也能想到。

他豈能相信這一番鬼話？

當下便冷冷地笑了一聲，不留情面道：「你在忻州風生水起，勢頭正好，為著個『沒有什麼利用價值』、『無關緊要的局外人』涉險來了洛陽，再撇清關係，不覺欲蓋彌彰嗎？你是什麼人，我心裡還是有點數的。你敢一個人來，想必該想過我會怎麼對付你了。教中對叛徒的手段，你是親眼見過的。」

謝危沒說話。

萬休子盯著他，一雙眼裡透出幾分歹毒：「當年是本座救了你的命，免了你命喪平南王刀下。人言道，滴水之恩當湧泉相報。你倒好！本座這些年來悉心的栽培，竟然是為自己養出了一大禍患。恩將仇報，不愧是蕭遠的兒子，一脈相承啊！」

姜雪寧心頭一跳。

謝危的面上沒了表情，抬眸直視著萬休子，攏在袖中的手，有一瞬的緊握。

然而他不是會被人激怒的人。

面臨這般激將，也只是道：「你救我也不過只是想留一步好棋，他日好叫皇族與蕭氏好看。既如此，這麼多年，我在朝中為你斡旋，為教中通風報信，便已還了個乾淨。本就是以利而合，兩不相欠，談何恩將仇報？」

萬休子勃然大怒，一掌拍了椅子扶手，忽然起身，抬手指著他鼻子便大罵起來：「好一個兩不相欠！倘若你這些年兢兢業業，為我天教盡力也就罷了。可你當我不問教中事務，便是個瞎子不成？你暗地裡做的那些勾當，我有哪一件不清楚？明著為天教，暗裡為自己！自打去了京城，北方諸分舵何曾將我這教首放在眼底？個個都成了你門下走狗！你眼裡，還有我這個教主，有我這個義父嗎？」

年少時的謝居安，實是驚豔之才。

天教上下，誰能與他並論？

萬休子初時帶著這身負血海深仇的孩子回金陵時，倒沒想過他有這樣大的本事；眼看著他聰穎過人，心思縝密，只當是天教有了好大一臂助力，處處施恩，甚至讓他協理教務，與公儀丞平起平坐，想要對方因此對自己言聽計從；豈料他是個主意大的，明面上挑不出錯，暗地裡卻野心勃勃，漸漸已成長為龐然大物，甚至連他掂量起來都不得不忌憚三分！

原以為可以掌控，為自己賣命的人，眨眼成了懸在自己脖子上的利刃，此恨誰能忍耐？

萬休子憎惡他至極。

只是如今先沒了公儀丞，後失了謝居安，天教上下未免有些人心渙散，且舉兵造反並不是什麼簡單的事，他年紀大了，再如何重視養生，也不復昔年盛況，漸感心力憔悴。

相形之下，對謝危便更恨之入骨。

這一番話說得是火氣十足，更有著一種居高臨下的凜然質問。

然而那「義父」二字，落入謝危耳中，只激起了他心懷中激蕩的戾氣，甚至想起了那滿是鮮血的宮廷、堆積如山的屍首，那種深刻在四肢百骸的噁心泛了上來。

當下竟然笑了一聲。

他漠然提醒：「教首忘了，二十餘年前，謝危已捨舊名，去舊姓，有母無父，有父當死。您的義子，姓蕭名定非，現在京城享盡富貴。」

定非公子的大名，天教誰人不知，哪個不曉？

教眾們想起來都心有戚戚。

這一下有幾個道童，似乎回憶起了那位混世魔王的做派，沒忍住打了個寒噤，把腦袋都埋得低了些。

萬休子聽得此言更是差點一口氣血衝上腦袋，頭暈目眩！

那該死的蕭定非這些年來不學無術，給自己添了多少堵，給天教找了多少麻煩！

他突然醒悟：「這混帳東西，原是你故意挑的啊！好，好得很！」

謝危並不否認，只道：「我已如約前來，教首若要論罪，該如何便如何。姜雪寧您也關了好幾日了，眼下該放了吧？」

萬休子看向姜雪寧：「急什麼？」

他冷冷一笑，竟然抬手示意旁邊的道童：「來都來一趟，我天教也不是什麼龍潭虎穴，便請她在此處盤桓幾日，陪貧道看經下棋，解解乏悶也好！」

道童們走上前去。

姜雪寧心中大駭，雖知道這糟老頭兒是在用自己威脅謝居安，可眼見道童朝自己走來，也不免毛骨悚然，終是沒忍住心裡那股火氣，罵了出來。

只咬牙道：「老妖道有話直說，站著說了半天都沒叫人把姓謝的打一頓，我看不像是他受你威脅，而是你有求於他！裝個什麼大烏龜！你敢叫人動手動腳，姑奶奶脾氣可不好，一個不小心咬舌自盡，看你拿什麼做籌碼！」

萬休子沒料想竟被這女娃一言揭破，面上頓時蒙了一層黑氣。

道童們上去要堵她嘴。

謝危的身形終於晃了一晃，卻忍住了沒動，冷冷道：「別碰她！」

這些個道童都是在萬休子身邊伺候的，周邊教眾不知謝危手段，他們卻是一清二楚的，聽見這聲音，幾乎凍得打了個哆嗦，竟下意識地停了下來，看向萬休子。

萬休子眉梢卻是一挑。

他滿意地笑了起來：「心疼了？」

謝危沒回答，卻道：「公儀丞是我殺的。」

他聲音平靜。

以至於乍一聽，只以為他是在說什麼尋常事。

然而等眾人慢上一拍，終於反應過來他說的到底是什麼時，只覺是平地裡投下了一道驚雷，劈得人頭暈眼也花，簡直不敢相信他說了什麼！

就是萬休子都愣了一愣，緊接著回想起兩年前發生的那通州一役，心裡都忍不住往外冒寒氣，伴隨而起的更有一股潑天的怒火！

他整個人都要炸開了！

公儀丞乃是他左膀右臂，對他忠心耿耿啊，甚至是他掣肘謝危的關鍵！

「你竟然敢認！」

萬休子的聲音，幾乎是從牙縫裡擠出來。

「我就知道，我就知道！」

謝危對自己一句話造成的震盪，彷彿渾不在意，而是繼續投下驚雷：「我對天教盡了幾分力，有目共睹；公儀丞一來京城，便指手畫腳，不識好歹，不怪我對他下狠手。殺了此人後，自京城到直隸，教中所有分舵全落入我手，只假意聽從總舵，實則非我之命不聽。你如今舉事，自南而北，若得北方教眾裡應外合，踏平皇城不過朝夕。只不過不趕巧，我料想教首不肯善罷甘休，留了一句話，倘若無我吩咐，戰起時便向朝廷投誠。大戰在即，即便要算帳也不是眼下，相信以沈琅的手段，會先將這些教眾編入軍中，事後再慢慢算帳。」

萬休子道：「好算計！為了同我作對，連朝廷和狗皇帝的力都借，倒把血海深仇都忘了。」

謝危道：「我固然有自立之心，卻不到要仰仗仇人鼻息的境地。原本是打算自己舉事，只是如今人在屋簷下，不得不低頭。並不想威脅教首，只想以此換教首放了姜雪寧。報仇乃是我心中第一等大事，自己舉兵，還是與教首一道舉兵，於我而言並無太大差別。還請教首高抬貴手，度鈞不才，願獻上朝廷於湖北、安徽二省九大重城兵力布防圖，助我教舉事。」

正所謂，敵人的敵人，就是朋友。

萬休子早年對謝危如此信重，便是因為他知道謝居安的身世，也知道他心底有著多深的仇恨。這樣一個人，被親族捨棄，為皇族棋子，是無論如何也不可能站在朝廷那一邊的。而為了有朝一日能復仇，他必然竭心盡力為了天教。

雖然他後來做大，但也沒有真的做出什麼格外妨礙或削弱天教的事來。

即便是此時此刻——萬休子也有足夠的理由相信，謝危對朝廷恨之入骨，為達目的不擇手段。在不能自己舉事時，屈就天教，絕不是沒有可能的事。

天教主要勢力都在南方，北方雖因謝危入朝為官而暗中發展教眾，可畢竟都握在謝居安手中。公儀丞一死，更使得他這個教首對北邊失去了掌控。

如今方舉事，看似勢如破竹。

可他心知肚明，越往北越難打，湖北、安徽二省更是難啃的骨頭，可對天教來說卻至關重要，占據這二省，便算占據了長江下游，尤其是湖北江城，九省通衢之地，實在是一塊肥肉。要說不心動，那是假的。

只是倘若放走姜雪寧，他手裡便失去了威脅謝居安的籌碼，雖然還不知道這女人在他心裡究竟占多少位置，可無論如何不能先放。

而且……

謝居安來是來了，也不算在萬休子意料之外。可這一切真如自己所料，事情發展順利，他又不免多疑猜忌：連嘗試都不嘗試，忻州邊關大軍按兵不動，多好的態勢？謝居安真能捨得下，竟然孤身犯險，就為了一個女人？

屋舍內，靜寂無聲。萬休子盯著謝危，似乎在考慮。

姜雪寧可沒料到這人一個人來這等險地，一字一句，竟然還有點反客為主的架勢，而且居然聲稱要與天教合作？她怎麼有點不相信呢……

謝危也並不催促，等著萬休子考慮。

半晌後，萬休子終於撫掌而笑，道：「都說是英雄難過美人關，你謝居安也有衝冠一怒為紅顏的時候！不錯。只不過，茲事體大，本座還是考慮考慮，總歸你二人都在這裡，如今舉事還一切順利，不著急。倒是你們，有情人見了面，倒只陪著我這糟老頭子說了半天話，實在不好。」

姜雪寧心裡翻白眼。

萬休子卻一下變成了好人似的，只朝著周圍擺手，示意眾人出去，又對謝居安道：「度鈞，本座也不多為難你，便委屈你與這女娃在休息會兒，也好敘敘話。待得明日，本座再給你答覆。」

話說完，他竟笑咪咪地走了出去。

所有人也都跟著退出。

話雖說的是請他們留在這裡休息一晚，可最後一名道童走出門時，半點也沒留情，徑直給房門上了鎖。走廊上的教眾也並未離去，顯然是防備著他二人逃竄。

屋內，便只剩下立在原地的謝居安，與綁在圓柱上的姜雪寧。

直到這時候，姜雪寧才發現自己後脊發涼，竟是方才聽謝危與萬休子你來我往時，不知覺出了一身冷汗。

如今人退了，那股緊繃的勁兒也就鬆了。

若非還被繩子幫著，只怕她整個人都要軟下來。

謝危默不作聲，朝著她走過去，伸手要幫她解開繩索。

姜雪寧轉頭凝視他雋冷的面容，這一瞬竟說不出什麼感覺，安靜下來時，便有一種深寂將她包裹，讓她眼底泛酸。這人竟真敢為了她以身犯險……

她說：「你真是瘋了。」

謝居安搭著眼簾，頓了片刻，道：「妳不早知道嗎？」

那繩索綁得太緊，略略一動便讓她手腕發疼。

姜雪寧笑了一聲，故作輕鬆地道：「我還當被天教劫走是個契機，他們威脅你，你不來，留著我無用，回頭我要些不入流的伎倆，再給那老妖道放點京中的情報，說不準因禍得福，逃脫你掌控，就這麼得了自由呢？你倒好，海角天涯不放過我。」

此刻兩人身陷囹圄，她是不想氣氛太沉，才說了這話。然而謝危根本沒有接話。

他解著繩結，卻未能第一時間，將其解開。於是這時候，才注意到，自己那解著繩結的手指，竟有著微不可察的顫抖。

姜雪寧半晌沒聽他回，還以為此人生了氣，然而轉眸向他看去時，目光順著下移，便看見了謝危慢慢收攏握緊的手掌。

只是他沒說什麼。照舊不搭話，要繼續解那繩索。

姜雪寧目光流轉，瞅了他半天，忽然道：「謝居安，我有個事兒很好奇。」

謝危看她一眼。

姜雪寧咳嗽一聲，便咬了咬唇，一副憋不住又想要忍笑的神情：「我看你那回挺會的。鬧半天，你沒睡過女人，還是個雛兒呀？」

「……」

第一時間，謝危是沒反應過來的。

然而在意識到姜雪寧究竟說了什麼之後，一張臉幾乎迅速黑了下來。

姜雪寧看見他這表情，終於沒忍住噴笑出聲。

她這模樣簡直像是終於揭了人的短處，有那麼點肆無忌憚、張牙舞爪的囂張姿態，簡直可恨！

謝危額頭青筋都跳了跳。

他到底是沒忍住，薄唇緊抿，直接一腳給她踹過去，示意她收斂點，老實點。

這一腳其實不輕不重，也不疼。

只不過姜雪寧看他這一副要殺人的表情，到底還是不想太過，憋了幾回笑，硬生生收斂回去不少，只是面上的神情仍舊顯得揶揄促狹。

謝居安這才重新低頭為她解繩索。

只是這回，方才那輕微的顫抖，已消失不見。

他忽然怔住。

看著姜雪寧腕間那些斑駁交錯的勒痕，謝居安回想起她方才出格的玩笑，這一刻，到底是感知到了她並不言明的體貼周全。

謝居安是何等心如明鏡的人？

閃念間已知道她故意開了這樣的玩笑打岔，舒緩他的情緒。

只是寧二，妳知不知道，那並非是因身陷險境，而是見著妳平安無虞後的餘悸……

謝危終於將那捆住她的繩索解開了。

姜雪寧兩手幾乎沒了感覺，痠麻一片，動上一動都疼，心裡不由得把萬休子祖宗十八代挨個問候了一遍。

謝危卻壓低聲音道：「在這兒等我。」

姜雪寧一怔：「你想去哪兒？」

謝危不答，目光向北面那扇緊閉著的窗落一看，腳步便跟著移了過去，只透過那一道窄窄的縫隙朝外面望。

姜雪寧也緊張起來，不敢出聲。

謝危似乎想推開那窗，做點什麼。

然而剛抬起手，目光流轉，又皺了眉，折轉身走回姜雪寧面前，竟然抬起右手拇指，便朝她唇上撫觸。溫熱的指腹，用了點力道，似乎想在上面留下什麼痕跡。

姜雪寧先是一驚，後是一頭霧水。

嘴角擦得有些疼。

她不由道：「幹什麼？」

柔軟的唇瓣，指腹一壓上去，便隨之而動。單單用手指，並不如他所想一般，那麼容易留下痕跡。況這一時潤澤的觸感，忽然間便喚醒了他內心的洶湧濃烈。

手指頓在她唇角。

謝居安毫無徵兆，埋頭便壓下來一個傾覆的吻。含吮輕咬，半是憐惜，又半是凶狠，一番蹂躪，微微喘氣了，才將她放開。

那原本櫻粉的唇瓣，便添上了一抹豔色，甚至因為他的過分，而顯出輕微的紅腫。

姜雪寧睜大眼睛看她。

好半晌，她終於反應了過來，抬手撫上唇瓣，火氣上湧，卻恐聲音太大叫外面人聽見，低聲咬牙問：「你有毛病嗎？」

謝危抿了抿唇，耳尖略有一分微紅，然而話出口卻貌似坦蕩：「演齣好戲。」

姜雪寧一頭霧水。

謝危被她盯得有些不自在，轉身又往窗前去，一面走一面問：「萬休子和妳講我以前的事了？」

姜雪寧心裡不痛快，覺得他莫名其妙。

於是冷笑：「講了，還挺多。什麼修煉不修煉的。」

謝危壓在窗沿上的手指卻忽然一頓，回頭看她：「妳怎麼回他？」

姜雪寧下意識道：「沒回。」

謝危看她一眼：「若他下回再以修煉之事試探，妳就說有。」

姜雪寧：？？？？？？？！

第二二七章　叫

這人究竟是想幹嘛？

現在萬休子明擺著是想拿自己來要脅他，可他非但不想撇清與自己的關係，還讓她下回說他們兩人修煉過？

姜雪寧實在沒想明白。

謝危說完，卻已經不管她是何反應，重將目光落在那窗縫上，看得半晌後，略略思索，竟然將自己寬大的袖袍一揭，將那柄總是綁在腕間的薄薄短刃解了下來。

姜雪寧：「……」

她低頭看了看方才解開後落在自己腳邊的那一團繩索，再抬起頭來看了看謝危那插向窗縫的刀刃，眼角便微微抽了一抽：「你既然帶著刀，剛才解繩子時，怎麼沒用？」

既然帶了刀，費力解什麼，直接一刀割開不好？

謝危已輕輕將那窗縫裡扣著的楔子推開，被她問起時身形凝滯了片刻，靜默良久後，回道：「忘了。」

姜雪寧：「……」

這都能忘，您可真是太厲害了！

謝居安沒說假話，方才為她解繩子時，實則沒想起旁的事兒。等到把繩子解開，想要按著自己定下來的計畫行事了，才自然地想起腕間刀。

天教上下都道他是靠腦子的人。

見著他身無長物進來，搜身時都沒警惕。何況此刃極薄，綁在腕間，只需用力握緊拳頭，使得臂上肌肉堅硬，便摸不出太大差別。

所以才這般容易帶了進來。

這扇窗不大，略略推開一條窄縫便能瞧見，即便是屋舍的後方也能瞧見人。

只是此屋本就在跨院，東北角就是院牆。

謝危略一思索，便向姜雪寧道：「我先出去，無論聽到什麼動靜，妳都不要驚慌。等上片刻，待我返回。」

姜雪寧一怔，還未及回答，他已經無聲地推開窗戶，竟稱得上迅疾無聲地翻了出去，緊接著便聽見外頭一聲疾呼，彷彿有些驚詫恐慌，然而還未完成就已經被人截斷，戛然而止。

隱約有噴濺之聲。

很快外頭守著的天教教眾就已發現了異常，一聲大叫：「跑出來了，他們要逃！」

姜雪寧頓時心驚肉跳。

外面謝危卻是有條不紊，翻轉刀刃先殺一人後，他便迅速奪過了這倒楣教眾的佩刀，又往那人脖子上劃了一刀，掩蓋掉先前由自己薄刃短刀造成的刀傷。

有人追上來。

可這些天教教眾知道他身分不同，有所顧忌，只想要將他抓住，動起手來不乾脆，反倒被他尋了時機，一刀一個撂倒在地。

他往院牆小竹林邊隱去，只將刀刃上沾的血拋灑過東邊院牆，在牆上留下個腳印，自己卻並不從此處越過牆去，而是折轉身來從東北角最高的一棵槐樹下頭翻過牆去。

天教這處分舵，是外鬆內緊。

裡頭看管極嚴，外面卻因為是官府的地盤，不大敢放太多人守著，也唯恐暴露。

但這恰恰好成了他的機會。

「人呢？」

「牆上有血！還有腳印！」

「快，一定是逃出去了，往北邊街上追！」

……

山莊內頓時火把大亮，到處一片嘈雜，教眾們往來呼喝，還有人迅速跑去稟告萬休子。

這時候，謝危已經順著外頭東北牆角，從容不迫地轉到了北面牆下，走了約莫二十步，便貼著牆聽裡面的動靜。

一切恰如他所料。

得知人跑了之後，裡面頓時慌了神，立刻有話事人叫人拿鑰匙打開了門查看情況，只道：「只跑了一個，那娘們兒還在！」

誰能想得到，謝居安孤身前來，一副將生死置之度外的架勢，現在竟然拋下姜雪寧，自己逃跑？

可以說所有人都沒準備。

甚至有些百思不得其解：若是要跑，一開始又何必如此涉險？

但總歸人跑了，倘若不趕緊將人抓回來，回頭教首發怒追責，誰也擔不起責任。是以下頭這些人根本顧不得多想，趕緊調動起人手，大半出牆去追，還有不少順著北牆尋找，原本守在跨院那間屋子前的人就少了。

謝危聽著追他那些人都漸漸遠離，略略一算，便屏息從北牆翻入。

這一來，正好是屋舍正前方。

留下來看守姜雪寧的教眾就沒剩下幾個，且誰也不把屋裡的姜雪寧當回事兒，男子身強力壯能跑，一介弱質女流讓她兩隻手只怕也跑不出去，是以有些鬆懈分神，有兩個還在納悶謝危忽然逃走的事兒。

謝危提著的刀，也就是這時候落到他們後頸的。

撲通兩聲，人就已經倒地。

先被殺的那人流著鮮血，費勁地轉過頭來，才看見是謝危，頓時睜大了恐懼的雙眼。然而傷口的血又如何能捂住？半點聲音都沒發出來便倒在了地上。

其餘幾個人更是直接驚呆了——不是說向北面逃走了嗎？這怎麼又回來了！

有反應快的已經瞬間想到了是聲東擊西之法，故意調虎離山，轉頭再殺個回馬槍來救屋裡的女人。

然而畢竟遲了。

與他們相鬥，謝危到底是占優勢的，腰腹間已經恢復得差不多的傷勢，雖然仍舊對他的行動造成了一些制約，可他動手殺人實在乾淨俐落，直奔要害，根本沒等他們把動靜鬧太大就已經結束了他們性命。

房門上掛著的鎖，先前已經被打開。

謝危一身雪白衣袍上沾的全是血，徑直將門踹了開，快步入內。

姜雪寧不敢置信地看著他。

他卻顧不得解釋，拉上她便朝外面走。

此時遠去追他的教眾未回，附近看守的教眾還未明白情況，只要能帶著姜雪寧翻過方才他翻過的那道距離最近的北牆，便算跑出去一半。

謝居安面容沉靜，腳下卻不慢。

然而就在他緊握著姜雪寧的手，一腳跨出院門時，一柄雪亮長劍鋒利的劍尖赫然出現，恰恰擋住他去路。但凡他再上前半步，這劍尖便將刺破他眉心！

姜雪寧手心都冒了汗，驚得倒吸一口涼氣，順著劍尖抬頭看去，便看清持著劍的，乃是一名面容冷肅的道童。而在這道童身後，天教一行教眾已經打著火把，圍在跨院前。

萬休子緩緩從人群那頭走過來。

謝危看向他。

萬休子負手停步，掃了謝危一眼，又看向他身後的姜雪寧，目光在姜雪寧那留下了些許曖昧紅痕的嘴唇上一停，又落在他二人緊緊交握的手掌上，說不清是嘲還是憐地冷冷一笑：「我就知道，你謝居安從來有主意，絕非束手就擒之人，早對你起了防備之心。今夜你若不動上一動，我反倒會睡不安穩！倒是小夫妻情深義重，果然是放在了心尖上，竟沒大難臨頭各自飛！」

姜雪寧聽見這句，忽然間想起的卻是謝危先前那一句「演齣好戲」，雖然不知他究竟是何計畫，有何目的，可冥冥中竟似明白了一些。

當下心念一轉，竟道：「什麼小夫妻，老妖道勿要胡言毀人清譽！」

話雖如此說，目光卻做得心虛閃爍。

萬休子見她這般，豈能真信她與謝危之間清清白白呢？越不敢認越有鬼。

他心裡有數，卻不稀罕搭理這無足輕重的小丫頭片子，只看向謝危道：「聲東擊西，調虎離山，是條好計。只可惜，你的智謀有大半都是我教的，這點伎倆也想瞞過我，真當本座老眼昏花？」

謝危似乎自知事敗，輕輕鬆手將原本握著的刀擲在了地上，一副聽任處置的架勢，卻平淡道：「若非傷勢不曾痊癒，舉動較尋常稍慢，縱然你能識破我計謀，只怕也未來得及反應。等你帶著人來時，我早逃了出去。計謀固然要緊，時機也萬不能缺罷了，端看怎麼用，何時用，誰來用。此次是我棋差一招，只不過倘不做如此嘗試，心裡到底不甘。」

這話說得入情入理。

貶眼淪為階下囚，還要為他賣命，豈是謝危之所為？

非得要他試過不行，方才能老實。

萬休子聞言非但不怒，反倒大笑：「如今天教勢盛，叫你重新輔佐我，也不算委屈你！只不過你也不是什麼好對付的善茬兒——」

他面容陡地一冷。

先才說得客氣，今夜出了這樣的岔子，卻是半點也不會鬆懈，只厲聲喝斥左右：「來人，將他們關去凌虛閣，日夜看管，飛出去一隻蒼蠅，我都要你們掉腦袋！」

「是！」

教眾早被今夜這一齣岔子驚出一身冷汗，還好關鍵時刻，教首聽聞情況後立刻識破謝危計謀，才免使人逃脫。

此刻他們早將精神繃緊，唯恐落罪，戰戰兢兢齊聲回應。

這一來對謝危、姜雪寧二人更沒什麼好臉色。

很快，他們就被押出了跨院，關進了莊內中心一座小樓的二層。

上下左右前後，看守之人密不透風。

姜雪寧被人推搡著入內，從上往下一望，心裡不由一嘆：這回可算是插翅難逃了！

樓上這屋也不大。

但比起之前關押她的地方，倒是精緻了幾分。

有桌椅床榻浴桶屏風……

押他們進來的人狠狠訓斥了他們幾句，這才關上門退出去。

門外再次重重上鎖。

姜雪寧可沒把那訓斥當一回事兒，只看了這屋裡唯一的床榻一眼，沒忍住又暗暗問候起萬休子他八輩祖宗。

謝危卻鎮定得很。

方才一番逃脫計畫的失敗，似乎沒有對他造成任何影響。

沾了血的外袍被他脫下。

於是便露出了那用革帶束緊的腰，挺直的脊背到脖頸，比起穿著寬鬆外袍時的俊逸淡泊，更顯出幾分挺拔清冷。

姜雪寧終於有機會問出自己的疑惑了：「你究竟是什麼打算？」

謝危淡淡道：「萬休子是多疑的性情。我若規矩不生事，他才起疑。」

姜雪寧道：「可打消他的疑惑，又待如何？」

謝危看她一眼：「我自有計畫。」

姜雪寧：「……」

這人上輩子真是沒挨過打吧？

她深吸一口氣，索性不多問了，總歸用得著她的時候謝居安不會不開口，只道：「那……那什麼修煉，又為什麼？」

謝危搭著眼簾，想起萬休子此人來，慢慢道：「讓他相信妳對我來說非同一般，很重要。只不過人總是願意相信自己本來就相信的東西，對他無法理解的事情卻會保持懷疑。妳若篤信凡是人活在世上沒有一個不怕死，又怎麼會相信一個人會捨命救人？萬休子便是如此。」

他相信利，不相信義；他相信欲，不相信情。

倘若要取信於人，自然要投其所信。

姜雪寧總算明白，然而隱隱覺得好像有哪裡不對勁，可仔細琢磨又不知到底哪裡不妥。

天色已晚，先前一番折騰之後，更是夜深。

屋內僅一張床榻。

姜雪寧不得已與謝危同榻而眠。

兩人和衣平躺在床上，挨得極近，肩靠著肩，手挨著手，腦袋各擱在枕頭一端。

屋裡漆黑一片。

誰也沒有亂動，誰也沒有說話。

姜雪寧能聽到謝危細微平緩的呼吸，一時竟覺得很奇異：同榻而眠這樣本該很親密的事情，對他們來說好像都不算什麼了。畢竟以前不是沒有挨在一起睡過，只是不在這般床榻上罷了。

兩逢生死，話盡說破。

是湍流歸於深靜，滄海不起波瀾。

有那麼一刹，竟給人一種平淡悠遠的錯覺。

姜雪寧本以為經歷了先才那樣一場見血的風波，自己該要平復許久才能入睡，卻不想躺下後，心內竟一片安定，彷彿生死也不是那麼大不了。

她很快睡著了。

只是酣眠到半夜，迷迷糊糊之中，竟然被人推醒了。

姜雪寧幾乎忘了自己如今身陷囹圄了。

睏倦地睜開眼來，只看見謝危支著半邊身子，坐在她身側，手還搭在她肩臂處。

顯然，就是他將她推醒。

她尚未睡夠，剛醒腦袋裡簡直一團漿糊，有點煩，夢囈似不耐地嗔道：「你又幹嘛？」

謝危問：「妳會叫嗎？」

姜雪寧還沒反應過來，下意識道：「叫什麼？」

謝危看她眼皮沉沉，又要閉上，薄唇一抿，索性不跟她解釋。他搭在她那瘦削肩膀上的手，便往下移去，在她細軟的腰間，微微用力捏了一把。

人的腰際最是敏感。

一股又癢又痛的感覺，從謝危下手處傳來，姜雪寧被他一把捏得蜷了起來，一聲貓兒似的嬌吟帶著點朦朧的鼻音，便從喉嚨深處溢出，慵懶纏綿。

他聽得呼吸都滯澀了片刻。

但這下她總算又把眼睛睜開了。

謝危向著緊鎖的房門看了一眼，才轉回頭來凝視她，重複了一遍：「妳會叫嗎？」

若說方才還有迷惑，這一瞬間，姜雪寧想起他捏過來時自己不由自主叫喚的那一聲，又聽他這意有所指的一問，終於徹徹底底嚇清醒了！

叫——

謝居安是想讓她怎麼個叫法？

第二二八章　地老天荒

她近乎目瞪口呆地看著他。

這時候，終於後知後覺反應過來，是哪裡不對了——

要在萬休子面前做戲，讓人覺得他倆有點什麼，半夜裡孤男寡女關一塊兒，又是「修煉」過的有情人，小別勝新婚，就算是在這種險地裡，也畢竟躺在一張床上。如果不發生點什麼，那還叫「有點什麼」嗎？

所以這戲還要演得逼真！

那「叫」，自然是叫……

姜雪寧躺在榻上，被子蓋了一半，想到這裡渾身都僵硬了。

謝危被她這樣看著，難免也有幾分不自在，只是黑暗裡看得不甚清楚，單聽聲音聽不出什麼異樣，好像只是說了什麼尋常話似的，仍舊低低道：「妳叫一會兒。」

姜雪寧莫名緊張。

她兩手抬起來抓住錦被邊緣，喉嚨都乾澀了幾分，聲音發緊：「要、要演到這麼真的程度嗎？而且都快下半夜了，會不會不太好……」

謝居安的手還搭在她腰際，並未移開，聞言只淡淡道：「聽話，不要逼我。」

姜雪寧心裡頓時大罵。

兩情相悅，衽席之好時叫上兩聲也沒什麼大不了，她也不是不會。可明明什麼也沒發生，還要當著別人的面叫，這樣羞恥的事情，便是前世她都沒做過！別說是做，光想想都有想挖個坑把自己埋了的衝動，渾身都跟煮熟的蝦似的發紅。

她感覺出謝危態度的強硬，可無論如何都拉不下臉，微微咬緊唇瓣，顯出幾分抗拒。

謝危雖是冷靜自持，可到底活了許多年，從市井到朝堂，這種事即便不曾親歷，也多少知道個大概，有過一些聽聞。

想也知道要她配合不容易。

他凝視她片刻，只問：「真不叫？」

姜雪寧聽見這句，頓覺不妙。

但等想躲已經遲了。

床榻上一共也就這麼點地方，何況謝居安的手一直搭在她腰間，根本不待她反應過來，那隻手便重新用上一點力道捏她。

腰間這處當真是又軟又癢。

她被他捏得受不住，一疊聲「別、別弄了」，中間還夾雜著根本控制不住的驚喘，斷斷續續，想笑還想逃，一條魚似的在他手裡掙扎，又偏偏避不開。

一通鬧下來，額頭上都汗津津的。

姜雪寧終於知道犯在謝危手裡不聽話是什麼下場，好不容易得了喘息之機，忙捉住了他那隻作亂的手，氣喘吁吁地服軟道：「好了，好了，我叫還不行嗎？」

這聲音實在委屈十足。

她一雙眼濕漉漉的，眸子裡含著點朦朧的霧氣。

謝居安只覺她整個人在自己手底下彷彿化作了一灘水，軟軟柔柔，讓人想起枝頭那豔豔的杏花。

聽她答應，他頓了片刻，才將自己搭在她腰間的手收回去。

姜雪寧也想明白了。

謝居安說一不二，說是要演戲就是要演戲，與其被他按在這床榻之間弄上半晌，搞得半死不活，氣喘吁吁，渾身乏力，倒不如自己識相點，痛痛快快大大方方地叫了。

只是臨到要開口時，到底還是有幾分難為情的尷尬，她咬唇，朝他道：「你能轉過身去嗎？」

謝危看她一眼，側轉身去。

姜雪寧這才覺得好了些，放鬆了身體，打喉嚨裡發出了一道模糊而曖昧的聲音，像是難受又像是享受，彷彿浮在水面上，已經不大撐得住。

謝危看不見身後的情景，只能聽見她聲音，身體幾乎瞬間繃得緊了。

明知事情不是那麼回事，可若只聽這聲音，將眼睛閉上，浮現在腦海中的便完全是另外一副不可言說的畫面，只讓人血脈賁張，心浮氣躁。

她聲音細細柔柔。

故意捏著一點從鼻腔裡出來時，有一種說不出的靡豔，像是想掙扎又無力，想逃離又沉淪，隱約帶著少許哭音的氣聲，更有種被人欺負的感覺。固然惹人憐惜，然而也更深地激起人心底某一種不可為人道的凌虐欲，既想疼她，也想更深、更深地……

他搭在膝上的手掌驟然握緊。

姜雪寧初時還不大習慣，叫上幾聲後，便漸漸熟練起來，無非是發出點聲音騙人，那自是怎麼好聽怎麼來，而且還能時不時變換下聲調高低，揣摩著聲音裡所帶著的情緒和感受。

只是不經意間，眼角餘光一掃，便瞥見了謝危。

人是背對著她盤膝坐在床榻外側，整個背部卻呈現出一種緊繃的挺直，膝頭上本該鬆鬆搭著的手指更是壓得用力，彷彿是在忍耐著什麼。

眼珠於是一轉，姜雪寧忽然就明白了。

可這一刻，她竟然想笑。

叫是他讓叫的，如今又是他一副受不了的樣子，這不是自討苦吃是什麼？

興許是先前被此人作弄，也或許是記恨他出了這麼個餿主意還讓自己在這兒叫喚，姜雪寧肚子裡那點壞水兒，便漸漸泛了上來。

她非但沒收斂，反而叫得更纏綿。

甚至悄悄湊過去，就貼著他的後頸，吹了口氣，嗓音裡帶了一點假假的哭腔：「不、不要……」

謝居安被她這口氣吹得渾身都顫了一下，聽見這聲音時，更是連那苦苦維持的心境都亂了，瞬間回頭去盯著她。卻只見姜雪寧跟奸計得逞似的，帶著點小得意，在他身後笑。

連隨後發出的嬌吟，都有了點愉悅的味道。

彷彿得了點趣。

因為是先前才被他從睡夢中推醒，她頭髮衣襟都帶了幾分凌亂，此刻眼角眉梢更有一種使人心驚的嫵媚，芳唇微啟，蘭氣輕吐，柔頸纖細，實在豔色逼人，撩人火起。

他豈能聽不出她是故意的？

原本他以為自己可以控制，冷靜自持，修一顆不動心。

可這一時，實在忍無可忍。

謝危眼角都微微抽搐了一下，終於伸出手去，一把將她壓回了床榻間，捂住了她這張作孽的嘴，帶著幾分咬牙切齒道：「夠了，不用再叫了！」

可還沒叫完呢……

姜雪寧眨眨眼，想說話。

然而唇瓣略略一動，便碰著謝危掌心。

他只覺掌心傳來少許癢意，一時倒跟被烙鐵燙了似的，一下把手收了回去。

姜雪寧一雙眼黑白分明，看著他，猶豫了片刻，試探著問：「這就夠了？」

謝危沒說話。

姜雪寧自然知道謝危是個正常的男人，任誰聽了身旁有個女人這樣叫喚，只怕也忍得難受，是以聽一聲便是一聲的折磨，可她不知為何有點想笑。

可當著謝危又不敢。

姜雪寧咬了一下唇，強忍住，出於良善補問了一句：「就叫這一會兒，時間會不會太短……」

謝危聞言，一張臉幾乎瞬間黑沉如鍋底！

姜雪寧問完這一句，心裡卻實在很爽。只是同時，她也察覺到了一點危險，深知只怕再招惹他就要自討苦吃了，於是硬憋著一肚子的笑，慢慢把被子拉了起來，連自己整張臉整個腦袋都蓋住。

然後謝危就聽見了模糊的悶笑。

身旁被子裡隆起來的那一團壓抑不住似的聳動著，還隱約發出點捶床的聲音。

謝危忍了又忍，可還從來沒有過這樣惱火的時候。

一副聖人脾氣，到底是被她激怒了。

一手伸進去便把人拎出來。

姜雪寧蒙在被子裡，差點沒笑斷氣，乍然被人逮出，還不待反應，帶著幾分熱意的嘴唇便已傾覆而來，糾纏著一點難以消解的怒意，兼有幾分渾濁的欲想，完完整整地將她這張惱人的小嘴堵上。

初時只是想要懲罰，叫她也知道害怕。

然而才含吮弄了兩下，便變了味道。濃烈，熾熱，滾燙，想要占有她，征服她，讓她成為自己的所有，便像是她剛才哼叫一般，甚至比那更過分。

謝危的吻，漸漸添上一股不能拒絕的強硬。

她張口欲要反抗。

然而也只是被趁勢叩開貝齒，唇舌終於相抵，滿口香軟皆成了由他品嘗的珍饈，疾風驟雨裡交雜入幾分難斷的纏綿。她舌尖都發麻，幾乎成了他的俘虜，昏昏然不知所以，手腳也沒了力氣。

待得唇分，烏黑的眼珠已滿是水霧。

幽暗裡，四目相對。

安靜中似乎能聽見對方劇烈的心跳和浮動的呼吸。

這一刻，彷彿天荒地老。

謝居安到底是沒有再對她做什麼，只將她整個人塞進被子裡，一裹，便扔去了靠牆的裡面，自己也轉過身去，背向她，道：「睡吧。」

第二二九章　無恥之尤

這一夜，誰都沒睡好。

謝危睡不著不是什麼稀奇事。

可姜雪寧裹著被子面朝裡躺，安靜下來，竟也有些心緒難平，興許是前半夜已經睡過，後半夜當真不睏。睜著眼睛，天濛濛亮了才覺得眼皮發沉，小睡了一會兒。

早上醒來時，謝危早起了身。從他面上倒看不出昨夜發生了什麼，平平淡淡並無異樣，連那身染血的道袍都換了乾淨的。

天教如今待他倒像是待客一般，送來了一應洗漱之用，規規矩矩。

若非下頭還有一干人等日夜不停地看著，只怕讓人以為他還是往日的度鈞山人，而不是如今的階下囚。

姜雪寧眨了眨眼。

她自知道如今被天教挾持，不得自由，本不該懶怠。然而後半夜畢竟沒睡好，實在沒什麼力氣，甚至有些頭疼發虛。

掙扎著坐起來，沒片刻又躺倒回去。

謝危看見，莫名覺得這場景有點好笑，人在被子裡，只露出個亂糟糟的腦袋來，倒沒了昨晚彎酸他的神氣，只問她：「醒了？」

姜雪寧在被窩裡點點頭。

然後補道：「睏。」

雖只一個字，可聲音聽起來與往日比有些差別，略帶幾分沙啞，倒透出點頹靡的慵懶。才一出口，連她自己都愣了一下，隨即便想起什麼，微微咬了牙，有些著惱地看向謝居安。

謝危聽見她嗓音也是一怔，隨即卻移開了目光，手輕湊在唇邊擋了一下，道：「那妳繼續睡？」

姜雪寧冷笑一聲：「還用你說？」

她懶得搭理他，氣呼呼一扭身，便重新轉過頭去，把自己裹成隻大蟲子，閉上眼睛便不去管外頭的情況了。

外面天光已亮，透過雪白的略帶陳舊的窗紙映照在她身上，如瀑的青絲鋪在枕邊，謝危看著，只覺流淌的時光都在那柔軟的髮絲上變得緩慢。

分明是險境，可竟給人一種溫情脈脈的感覺。

他在原地立了有一會兒，才慢慢一笑，走了出去。

萬休子一早便派人來請他了。

山莊裡三步一哨五步一崗，看守得比昨夜還嚴實，一路上由不說話的道童引著，所見到的那些天教教眾無一不對他投以忌憚注視的目光。

到得一座臨湖水榭方停。

裡面不止有萬休子，除卻他與幾名伺候的道童外，另有幾名高矮胖瘦不一的分舵主，有的做道士裝扮，有的只如尋常江湖武人。但無一例外，看著都不是什麼善茬兒。

昨日萬休子說今日給答覆，所以今日才叫他來，見得謝危進來，便把手裡端起來的茶盞擱下，道：「昨夜殺了人，睡得可還好？」

謝危一向嚴謹自持，並非那些早早便縱性胡為被酒色掏空了身子的紈褲，無論是以前挑燈學琴夜讀書，還是後來入朝為官急議事，偶爾一兩夜不睡也並沒有什麼大不了，從面上自也看不出端倪。

萬休子話中帶刺他也不理會。

只道：「甚好。」

甚好？

萬休子可不是沒有耳目。昨夜他言語試探，那女娃惱羞成怒反駁他，自陳與度鈞沒什麼關係，可夜裡關在同一間屋子裡睡一張床，卻也不見有所反抗。早上送盆端水的人進去時，度鈞雖然已經起了身，也看不出他二人是不是睡在一起。可今早有昨夜在外頭看守的人來稟他，說是前半夜沒動靜，到了子時，進了後半夜，且聽見裡面傳出點兒聲來。

這才是了。

度鈞素性穩重能忍，可美色當前，同在一室，要沒點動靜才是古怪。至於後半夜才有動靜，更不難理解，甚至猶為可信。畢竟隔牆有耳，誰也不想做給人看。而後半夜守衛的人未免睏乏，精神不濟，便趁著這時候做點苟且之事也未必被人發現。

只可惜，度鈞哪裡知道？

他一早就有過叮囑，這幫人哪兒敢有什麼鬆懈？

萬休子不信什麼狗屁情愛，天底下或恐有從一而終的女人，可哪裡來什麼要死要活的男人？女人於男人而言，無非是泄欲之用，是一樣工具，一件衣裳，只不過有的醜有的美，有的粗鄙有的嬌弱罷了。

閉上眼睛，誰都沒差。若不為著那檔子苟且之事，哪個男人願意同女人談什麼情愛？所以，謝危若不碰姜雪寧，他反倒會生疑，如今卻是有些相信謝危是一時情愛的錯覺迷了眼。

只是這話萬休子不會提起，但言道：「昨日你提的條件，本座與幾位分舵主已經商討過了。你畢竟在朝中多年，知道九城布防圖沒什麼稀奇的。我天教局勢，自金陵而起，已占有江浙、福建、江西四省，勢如破竹，倒正好要向西向北，鯨吞中原腹地。倘若你能獻上兵力布防圖，有功於大計，區區一個弱質女流，本座自然不會壓著不放。」

謝危看向他，卻沒接話。

果然萬休子也不是那麼好說話的人，話鋒一轉便道：「只是兵力布防圖，教中也無人知道底細，更不能提前勘驗正誤。即便你隨便畫一張，拿來糊弄，我等也辨不出真假。真金得要火煉，唯有等到真正交戰時，才知道你所言的虛實。若是你有心陷害，而本座依你之圖調兵遣將，說不準便全軍覆滅，大失其利。這條件，你是本座，你會應允嗎？」

這是看上了謝危的兵力布防圖，可又不想放人。

誠然，萬休子說得不錯。

然而這般冠冕堂皇的話下面，誰能不知道，他留下姜雪寧是想將這姑娘作為一個拿捏制衡謝危的把柄，永遠叫謝危乖乖就範。沒用了，謝危跑不出去；有用了，還能繼續驅使謝危為自己賣命。

謝危道：「教首有話不妨直說。」

萬休子卻是冷笑：「你豈能不知我想說什麼？」

周遭的舵主沒一個插話。

萬休子面上那點本就虛假的笑意被浮上來的陰沉壓了下去，眼底更添上了幾分算計的狠毒，只道：「那女娃，本座現在是萬萬放不得的。九城兵力布防圖，事關緊要，出個差錯，你有十個腦袋也擔待不起。事到如今，你在本座刀俎之下，已沒有選擇的餘地。將布防圖畫出來，或恐本座心情好了能饒你們。可布防圖要畫不出來，又或是畫出來之後有假，前線吃了敗仗，便叫她先為你殉葬！」

謝危面上瞬間劃過了怒意，目光也冷沉下來。

萬休子也不催他，只道：「輪到你考慮考慮了。」

可其實只有一種選擇。的確如萬休子所言，謝危沒有選擇。

獻上兵力布防圖，讓自己有利用價值，尚可已換得一線生機；若是負隅頑抗，現在便要掉腦袋，再沒有半點翻身的機會。

聰明人都會選前者。

謝居安也的確識相地選了前者。

在聽見他給出肯定的回答，可卻看見他垂在身側半攏在袖間的手指緊握時，萬休子竟然感覺到了一種空前的快意——縱然你有千萬般過人的籌謀，又能翻出什麼浪來？

有了弱點，便只配被人拿捏！而他恰恰抓住了這個弱點，於是立於不敗之地。

這一天，是正月廿三，謝危先為萬休子畫了距離金陵最近的徽州布防圖，萬休子看都不看一眼，便叫人徑直送去前線。

他是從不與大軍一道的。

二十餘年前與平南王一道舉事失敗，狼狽從京城退走，遠遁江南，這些年來朝廷對他的追查就沒有停過，是以也養成了萬休子過分謹慎小心的習慣，光是在金陵，就不知有多少住處。

連當年的謝危也只知一二。

到如今這種關鍵時候，前線是險之又險的地方，一旦有哪一戰失敗，餘者可能被殺，可能被俘，無論哪一種情況於萬休子而言都是不能接受的。

所以他與天教軍隊行進路線截然相反。

天教從東往西行軍，萬休子則從西往東行進，大軍在東邊拔下一城，他便往東進一城。若不出意外，戰事順利，將在途中某一座城池與大軍會合。

這般的狡兔三窟之法，縱然有誰想要對他下手，只怕也摸不著他蹤跡。

從洛陽傳信到金陵，快馬也就兩三日。

前線已得了萬休子吩咐，先從六萬大軍中分出兩萬來，按著兵力布防圖所示的薄弱處，進攻徽州。正月底出兵，二月上旬就已經占領其地，在城頭上將天教的「大同旗」插遍。

消息傳回洛陽，整座山莊都為之振奮。

無疑這也驗證了謝危這一張兵力布防圖的正確。

忽然間，往日他「天教智囊」、「度鈞山人」的地位，好像又回來了。連萬休子都對他和顏悅色，除卻隻字不提放了姜雪寧的事之外，倒和以前謝危在天教時差不多。

二月中旬，眾人便啟程往東。離了洛陽，下一城乃是許昌，照舊是在天教的分舵落腳，這一回乃是座並不特別大的道觀。

謝危已得了些行動的自由，至少只要在旁人眼皮子底下，可以往周遭走動，不必整日悶在房中。

可天教對姜雪寧的限制，卻半點沒見少。

甚至可以說，到了許昌的道觀之後，只要還在山莊之中，去什麼地方都沒太多人置喙，只要還能看見他在眼皮子底下，都不理會。

只不過，看管姜雪寧非但沒鬆懈，反而比在洛陽市更為小心謹慎，雖是好吃好喝地伺候著，可大部分時候連房間都不讓出一步。

姜雪寧實是跳脫的性子，差點沒被這幫人給憋壞。

這段時間對萬休子那是日罵夜也罵，晚上同謝危睡覺的時候，便講：「如今是人在屋簷下不得不低頭，他日若這老頭兒犯在姑奶奶手裡，非削得他連自己祖宗十八代也認不得！」

謝危成日在外頭算計，步步不敢錯，腦袋裡一根弦總是繃著，回來聽見她這樣好笑地生氣，總忍不住跟著發笑。

只是也知她心中鬱結了一口氣，便寬慰她說：「快了。」

姜雪寧只翻他個白眼。

過得一會兒，才猶豫了一下，問：「今晚叫嗎？」

這段時間以來，他們倆人可算已經把戲演得很逼真的了，連沐浴都共用一桶水。雖然萬休子似乎已經相信了他們的關係，可誰也不敢放鬆，以免哪天不小心露出破綻，所以還是隔三差五地叫喚，折騰出點動靜來。

謝危靜了片刻，說：「叫吧。」

姜雪寧卻好半晌沒動。

彷彿有些顧忌，遲疑。

這些天來，謝危不止聽她叫了一回。

畢竟戲還要往下演。

可約莫是火氣並沒有得到真正的舒緩，非但沒有在一日又一日的折磨下習慣，反而越聽反應越強烈，總忍不住對她做些什麼，而且下一次總做得比上一次過分。到後面都不用她捏著嗓子裝了，而是真真兒地被他欺負到討饒，不免淚水盈盈，哭聲細細。

只是太羞恥她反倒不叫了。

她會咬住自己泛紅的嘴唇，或者纖細的手指，不願發出太多聲音。

每當這時候，謝危便會對自己有更清楚的認知。

他會發現那些深埋的壞。

平日被聖人的皮囊所禁錮，這時都從壓抑的心深處湧流上來。他非但不放過她，反而偏要吻開她唇瓣，移開她手指，看她被自己催逼得眼角含淚發紅，終於委委屈屈癱在他懷裡，將那些聲音，以一種更煽情的方式，釋放出來。

上一次，是兩天前。

她分明已吃足了前些天的教訓，叫得很是收斂了。

可他仍難以自制。

或許是本來就壞，本就想放縱，想像個普通人一樣，甚至比普通人更過分。於是湊上前去，用喑啞的嗓音，叫她含住。
她不肯。
他半哄半迫讓她張口吃了一點，她便抵著往外吐，眼睛看著她，淚珠子還啪啪掉，到底把他心哭軟了，罰她轉過身去並緊腿，方才了事。
所以今日姜雪寧自然慫。
她深深覺得自己躺在謝危邊上，就像是一隻隨時會被豺狼吃掉的兔子。甚至有一回做夢夢到當年初遇謝危時，她抱回來的那隻兔子，被他拎過去便刮了。
只是不叫能怎樣？難不成還讓謝危上？
別說是謝危本人了，就是她自己都無法想像那畫面，只一個念頭往上頭轉，都要忍不住打個哆嗦。
所以末了，還是認命。
她本以為會和前幾天一樣。
可沒想到，今日的謝危竟格外安靜，既沒有動手，也沒有動腳。
叫到一半，她納悶了，張口下意識便想問「你今天怎麼了」，可待話要出口時，一個激靈，才陡然反應過來，她問這個做什麼，嫌自己死得不夠快嗎？
於是她迅速把話咽了回去。
只是謝危卻忽然在此時開了口，道：「妳繼續叫，我有話要跟妳講。」

姜雪寧一怔，立刻明白了幾分，便叫得稍微大聲了點。

謝危平躺在她身側，便湊在她耳旁，壓低聲音道：「萬休子自西去東，前線拔一城，他才挪一城。從洛陽到許昌到金陵，一共也不過九城要地。接下來我會繼續給布防圖，但若要脫困，必得在他與天教大軍會合以前，至少是在第五城。九城往下數，含許昌在內，是南陽，汝寧，廬州，安慶……」

姜雪寧頓時心驚。

謝危孤身入虎穴，當然不可能真的毫無所圖，只道：「萬休子如今留我，也是與虎謀皮，我能看出第五城安慶乃是要地，到得此地便沒有再翻轉大局的機會，萬休子自然也能看出。他對我的戒備絕沒有那麼容易消解，所以他會猜我所猜。」

姜雪寧道：「你要在安慶動手？」

謝危一笑：「不，是一定要在安慶之前動手。可妳都能想得到，萬休子又豈會想不到？」

姜雪寧於是想，萬休子能料到，那謝危一定不會選在此地動手，還要往前挪一城，那就是……

她道：「廬州府？」

謝危道：「我在揣度萬休子所想，倘若萬休子也在揣度我所想呢？」

姜雪寧腦袋都要被繞暈了。

她掰著自己的手指一個個算：從局勢分析，萬休子與大軍會合之時，便是大局定時，所以如果要動手，必會在他們抵達第五城安慶之前。這一點萬休子知道，謝危也知道。所以無論謝危是否選在第五城安慶動手，萬休子都必定會在抵達第五城之前向他發難，那最晚便是第四城廬州；謝危猜得到萬休子如此想，若等到第四城廬州再動手未免太遲，所以會選在第三城汝寧，甚至更前面；可萬休子就想不到謝危也在揣度他嗎？

這麼推下去，哪兒有盡頭？

她被他搞得緊張起來，想不透，索性問：「若一直這麼推算，你豈不是下一城，甚至就在這裡，就要動手？」

謝危戳了一下她腦袋：「這地方前無兵，後無匪，兩邊不挨，哪兒能在這兒動手？」

姜雪寧迷惑。

謝危見她停下，不由提醒：「繼續叫。」

姜雪寧憤憤然看他一眼，這才又萬分敷衍地叫了兩嗓子，又問：「那選在哪裡？」

謝危目光一閃，說：「汝寧府。」

第三城汝寧？

姜雪寧開口想問為什麼，然而腦海中卻一下浮現出大乾長江沿岸的行省輿圖來，頭皮幾乎瞬間炸了一下，眼睛都微微睜圓了，看向謝危。

謝危卻只平淡一笑。

汝寧府南邊所挨著的州府，不是什麼旁的地方，正是燕氏一族當年被流放之地——黃州！

而在過去的兩年裡，不管是姜雪寧還是呂照隱，都暗中往黃州輸送了數額驚人的銀錢。這筆錢的用處，她從來沒有問過一句。

然而前世尤芳吟，暗助燕臨，乃是用以養兵！

而這一世，錢照給，可燕臨從黃州離開去往邊關時，卻是單槍匹馬，打邊關用的是邊關的駐軍，何曾有黃州一兵一卒的蹤影？

她想到這裡倒吸一口涼氣。

汝寧府距離黃州最近，若選在此地動手，的確是最合適不過。

可前提是……

姜雪寧道：「汝寧府乃是第三城，若萬休子選在到汝寧之前動手，怎麼辦？」

謝危道：「算計無窮盡，他同我都是賭一把。」

姜雪寧無言：「這還能拚運氣？倘若事敗……」

謝危輕笑：「怎會敗？」

姜雪寧再次不解。

謝危便耐心同她講：「若萬休子選在第四城對我動手，他必輸無疑；若他選在第三城動手，與我撞在一起，勝負便是五五；若他選了第一二城，他對我動手時我尚未動手，虛與委蛇，許以重利相誘，他仍舊不會殺我。他自以為攥了我的弱點，卻不知他生性貪婪、多疑，也是弱點。如此，即便他選一二城，於我而言，最差也不過就是與天教一併舉事。原本打到京城便可，是誰打進去，確沒有太大要緊。」

這也是謝危敢以身犯險的根本因由。

最差也就是幫天教打朝廷罷了。

姜雪寧聽得目瞪口呆。

謝危只看著她，埋頭輕輕吻她額頭，眸底有那麼點多智近妖、運籌帷幄的笑意，只道：「謝居安或恐不會贏，但永遠不會輸。」

姜雪寧一句話也說不出來，只是看著他。

謝危卻道：「屆時要動起手來，場面必定混亂。汝寧府的分舵我去過，且這分舵主乃是公儀丞舊日的心腹，必定向我發難，按教中規矩，當上天臺示眾。天臺是一座修起來的祭壇，下方自正東往北走二十步，便有一處密室，是以前刀琴劍書留下的，外人不知。妳到時不要管別人，得著亂機，就去裡面藏好，不聽見燕臨或刀琴劍書的聲音，便不要出來。可記住了？」

一番刀光劍影，幾乎已在眉睫。

姜雪寧在心中默念，點了點頭道：「記住了。」

謝危叫她重複了兩遍，這才放心，又使她叫了一會兒，便叫人打水來，然後推姜雪寧一把：「去沐浴。」

姜雪寧還有點緩不過神。

她這些天實在憊懶，昨晚到現在沒出過門，既沒沾半點土，也沒出半點汗，一身上下乾乾淨淨，現在便不大願意動，便嘟囔想拖延：「怎麼每日都叫我先？今日你先，我後面再洗。」

「……」

謝危一雙眼深深看向她。

姜雪寧還沒明白，道：「你去呀。」

謝危眼角微微抽跳了一下，立在床榻邊，俯視著她，終究還是平聲靜氣地道：「倘若妳想一不留神，替我生個孩子，也不是不可。」

生孩子？

姜雪寧懵了，足足愣了半晌才明白過來。

這一瞬間面頰上緋紅一片。

她氣得從腦袋後面抽了枕頭便往謝危身上扔，聲音都在發抖：「無恥、無恥之尤！」

下作！

下流！

這人沐浴的時候究竟都幹了些什麼！

第二三〇章　解刀

那枕頭打人也不疼，謝危接了又給她放回去，自己立一旁，抬了手指壓住唇，低低悶笑。

這下姜雪寧可算是不敢賴了。

她咬著牙恨恨地起了身，趕緊去屏風後面沐浴。只是人坐在那裝滿水的浴桶裡，即便明知道謝危方才那話約莫是玩笑居多，可腦袋裡卻實在忘不了，不斷迴響。一時只覺得搭在浴桶邊緣的那條帕子都是髒的，一頓澡非但沒把自己洗乾淨，反而往腦袋裡洗進去一堆亂七八糟的念頭。

謝居安說完那一番驚世駭俗的話之後，卻是波瀾不驚，鎮定自若，還坐在窗下的桌案前擺弄了一下前幾日尋來的一張素琴。

琴非好琴。

可這境地裡能有一張琴，已經是下頭天教教眾們極有眼色的討好了。

兩人這一晚又折騰到半宿才睡下。

次日一早，姜雪寧按慣例賴床，繼續睡覺。

謝危則照常出去與萬休子等一干人議事。

前線戰事連連告捷，於天教簡直是聲威大震，分舵之中的教眾更是一副意氣風發模樣。畢竟只要這富庶的南方打了下來，再往後想想也不過就是朝著北方推進的問題。就朝廷那幫酒囊飯袋，尸位素餐，之前都被他們打得落花流水，丟盔棄甲，簡直稱得上是「不堪一擊」，往後便是再強只怕也不會好到哪裡去。

這般看來，直取京城也不是難事。

到那時就是天教的天下，而他們便是新王朝的主人！

幾位分舵主說起話來，那叫一個紅光滿面，對著謝危雖然依舊客氣，可到底他只能算是半個階下囚，而前線連連告捷就有功勞。

誰能承認這功勞是謝危大呢？

不就是畫張布防圖麼？

說到底，仗能打贏，歸根結底是天教教眾無數，整編成軍士氣驚人，謝危這點伎倆不過是「錦上添花」，有固然好，沒有也不那麼要緊。

所以席間議事時，這些人蒲扇似的手掌把自己的胸口拍得震響，眉眼間都有了點睥睨天下的氣勢，只道：「教首放心，自占領江浙二省後，又有好幾萬人來投我軍。如今我教的旗幟到哪裡，民心就跟到哪裡，朝廷望風披靡。彼勢已竭，氣數已盡，將來教首便是天下新主！」

萬休子聞言，自然喜不自勝。

他雖知道這些話多少有些恭維的成分，可幾萬人來投軍確實不假，朝廷吃了敗仗軍心渙散更是不假，天底下誰又不愛聽恭維話呢？

謝危袖手立在一旁，聞言也不做半點評價。

天欲令其亡，必先令其狂。

幾萬人投軍又能如何？打仗可不像吃飯那樣簡單，有正經營生的普通百姓，誰願意冒著掉腦袋的風險主動投軍呢？這裡面只怕大部分都是流民山匪，各有習氣。若有人約束，漸漸也能整編作戰；可若無人約束，或約束不當，天知道會發展成什麼樣。

只是這幫人不問，他自然不會主動提及。

前面既是坑，就這麼看著他們往下跳，何樂而不為？

昨夜他已經將自己的計畫與姜雪寧和盤托出，接下來大半月的進展也幾乎完全符合他的推測。

到許昌分舵後，前線再傳捷報——天教大軍再次拿下一城，這一次甚至都沒有太大的傷亡，打到一半守城的兵士抵抗不住潮水一般的進攻，終於開了城門投降。

這一戰比起前一戰更振奮士氣。

朝廷都主動開城門投降，這說明什麼？

說明他們天教的聲威，已經到了不戰而屈人之兵的地步，徹底打垮朝廷不過是早晚的問題。

因為此戰消耗不大，索性短暫一個修整，連口大氣都沒休息完，又往前推進急行軍，去攻打下一城。

這種打法，誰能想得到？

那一州府沒有絲毫準備，也沒有提前收到半點風聲，等人打上門來才急急反應，早都遲了。州府各官員都被抓起來，遊街示眾，推上斷頭臺，在城中百姓的圍觀下，被他們砍了腦袋。所以，在許昌他們待了有好幾十天，才轉到南陽，可到了南陽之後還沒等上兩天，便再傳捷報。

乍聞消息，整座分舵都為之沸騰！

連萬休子都沒忍住，紅光滿面，大笑不止，連聲讚嘆他們幹得好。既然前線又勝，索性不在南陽多留，徑直啟程前往汝寧府。

姜雪寧已經得知了謝危全盤的計畫，一路上自然也不由為他捏把汗，生怕萬休子選擇動手的時間在謝危之前。

還好萬休子一直沒有動靜。

可在聽說馬上就要去往汝寧府時，她的心著實高高地懸了起來：因為，汝寧就是謝危先前已經選好的動手之地，勝負在此一舉！

眨眼已是江南三月，物候一新，楊柳依依。

這日下午，眾人啟程前往汝寧。

姜雪寧與謝危同車而行。

馬車前後都是天教教眾，連趕車的車把式都是教中好手，兩人並不敢明目張膽地說些什麼。

謝危拿了一卷琴譜在看。

姜雪寧看他這般沉得住氣，都這時候了還能靜心看看譜，不免佩服：「你也真是還看得下去。」

謝危手指輕輕搭在書冊泛黃的邊緣，抬眸看她一眼，輕輕一笑，只道：「每逢大事有靜氣，妳呀，躁得很。」

姜雪寧翻個白眼。

謝危知道她內裡就是這般性子，可即便是看她翻白眼，都覺得有一種嗔怪的嬌態，帶著點不作偽不矯飾的真性情，心內不覺纏綿，也不想如何忍耐，伸手便把人撈過來抱坐在自己腿上，把著那不盈一握的細腰，綿密地親吻。

換作前世，姜雪寧可不敢想自己能與謝危如此親密，摟摟抱抱都這般視若尋常。剛開始那陣自然是不免陌生抗拒，可躲不開，也不好躲開，一個多月下來，便漸漸沒了最初那種防備不適，開始變得習慣。

就像是喝酒。

剛喝幾口辛辣不慣，可三五杯下肚，便上臉上頭，昏昏沉沉，飄飄忽忽，不知所以，甚至能從這醺醺然的狀態裡覺出一種萬事摒除在外、天地僅有其二的愉悅。

她檀口小小，舌尖軟軟，被他含著抵弄，不覺便面紅耳赤。

畢竟眼下還是白日。

以往都在夜裡時，再怎麼也有一層黑暗作為遮擋，如今卻是你能看清我，我能看清你，且馬車的車簾還偶爾會被風吹起一角，讓人看見外面奔走的馬蹄，教眾垂下的衣角。

姜雪寧即便臉皮厚，也不敢在此般境地下放肆。

眼見謝危漸有過分之意，她不由瞪視。

他便突地一下笑出聲來，依了她，慢慢把手放下來，只將她摟在懷裡，背靠著車廂後壁。目光則調轉來，向那時不時飄起一角的車簾看去，瞳孔深處卻並沒有他表現出來的那般輕鬆。

汝寧府漸漸近了。

天色也漸漸暗了。

姜雪寧輕蹙蛾眉擦拭自己唇角暈開的口脂，只想謝居安早些時候做一些事還會難為情，可偏偏特別能裝，很難被人瞧出來，如今倒是熟門熟路，跟吃飯喝水似的視若尋常了。

她暗自腹誹，倒也沒注意謝危。

過了片刻抬眸，卻見他低頭去解自己腕上那柄藏著的刀刃。

自從洛陽那晚殺過人後，這薄薄一片刀刃就被謝危藏了起來，再也沒有出現在人前。而他那日用此刀殺人後又在傷口上補了一刀更深的，天教收斂人屍首畢竟不是查案，輕易看不出傷口的差別，只當是都被他奪來的那柄刀殺的，自然從未懷疑，所以從頭到尾都不知道，他身上還有這麼一柄刀！

此刻眼見他解刀，姜雪寧眼皮都跳了一下。

然而謝危解下刀之後，竟然叫她伸手。

她不明所以。

謝危卻抿著唇，搭著眼簾，只將她手腕拉過來，將那片薄刃仔仔細細地綁在她腕間，道：「屆時情況不知，倘若有亂，未必能顧周全。時隔數年，密室之中若出意外……」

眸底覆上了一片陰翳。

他沒有再說下去。

姜雪寧忽然有些恍惚，看著他，又緩緩低頭，看著自己腕間的刀刃，慢慢抬手壓上，卻夢囈似的問：「給我刀做什麼？」

謝危覺得她神情有些奇怪。

便先回答：「身懷利刃，好過兩手空空。萬一有點什麼，能用來防身。妳雖未必會用，但帶著總比不帶好。」

接著又問：「怎麼啦？」

這一刻，姜雪寧眼前卻朦朧起來，眼淚撲簌撲簌往下掉。

上一世，謝危也叫人送來過一把匕首。

就安靜擱在漆盤上。

來的太監一句話也不敢多講，只說是謝太師選了送來給她的。而彼時朝野上下，因著燕臨頻繁出入她宮禁，紛紛責斥她傷風敗俗，紅顏禍水，貽害無窮，要她為先皇殉葬……

可她有什麼辦法？

燕臨欺侮她，她無力相抗。想來想去，好不容易買通了乾清宮的小太監，放她進去，像是抓住根救命稻草似的，想要一求他庇護。

哪怕自甘下賤，自薦枕席。

然而次日一早就聽說那小太監受了罰。

傍晚時分，便有人送來了匕首。

連著鞘，鑲嵌了寶石，很是精緻，然而殘陽似血，覆在冰冷的刃尖，實在寒得徹骨。

後來她拿匕首自戕殉葬，他和燕臨都站在宮門外……

謝危見她哭，不免也多了幾分無措，抬手為她抹淚。

可淚珠子卻跟沒斷絕似的。

好半晌她才緩過來，將臉埋進臂彎，將雙目閉緊，啞著嗓音緩緩地道：「我沒事。」

外面日光已斜，車馬轆轆，汝寧府終於是到了。

第二三一章　上天臺

汝陽府與鳳陽府毗鄰，距離已被天教占據的安慶、徽州等地極近，更何況東南各州府諸多陷落，百姓們懼怕戰事，有家有口財產頗豐的早聽到風聲時，就收拾行囊往北面逃去。留在城中的，要麼是覺得天下興亡都無所謂的，要麼是覺得天教比朝廷好的，又或者只是無力出逃的孤寡婦幼……

是以眾人入城時，城中連人影都少。

舉著火把提著燈籠從道中走過，城中滿地狼藉，街門緊閉。

萬休子自然不將這些看在眼底。

汝寧府分舵乃是舊年占了一個和尚廟，把廟裡的和尚趕走之後修建的，佛像推了換三清，佛經扔了換道藏，還運來一塊塊大石料，在裡面修建起了一座高高的天臺，專為教中議事集會、公示賞罰之用。

眾人才到分舵口，舵主魯泰便帶著教眾在外相迎。

其人面黑身壯，環眼鷹鼻，闊口寬頷，做武人打扮，兩手手腕與腿腳都緊緊地紮了起來，拳頭握起來大如沙包，像那種力氣猛起來一拳能捶死一頭牛的。

然而實非四肢發達頭腦簡單之輩。

只那一雙眼睛掃看人時便帶著點天然不善的陰鷙，尤其是看見後方謝危與他身邊的姜雪寧時，目光停了一停，同萬休子見過禮後，才問道：「聽聞此次我教中與公儀先生齊名的度鈞先生也來了，屬下久在教中，卻從來只聞大名，未曾得見。不知教首，可否為屬下指點一二？」

萬休子便向後看了一眼，隨手一指道：「這便是了。」

魯泰便順著他所指，重新看向了謝危。

這一瞬間，他眼神中分明地閃過了一分殺意，動作快得連萬休子身邊的道童都沒有反應過來，竟然直接拔了一旁教眾腰間所掛的刀，冰冷的刃鋒徑直壓在謝危脖頸之上！

姜雪寧就站在謝危身後，驚得險些叫出聲來。

所有人都嚇了一跳：「魯舵主這是做什麼？」

萬休子卻看著沒作聲。

謝危想過對方會向自己發難，卻沒想到對方連一句話的功夫都不肯費，心底便微微凜了一凜：看來萬休子比他想的還要迫不及待，只是不知燕臨他們何時能到了。

毫無疑問，魯泰便是先前謝危與姜雪寧交代今日計畫時所提到的那名分舵主，是公儀丞的舊部。

據傳公儀丞早年救過他一命，是以忠心耿耿。

謝危輕輕伸手，先將姜雪寧往自己身後擋開，示意她避遠，才從容不迫地道：「看來魯舵主是有事指教。」

魯泰可不管那麼多，早在當年他就懷疑通州一役有鬼，此次更得教首暗中知會，必然不會讓謝危安然無恙地從汝寧府走出去，便冷笑道：「三年前，上萬教眾，還有公儀先生，是怎樣無辜枉死，你難道不清楚！」

周遭頓時一靜。

幾位分舵主早在洛陽的時候，就親耳聽謝危承認過此事了，只是當時教首沒提，誰也沒有往外傳，魯泰如何這般肯定？其餘身分微末些的教眾，更是從未聽聞。因而所有人的神情，不管起於何因，又是真是假，倒都是一般的震驚至極。

謝危當日說自己殺了公儀丞時，就想過會有今日了——

萬休子不會放過這個機會。

他既想要搶在自己之前動手，可又怕自己並無反心，一旦他先動手，試探失當，只怕要逼他反過來與天教作對。那時若讓自己跑了，是為天教增加了強敵；即便沒跑，留下來也無用，殺不殺都會失去一大助力。

所以，需要一個進得又退得的合適位置。

誰能比魯泰更合適呢？

公儀丞的舊部，忠心於天教，只要將公儀丞之死的真相告知，魯泰必定向他發難。如此，萬休子身為教首，表面主持公道，作壁上觀。若他有反心，自是立刻當著教眾的面，就地正法；若他沒有反心，之後也無異常，則可大度地網開一面，對他施恩，以換他忠心回報。

實在是一招難以捨棄的妙棋。

只可惜，萬休子或恐沒有想過，殺公儀丞這件事，是他主動提起的。

為的，就是給他這麼個合適的位置。

有了這個位置，他才會如他所想一般行事，而不會一個念頭便狠辣不留餘地地直接下殺手，如此儘管吃些苦頭，卻可以爭取到足夠的時間，等待著燕臨那支從黃州殺來的軍隊！

謝危目視著魯泰，只道：「公儀先生與我也是相識已久，彼時潛伏於朝廷，未能及時對他施以援手，使他遇害，我心中也甚是愧疚。魯舵主有心責怪我，也是應該。」

「放你娘的狗屁！」

魯泰最厭惡的便是同這樣的文人說話，黑的都能說成是白的！

他握著刀的手都在發抖。

「好端端的，公儀先生的行蹤為何會洩露？蕭氏那一幫酒囊飯袋也能有那樣的好籌謀？更不用說，現在你身邊這相好的女人，當年就在通州！甚至與兄弟們的死有莫大的關係！」

姜雪寧單聽「公儀丞」這三個字時，還沒想起來，可待聽得「通州」二字，當年那血腥的畫面便瞬間湧流回了腦海，使得她激靈靈打了個冷戰！

她沒想到，這人連自己都知道！

謝危一雙眼更是瞳孔驟然緊縮，冰寒至極，挺直的脊背隱約繃緊，卻向魯泰逼視：「魯泰，你因公儀丞之死對我有所偏見，倒是無妨。只是血口噴人，未免下作。你既想要分辨個明白，不如今日上天臺，看謝某是否給你一個交代！」

魯泰登時一聲冷笑：「好！」

他倒也爽快，原本搭在謝危脖子上的刀立刻收了回去，竟然俯身撐著單膝向萬休子一跪，躬身請道：「教首明鑒，實非屬下想要為難度鈞先生，實在是當年一番恩怨事關上萬條人命。我天教眾弟兄豈能白死？今日即便賭上這條性命，屬下也要向他問個明白！懇請教首恩准，為公儀先生，為通州一役中殞身的弟兄們，主持一個公道！」

周遭可是眾目睽睽啊。

且這本來就是萬休子想要看到的，自然不會拒絕。

只是他仍舊做出了一副略顯為難的神情，看了看謝危才道：「你二人都是教中難得的英才，本座實不願見你們生了齟齬。這中間，或恐是誤會居多也不一定。只不過，你二人既然提出要上天臺一辯，那便一辯，也好叫大家都來聽個明白，斷場是非！」

天教之所謂「上天臺」，取的是「眾生平等，無愧天地」之意，諸般是非皆由臺下人定，不分身分人人都有定奪之權。

只可惜，近些年來已形同虛設。

乍一聽聞要上天臺，所有人都議論紛紛，交頭接耳。

萬休子身為教首都已經發話，這事便是板上釘釘了。

謝危原本就是如此打算，自無異議。

不匯集教眾於天臺之下，怎能一舉全殲？況且情況越亂，姜雪寧才越好趁亂逃走。若如以往一般，才到分舵便鎖入房中，那真是半點逃走的機會都沒有。

眾人入了分舵，紛紛聚攏在那離地兩丈高的石臺周圍。

石臺前有臺階。

其實分作了兩層，一層在一丈半高處，寬闊平臺；一層還在更高處，竟然設了張椅子，乃是專給上位者的位置——說是眾生平等，實則仍分高低。

萬休子當先走上去，端坐正中。

謝危與魯泰也隨之步上。

可沒想到，他們才上天臺，魯泰竟然躬身向萬休子一拜，回首一指姜雪寧，道：「今日既是要議通州之事，這個女人向官府通風報信，與度鈞裡應外合，也當上來，讓我們教中兄弟們看看，什麼叫『狼狽為奸』！」

後頭立刻有人推搡了姜雪寧一把。

她險些摔在臺階上。

謝危垂在袖中的手指悄然握緊，一時已殺心四起，然而時機未到，到底沒有發作，只是折轉身走上前去，將她扶起，淡淡問：「怕嗎？」

怕？

姜雪寧自然是怕的。

只是當他將自己扶起來時，她指尖觸著他溫熱的掌心，感受到他傳遞過來的力量，又好像沒有那麼怕了。這樣糟糕的境地，倘若只有一個人，那自然是該怕的。

所幸，他們是兩個人。

姜雪寧沒有回答，只是扶著謝危的手站穩了，回過頭去重新向身後看了一眼。

那些個天教教眾都站在後面。

原本都不覺得自己之作為有什麼，可被她這一眼一看，竟不知為何生出幾分心虛來：欺負弱女子倒也罷了，被欺負的人並未表現出受欺負的卑弱姿態，反倒透出了一種蔑視和坦蕩。

全場安安靜靜。

眾人的目光都落在她身上。

姜雪寧收回目光後，才搭垂下眼簾，拎了自己的裙角，向謝危道一聲「沒事」，而後一步步踏上臺階，站到了臺上去，正好在魯泰的面前。

但並不說話。

她甚至沒有表現出過多的憤怒，只是抬起手來，向對方微微躬身道了禮。

這一瞬間，臺下忽然就有了許多嘈雜的聲音。

人人交頭接耳，議論紛紛。

姜雪寧即便是素面朝天也有著驚人的容貌，身形纖細卻並不頹弱，脊背挺直倒有風骨。人在這春夜裡立到臺上時，晚風吹拂裙襬，四面高燒的火把照亮她身影，像是一抹瑰麗的顏色，點綴在黯淡世界。

只這一道禮，便煞是好看。

更何況，魯泰可罵她與度鈞「狼狽為奸」啊。

對個姑娘來說，這無論如何說不上是好聽。

誰能想到，她不僅不哭不鬧不害怕，甚至還主動向魯泰道了一禮？美人本就賞心悅目，根本不需多做什麼，就已經分出了些許的高下。

教中可不僅僅都是什麼為了天教拋頭顱灑熱血的人，更何況他們原本就不知道通州一役的真相，只把這上天臺當做是一場真實的好戲，眼見得這般精彩的開局和強烈的對比，都不由沸騰了起來。

高位者的笑話誰不想看呢？

甚至有人已經忍不住笑起來，大聲朝著臺上喝起了倒彩：「堂堂的大老爺們兒，還沒個女人有風度！魯舵主不行啊！」

第二三二章　還不起

汝寧府城外，呂顯正與燕臨立在道旁，望著遠方的城池，等著前方去探消息的人回來。

比起往日，這位分明進士出身卻跑去經商的大老闆，似乎消瘦了一些，精明算計的市儈眉眼裡，也多了一種奇怪的蕭索。

看著像沒事兒人，實則不是。

燕臨心知是才從尤芳吟之死緩過來沒多久，還要一陣子恢復，也不多問，只道：「天教舉義旗，眼看在南方聲勢雖然不小，可要與我們抗衡只怕不能。我等只需虛與委蛇，假意與其聯手，便可交涉，雖或許多費些功夫，可諒他們不敢不放寧寧。謝先生卻偏要以身犯險，大費周折，我不明白。」

呂顯心裡有些懶怠。

旁人看不清謝居安，是因為不瞭解，可在他眼底，一切卻是清清楚楚的。

本來不想解釋。

可問話的畢竟是燕臨，他也有心想走出這些日來的陰鬱，便吸了口氣呼出來，答道：「擒賊先擒王。」

燕臨看向他。

呂顯便問：「如今天下，我們，朝廷，天教，算是三分鼎立。倘若是你，當如何爭得勝局？」

燕臨略一思索道：「合縱連橫，連弱抗強。第一該打朝廷，所以不妨與天教合作，縱然與虎謀皮，也先謀了京城，剩下的再爭勝負。」

呂顯於是笑一聲：「所以你是正常人。」

燕臨忽然蹙了眉。

呂顯卻垂眸喝了一口水囊裡裝著的酒，才道：「正常人都會想以二打一，可世子，你這位兄長，他是正常嗎？」

燕臨回想，慢慢道：「他不是。」

呂顯嘆：「是啊。」

他不是。

他是瘋狂。

謝居安冷靜理智的籌謀深處，永遠藏著一種近乎極端的瘋狂。

想別人不敢想，做別人不敢做。

倘若朝廷和天教，都看不破他究竟是個什麼人，為他舊日那一身皮囊表像所蒙蔽，但凡對他抱有那麼一丁點兒的幻想，以為他就算有野心也不會與另一方同流合汙，是一個能爭取到己方來的人，那可就大錯特錯了。

可惜，不幸的是——天教與朝廷都還沒有意識到，而萬休子也只是個正常人罷了。

他們或恐對謝危還有疑慮，謝危卻絕不會對他們心慈手軟。

天教也好，朝廷也罷。

都是他要鏟滅的，他已經忍了二十餘年，一朝得機，只會用最快的速度、最殘忍的方法，將這兩方一網打盡，以償當年的血仇！

燕臨聞言，沉默了良久。

他沒有再問。

所以呂顯也沒有再提：二十餘年都忍過了，這一時半刻，有什麼忍不得的呢？以身犯險固然有利益訴求，可他相信，倘若被天教挾持之人不是姜雪寧，他絕不會做出眼下的選擇。

前方一騎疾馳而來，馬上兵士翻身下馬，神情振奮，語速飛快：「稟告將軍，前方探得，天教諸賊首已於半個時辰前入城！」

燕臨與呂顯於是對望了一眼。

揮手間，停駐於城外的兩萬人迅速集結，黑暗裡猶如一片陰雲迅速朝著汝寧城捲去！

高臺之上，魯泰一張臉幾乎已經難看成了豬肝色。

姜雪寧的坦蕩與教養，簡直將他襯成了不入流！

更何況下面還有那一幫看熱鬧不嫌事大的教眾，什麼也不知道，還在下面起哄！

姜雪寧雖然容貌端麗，還向他行禮，可在魯泰看來，卻越發面目可憎，甚至讓人現在就恨不得撕了她！

無論如何，他也不願還禮。

索性就這般面帶冷笑地立著。

下頭頓時又噓聲一片。

謝危原以為姜雪寧會害怕、會無措，可在看見她一步步走上去，甚至就這樣簡簡單單地將了魯泰一軍時，便忍不住笑了起來。

小姑娘終究是長大了。

能獨當一面了。

若說姜雪寧的鎮定還有幾分怒火在強撐，他的平靜便是真正的平靜了，同樣不曾多言，很快也踏上了高臺，同面向魯泰而立。

郎才女貌，一對璧人。

火光下猶如花月交相輝映，若忽略這緊繃的情勢，倒有幾分養眼。

下方嘈雜聲非但未消，反而更甚。

上方高坐的萬休子看著，皺起了眉頭，只站起身來，朝下頭掃看了一眼。

下方教眾都注意到了，頓時不敢再放肆。場中立刻安靜了下來。

萬休子這才道：「度鈞向來為我教鞠躬盡瘁，效命多年，魯舵主緣何敢這般肯定他乃是害了公儀丞、害了教中兄弟，又怎麼還會與姜二姑娘有關？」

魯泰面色總算好了些，因為他知道教首站在自己這邊，是以多了幾分有恃無恐，便拱手躬身道：「屬下既然敢言，自然不是口說無憑。朝廷的走狗機關算盡，自以為計畫天衣無縫，然而這世間又怎會有不透風的牆？若要人不知，除非己莫為！」

說到這裡，他看向了謝危。

緊接著便一振臂，示意自己手下人將人帶上來，朗聲道：「魯某這裡有兩個人，還要請度鈞先生與您這位相好，辨認一二！」

這人嘴裡說話實在不乾淨，時時刻刻不忘貶損人。

姜雪寧聽得心頭火起。

只是人在屋簷下，她忍了並未發作，只抬起頭來向著魯泰示意的方向看去，忽然之間眼睛便睜大了，幾乎控制不住地朝身旁謝危看了一眼！

那被綁上來的，是一女一男，一大一小，身上皆是傷痕累累。

尤其那名女人，頭髮蓬亂，淚水漣漣。

看得出已經有一些年紀，約莫三十好幾歲，一身婦人打扮，看眉眼淳樸無心機，手腳都不纖細，一看便知也是出身不好做慣力氣活兒的苦命人。

而最令姜雪寧震驚的，是跟著被推上來的那看著年紀不大的少年……是小寶。

當初在通州一役救過姜雪寧的那個孩子，後來曾出現在謝危身邊，機靈懂事，常幫著跑腿，只不過這兩年她不曾見過，已然是長高了，長大了。

只不過他身上的傷比那婦人還多。臉上更是一片汙跡。

被捆著手推上臺時，滿面灰敗，甚至還有些愧色，只看了她與謝危一眼，眼底便差點湧出淚來，不敢抬頭多看。

謝危一看還有什麼不明白？

小寶原就是教中的，偶然被他瞧中才帶了幾日，教給識文斷字，他自己也爭氣，練得一身好武藝，又因年紀小，旁人不容易注意，所以能辨許多刀琴劍書不能辨的事情。

只是他入天教並非因為他想。

而是因為他家中兄嫂入了天教，才帶著他一塊兒。

那聽聞中的兄嫂，謝危並未見過，只知道他每回得了什麼好東西，總要留起來，拿回家裡去，想必將家人看得極重。

他或恐能受得住刑，咬牙不吐露一個字，可兄嫂就未必了。

何況天教把人一齊抓起來了？

若此事換了他來做，想必也是一般無二；但知這孩子重視什麼，便在他眼前鞭打其長嫂，鐵打的人都是一顆肉心，又怎能真忍見待自己極好的親人受苦受難？

果然，魯泰緊接著就指著謝危與姜雪寧，先問小寶：「小子，這兩人你可認識？」

小寶咬緊了牙關沒說話。

魯泰便一腳踹在他身上，徑直越過他走到那低頭哭泣的婦人身邊，一把抓住她蓬草似的頭髮，將人的腦袋提了起來，仍舊指著姜雪寧與謝危問：「認識嗎？」

她臉抬起來，五官便變得清楚了一些。

姜雪寧終於是想了起來。

見過的，這婦人也是她在通州一役時見過的。那時是她與張遮一道被逃出獄中的江洋大盜擄裹著，與天教逆黨在破廟歇腳，這婦人作為天教接應的人之一，為他們端來了食物與水，還笑著向她遞了個炊餅。

那婦人農家出身，只跟著自家男人入了教，不過幫著做些吃食，平日裡也不接觸教務，更不知道這般大的禍事怎麼會降臨到自己的頭上。

她一雙眼都差點哭紅了。

順著魯泰手指的方向一看，見著謝危自然是不認識，然而在看見姜雪寧時，目光卻是一停，彷彿抓住了救命稻草一般，喊：「認識，認識！這個姑娘我認識的！」

姜雪寧的心幽幽沉底。

魯泰頓時大笑起來，有些欣喜如狂，續問道：「妳何時何地，哪裡見過她？」

婦人哭著道：「兩年，不，快三年了。就當年通州那事，死了好多好多人的那回。我跟小寶，去給大夥兒送剛做好的炊餅。那裡都是大男人，這個姑娘穿著的是男人的衣服，可我一眼就看出她是假扮的，但想這也不是我該問的事情，便沒有聲張。後來，後來才聽說通州出了事……」

臺下頓時一片譁然！

魯泰更是趁勢厲聲向姜雪寧叱問：「都已經被認出來了，妳還有什麼話好說！」

這局面已然對他們不利。

可姜雪寧的目光去落到了小寶的身上，仔細考慮了一番，竟然不慌不亂，反問：「不瞞魯舵主，我也的確見過她，但僅僅是在破廟之中，一面之緣，此後更是半點交集都沒有。難道同在一處廟中歇腳，便能證明通州一役與我有關，與度鈞先生有關嗎？」

「好，妳既要負隅頑抗，今日便叫妳死個明白！」魯泰重重將女人推倒在地上，自己卻重新向小寶走了過來，冷冷道，「該你了，前日我問你時，你是怎麼說的，今日便如實說出！」

謝危將手背了，靜靜立著。

小寶抬起頭來向他看去，又慢慢轉過頭向姜雪寧看去，一雙烏黑的眼底，閃過幾分壓抑的血性，竟然道：「我替先生做事，自然見過先生，也見過姑娘。可通州一役，甚至公儀先生的死，與先生和姑娘全無干係！我什麼都不知道！」

「胡說八道！」

魯泰勃然大怒，幾乎立刻伸手掐住了他的脖子，滿面凶惡之態，甚至有些猙獰。

「前日你分明已經招認得一乾二淨，如今當著我天教眾兄弟，甚至教首的面，你竟然敢撒謊！說，快說——否則我立刻剁了你的手腳，讓你知道知道厲害！」

謝危從頭到尾都很鎮定，此刻一撩眼皮，彷彿小寶並非為自己做事的人似的，只事不關己一般，淡淡提醒了一句：「魯舵主，他年歲不大，你又何必為難？我竟不知，我教什麼時候也會屈打成招了。」

天教招募人入教，打的便是「大同」的旗號，向來厭惡官府衙門裡那一套。早在魯泰將人帶出來的時候，就有人注意到了這兩人身上的傷痕，見得魯泰那般對付小寶，心裡不免都有些不適。

畢竟他們不是高位者。

魯泰當年跟公儀丞的時候還是個小角色，可這些年來位置高了，手底下有人使喚，床榻上有人暖被，甚至還有流水似的金銀能花銷，哪裡還記得自己也是為了一口飯入的教？早不知把初心都丟到了什麼地方。

上天臺還當是私底下，難免使人詬病。

謝危此言一出，下面便有些竊竊私語，交頭接耳的聲音。

魯泰再蠢，這時也反應過來，自己做得過了。

一張臉一時紅一時白，下不來臺。

但更令他狂怒的，是小寶先前招認，如今站在這高臺之上，竟然不顧他嫂嫂的死活又矢口否認，反而使得自己陷入不利之境。

而謝危方才這一句話，更絕了他用那婦人來要脅他的可能！至少現在不可能。

場面一時竟有些僵住了。

還是這時候萬休子坐在上頭咳嗽了一聲，狀似不經意地問道：「通州距離京城不是很近嗎？這位姑娘，當時也在通州？」

魯泰瞬間就被點醒了。

他一下反應過來，即便小寶不開口，也不是沒有文章可做，這一時竟乾脆放了小寶，站到中間來，指著姜雪寧問他：「方才你說，跟著度鈞，所以自然認識這個女人。那我問你，這女人姓甚名誰，家住何方，是何背景，與度鈞又是什麼關係？」

小寶一聽這話，面色便變了一變。

與此同時謝危一張臉也沉了下來。

姜雪寧雖不知魯泰為何問起這話，可只看小寶與謝危的臉色，便知道自己的身分，在天教，或恐是一樁麻煩——這樣一個與朝廷作對的教派，會怎樣看待一名官家小姐？

魯泰見小寶不開口，冷笑道：「說啊！不是認識嗎？」

小寶喉嚨乾澀，開口道：「姑娘姓姜，乃是，乃是……」

後面的話卻無論如何也說不出口。

魯泰便冷哼了一聲，自覺已經握住了勝機，環視周遭所有人，大聲道：「你不說，我卻知道，我替你說！這個女人，姓姜，叫姜雪寧，是狗朝廷裡戶部侍郎姜伯游的女兒！她父親在朝廷裡當大官，是皇帝的走狗；她姐姐嫁進了王府，是皇室的媳婦；而她自己，入過宮，當過公主的伴讀，而且還是度鈞的學生！這樣一個女人，我教號稱與公儀先生齊名的度鈞先生，竟然枉顧倫常，還要與她修煉，更為她孤身涉險！兄弟們，可還記得我教的教規——」

竟然是官家女！

一石激起千層浪，高臺之下，一瞬間人聲鼎沸！不少人又驚又怒。

「竟然還是皇親國戚？」

「呸，難怪這架勢，看著就不像普通人家！」

「戶部侍郎，年年苛捐雜稅收著的戶部嗎？」

「度鈞先生怎可與這種女人一起……」

「師生之間，倫常何在！」

「呸！」

……

若說先前還是看戲的人多，眼下姜雪寧的身分被公之於眾時，大部分人先前那種看戲的心態便驟然轉變了。大家都是貧苦出身，受盡了賦稅的沉重與徭役的艱苦，對朝廷、對皇族，都有著深深的怨氣，不然又怎會願意為天教賣命？

求得不就是有一日「大同」麼？

可這權貴家的姑娘，就這樣立在高處，還與他們教中大名鼎鼎的度鈞先生攪和在一起，實在扎眼，甚至讓人的怒氣與怨念都有了一個明確的物件和出口。

教中有過明確的規定，凡入教者，從此與權貴劃清界線，有家者離家，有產者交產，更不許與這樣的女人有染！

也不知是誰先在下頭叫了一聲：「教規處置！」

緊接著便有人跟著大喊起來：「按教規處置！」

很快下面聲音就匯聚到了一起：「三刀六洞，先來一刀處置了！」

姜雪寧頭皮都麻了一下，只覺被魯泰看著，猶如被毒蛇盯上，背脊竄上一股寒氣。

所謂「三刀六洞」是江湖上的規矩。

一刀穿過身體的一個部分，卻會留下兩個窟窿，凡是要退出教派的人，都要給自己三刀戳出六個窟窿，以表決心。

而天教的教規……

「我教規矩，凡是教眾，不得與權貴牽連有染。度鈞先生身在教中，為我教兄弟表率，卻明知故犯！」魯泰的聲音一句比一句寒厲。「若你不是教中人，當然好說。可你既然是，也還沒有退教，就與這女人在一起。不能輕輕饒過吧？」

謝危盯著他沒說話。

下頭又有人開始喊「三刀六洞」。

姜雪寧面色微微煞白，心念電轉，卻偏偏什麼也不能做。

萬休子在高處冷眼旁觀，倒是漸漸看出點意思來。

他其實只是想借魯泰之手，制住謝居安，又不讓自己攪進其中，給自己留下一點餘地。畢竟謝危雖在此處，可邊關上他那表弟燕臨，還手握十萬大軍，不可小覷。若能聯合去打朝廷，便如當年與平南王合作一般，自然最好。便是要殺謝危，也得顧忌外面，不能讓邊關與朝廷聯合。

不過倒沒想到，魯泰對謝危恨得這樣深。

公儀丞沒白養這條狗。

他考慮片刻，竟然笑起來，一副和善的神情，道：「度鈞這些年來，於我教有十萬分的功勞。況這女子與他也不過就是一道修煉，並且婚娶。民間倫理先不顧，於教規雖有衝撞，卻也不那麼厲害。依本座所見，度鈞也不過是一時糊塗，迷了心竅。」

全場都安靜下來。

萬休子卻看了姜雪寧一眼，才將目光落到謝危身上，似乎全是為他著想，道：「三刀六洞對有功之人，未免太過。不如這樣吧，度鈞，念在你是初犯教規，我教也並非不講道理，便給你一個走回頭路的機會。只要你與這女人撇清關係，此事便當沒有發生過，從此功過相抵。」

教首發話，誰敢不聽？沒人表示反對。

然而謝危卻知道，萬休子斷斷不會這麼簡單就放過：撇清關係容易，難的是如何證明！果然，緊接著他便抬手示意身邊的道童，竟然將腰間一柄佩刀拔了，擲在下方的地上，然後指著那刀對謝危道：「無須三刀六洞，可太過敷衍，只怕大家未必心服，一刀還是要的。腿傷難治，身傷要命，便穿她一隻手好了。倘若你不願，這刀可就要落到你自己的身上！」

話到此處，已顯出幾分森然。

萬休子固然是要向謝危發難，可姜雪寧這籌碼握在手中，他總要進一步地試探，這籌碼到底價值幾何，有多重要。

畢竟為情愛單槍匹馬到洛陽救人這件事，於他而言，始終有些不可思議。而且就這麼跳進了自己的全套，又似乎有些簡單得離譜，以至於使人不得不懷疑背後有陰謀詭計。

假如他與那女娃是裝的呢？又或許這一路就是為了放鬆他的警惕，使他覺得自己掌控了全域，好順遂地踏入他設計的圈套。屆時他以為用那女娃能威脅他，說不準謝危反將這女娃推出來擋刀，打他一個措手不及！

這一回，他就是想要趁機看看清楚，這種情況下，謝危是選擇給姜雪寧一刀，還是給自己一刀？

姜雪寧聽見他這話，下意識看向謝危。那刀就在謝危腳邊。

他也朝著她看來。

這一瞬間，一種不祥的預感就這樣從心中升起了，姜雪寧抬步就要向他衝過去，急急喊道：「不要！」

然而邊上的道童幾乎立刻將她制住。無論她多用力掙扎，都不能逃脫掌控。

無數雙眼睛看著。

謝危彎身撿起了地上的短刀，刀身雪亮，輕易映照出了他一雙平靜深邃的眼，灼灼的火光則燃燒在刀尖，透出一種格外的凶殺。

他的手是彈琴的手，手指修長，骨節如玉，猶如被上天精心雕琢打磨，又彷彿山間涼風吹拂時屹立的竿竿青竹，帶著幾分溫潤墨氣。

姜雪寧想起的是最初。

見著他時，病懨懨一張臉，白衣抱琴，信手拂弦，便使人如見巍峨高山，如聞潺潺流水。連身陷險境，自己都走不動了，還硬要連那張琴一起帶著。她至今都不會忘記，在她發怒砸了那張琴時，對方看著自己的眼神……

還不起。這個人情她還不起！

恐懼升騰上來，將她整個人攫住了，姜雪寧試圖阻止他，幾乎帶著哭腔求他：「不要，謝居安，不要！我還不起……」

她淚水已然滾落。

謝危看向她，微微顯出幾分蒼白的面容上，卻浮出了一抹奇異的微笑。

他攥緊了那柄刀。

卻只是雲淡風輕地向她道：「還不了。那從今以後，換妳欠我，好不好？」

姜雪寧說不上那一剎的感覺，彷彿痛徹了肺腑，又好像有什麼拽著她跌墜，從此無法逃脫——

魯泰已不耐煩的催促，指著一旁慣用來行刑示眾的刑臺：「教首難得開恩，還誰你想好了嗎？我數三聲——」

謝危搭下眼簾，只道：「不用數，我選好了。」

周遭人甚至都還沒反應過來。

他已右手攥刀，平靜地在將自己左手放在了凹痕遍布的刑臺上。刀尖抵著手背，刺破皮膚，血珠頓時冒出。他停了有片刻，似乎要徹底拋去什麼，然後才緊抿著嘴唇，閉上眼，暗咬牙一用力，便將刀刃往下壓去！

隱約似乎有「嗤」地一聲，在人腦海中響起。

可實則無聲。

這一刀鋒利地嵌入，深深貫穿了他整隻手掌！

第二三三章　不相負

所有人都沒想到。

包括萬休子在內。

沒想到一個人在自己和別人之間，可以如此迅速地做出抉擇，連一點猶豫都沒有，就如此決絕地對自己下了手……

一刀下去，鮮血幾乎立時順著刀縫湧流出來。

刀尖抵在刑臺。

下方那不知早已淌流過多少人鮮血的溝壑裡，便蔓延出去一片赤紅，在這高臺四面火光的照耀下，觸目驚心。

驟然襲來的痛楚，讓謝危兩道眉蹙緊了，額頭上都滲出了細密的冷汗。

然而他咬緊了牙關沒有發出半點聲音。

壓在刑臺上的手指幾乎用力地蜷縮，連握住刀柄的那隻手，手背上也陡然浮現出了幾道青筋！

姜雪寧陡然失去了全部的力氣，頹然地跌坐。

道童們這時倒將她放開了。

她怔怔地望著那一灘血，彷彿那赤紅的顏色是流淌在她眼底一般，讓她覺出了一種刺痛，一直投射到心底去。

萬休子乍驚之後，卻是忽然自心底湧出了萬般的驚喜，甚至沒有忍住大笑起來：「竟然為了一個女人！為了一個女人！本座還當你謝居安連日來都在我眼皮子底下，沒料想原來是真的情真意切，情根深種！連這隻手你都捨得，那便是連你執著多年的琴也不如她了，世間竟真有這樣的痴情種子，哈哈哈，好！好啊！」

當年奉宸殿學琴，她與琴一道摔倒，謝居安下意識救了琴，卻由著她摔倒在地；後來璧讀堂辭別，她向他贈了張琴，謝居安伸手將她拉住，那張琴卻跌墜損壞；今日萬休子催逼，要他在他與她之間選，謝居安一刀穿過了自己那隻彈琴的手。

……

姜雪寧也不知怎麼，看著謝居安立於刑臺旁的身影，悲從中來，突地失聲哭了出來，淚眼已是一片模糊。

魯泰眼見得謝危下手不曾猶豫，也有那麼瞬間，感覺到了幾分悚然，只為這人的鎮定與可怕。

然而這種悚然只是一時的。

他很快就想起了公儀丞之死的仇怨，目光在姜雪寧與謝危之間一陣逡巡，忽然間像是發現了什麼似的，目中精光四溢，大叫道：「還是教首英明！原以為度鈞先生乃是一時迷了心竅，才與這朝廷官家妖女有染。如今讓你在自己與這妖女中間選，你竟肯為這妖女捨了自己的手！這難道能說是你對這妖女毫無留戀？你分明是對這妖女情根深種，毫無真正的悔悟之心啊！這妖女何等貴重的身分，好端端的當初又怎會出現在我天教眾人所在的廟中，且還接了我天教教眾遞去的吃食？公儀先生之死，通州一役無數兄弟，絕對與你們脫不了干係！」

臺下的教眾們，聞得此言，也總算是從震駭中反應過來了。

謝危的舉動固然令人震驚，可並不能挽回什麼。

姜雪寧的身分既然已經爆出，天教眾人貧苦百姓出身，又哪裡會有半分的同情？

甚至有人大喊道：「讓那妖女受刑！」

魯泰自然大為振奮。

然而就在他走上前，待要再多做點什麼、嚴加審問的時候，卻有一名年輕的教眾身上染血，連滾帶爬地衝進了高臺下聚集的人群，帶著萬般驚慌地大聲叫喊：「打進來了！外面有軍隊打進來了！」

什麼？

這一剎那，整座高臺下聚集的上千人幾乎齊齊吃了一驚。

萬休子更是頭皮一炸，心裡一個激靈，駭然從座中起身！

外頭轟隆一聲，彷彿是大門被人撞開。

緊接著便是慘叫疾呼。

刀兵相接之聲幾乎是從四面八方響起，前面有，後面也有，完完全全被包圍了！

怎麼會？

這裡可是汝寧府，從哪裡來的軍隊能打過來？

萬休子根本想不明白。

要知道他時時刻刻提防著謝危，提防著朝廷。東面戰起，汝寧幾乎已經成了一座空城；而邊關大軍駐紮忻州，若朝著這面行進而來，不說路途遙遠，就是那行軍的動靜，也不可能瞞天過海，必然早早被他知道。自打決定要對謝危動手以來，他一直派人注意著忻州的消息，十萬大軍，一兵半卒都沒動！

哪裡來的軍隊？

哪裡來的援兵？

腦袋裡一團亂，萬休子大叫道：「速速整頓抵擋！來人，先護我！」

兩邊道童立時拔劍將他護住。

緊接著他目光一錯，瞥見旁邊的謝危，幾乎立刻靈光一閃，抬手指向他，惡狠狠地道：「是你，是你在算計我啊！快，切莫叫他跑了！抓他！抓他起來！」

然而這一場變故，對萬休子來說是突如其來，對謝危來說，卻是早有預料。

在聽見外頭亂起時，他已經咬牙忍痛，將穿在左掌的短刀抽了，緊握在手——先前刺穿手掌的刀刃，瞬間成為了他新的武器！

在兩名道童齊身向他撲來時，謝危毫不猶豫轉手一擋，刀刃順著對方劍鋒下落，電光石火間已削去了對方三根手指，自己另一隻已然受傷仍舊血流不止的手，卻向身後的刑臺一拍，借力旋身，又避開了另一道襲來的劍鋒！

但這一拍也加劇了傷處的痛楚。

他眉心緊蹙成一道豎痕，看向另一面跌坐的姜雪寧，卻並沒有出聲提醒，只是這樣驚心動魄的一眼！

萬休子遇險時第一反應先自保，所以叫臺上的持劍道童都聚攏到自己身邊；第二反應是讓人去抓謝危，因為外頭攻打來的勢力絕對與謝危有關，先將他擒住或有回天之力，所以這時候，自己的安危其實全繫在謝危身上，制住謝危這個真正的幕後之人，才有生機，於是那些個道童又都調轉方向，提劍朝謝危衝去。

可這樣一來，就沒人看著姜雪寧了。

她仍跌坐在地，在看見他投來的那一眼時，卻不需隻言片語，便全然明白——

謝居安是讓她趁亂逃，按著他與她先前的約定。

幾乎所有人都在她前面。

她在他們背後。

姜雪寧牙關都在打顫，卻近乎麻木地從地上爬起來，判斷了一下方位，便跌跌撞撞朝著東面臺階而下。

她還記得他說的話。

正東往北走二十步，就有一座密室。

只要藏在裡面，等人來找便是。

整座分舵，已經完全亂了。

他們甚至不知道自己的對手是誰。

所有人都奮力地持著刀劍朝外面衝殺，手持利刃的謝居安則將萬休子這幾個人拖住，幾乎沒有人注意到在這座高臺之上有一名弱質女流，趁亂往下走。

姜雪寧能聽見怒斥，能聽見慘叫，能聽見驚慌，也能聽見絕望……

可心裡卻空蕩蕩的。

彷彿有一陣狂風從她心裡吹刮過去，把這些聲音都刮走了，只餘下那一句：『從今以後，換妳欠我，好不好？』

明明是謝居安自己癲狂，以身犯險，拔刀換她，不是她逼的；她知道先前在忻州，她沒有走，留下來，只是因為「人在屋簷下不得不低頭」；此刻他就在她身後拚殺，拖住那些人，為她換得一線生機。

……

可這些與自己有什麼干係呢？

她是想要擺脫的啊。

倘若謝居安不死，那是他命大；倘若他死了，不也正好嗎？無論是誰虧欠誰，誰束縛誰，人一死便一了百了，不用再斤斤計較。

可為什麼，她竟覺腳下一步比一步沉！

那是她救了兩次的人啊。

他的命屬於她，而不是閻王爺！

姜雪寧似乎終於被自己說服了，分明該頭也不回離去的這一刻，她竟然停下腳步，朝著他看去。

謝居安肩上也多了一道劍傷。

衣袍上沾著的不知是自己的血多，還是對手的血多，那柄刀便像是長在手上一般，不曾鬆開半分，招架著那一寸長一寸強的利劍。冷不防一劍自側面襲來，儘管他避得快，手臂上也被劃出了一道血痕！

已然是左支右絀，頹勢漸現。

這一瞬間，姜雪寧眼底一片潮熱。

她輕輕地搭住了自己左手手腕。

那裡綁著謝危給她的刀。

或恐是跟瘋狂的人在一起，待久了，也會染上幾分似乎本不屬於自己的瘋狂。

她抬眼，看向了萬休子。

這位天教教首打心底不相信世間有人願因一個「情」字放棄一切，平日也許還會想想，真到危急之時卻是下意識地直接忽略了也許原本最是緊要的姜雪寧，此刻他看著一片亂戰的景象，早已氣急敗壞，破口大罵。

可道童們都在對付謝危。

姜雪寧朝著他走了過去。

她以為自己心底本該如浪潮翻湧，然而事實是，心裡面只有一片平靜，彷彿大雪過後的山嶺，掩蓋了一切的行跡，世界悄無聲息。

根本沒有人意識到她想做什麼。

甚至邊上一名天教教眾看見她向高臺走去，都只是在提刀而去的間隙朝她投來奇怪的一眼，而並沒有加以阻攔。

畢竟只是個手無縛雞之力的姑娘家罷了。

這節骨眼上他們奇怪的甚至不是她朝著萬休子走去，而是她面上竟然沒有驚慌，也沒有害怕。

甚至就連萬休子自己，在一眼看見她走過來時，都沒有在意。

前方道童已經一劍逼退謝危！

緊接著數劍將他包圍！

萬休子見狀頓時大叫了一聲：「好！」

然而也就是這時候，姜雪寧已經走到他身旁。

萬休子不經意向她看一眼，本準備繼續讓道童們趕緊將謝危制住，然而話未開口，想起方才一瞥之下姜雪寧面上的神情還有那攏在袖中看不見的右手，渾身突地打了個激靈：「攔住她！」

危險的感覺驟然襲來。

可這時候已經遲了——

根本還不待距離最近的道童反應過來，姜雪寧攏在袖中的右手已經伸出，一柄薄刃緊緊地扣在指尖，飛快地抵住了萬休子的喉嚨！

鋒利的刀刃一碰，便有血流！

萬休子一時連動也不敢多動一下，眼睛睜大，聲音發顫：「你好大的膽子！」

道童們更是齊齊愣住了。

儘管他們的刀劍已經將謝危圍攏，他一身道袍都被血汙沾染，可這時也是一樣不敢輕舉妄動。

誰能想得到？

一介弱女子不僅身懷利刃，且還有這樣的膽氣！

然而姜雪寧只是死死地扣著萬休子，挾持著人往更高處的臺階退去，立得離那些道童遠了，才轉眸看向他們，冷冷地命令：「放開他。」

道童們持劍直指，立著沒動。

謝危已有些力竭，眨了眨眼，抬起頭來，從人群中望向她。

萬休子簡直不敢相信自己竟有陰溝裡翻船的一天，突然之間毫無防備地栽在了這樣一個女人手中，聽她這般威脅道童，氣得渾身發抖：「妳做——」

話音未落，已戛然而止。

回應他的只是姜雪寧驟然往裡壓進的刀刃！

幾乎已經有一個刀尖刺進了他脖頸！

溫熱的鮮血瞬間湧流而下！

萬休子驚恐地大叫起來。

道童們更是渾身緊繃，攥著刀劍手都能看見青筋！

可姜雪寧的眼神卻比任何人都要狠上三分，她方才哭過，眼眶發紅，彷彿有一股戾氣侵襲而上，添了幾分殘忍。本是連血都怕見的人，此刻現在卻渾無往日溫良，只格外冷酷地俯視著下方：「謝居安的命便是要收也輪不到你們來！不要讓我重複第三遍，放、開、他！」

第二三四章　放執念

眼下這般場面，萬休子完全有理由相信這女人一個手抖一個激動就結束掉自己，眼看著下面那幫道童傻了似的愣住不動，脖頸上尖銳的疼痛又使他感受到了生命流逝的威脅，一時便猙獰著面目，色厲內荏地叫起來：「放開他，愣著幹什麼，放開他！」

只是話雖喊著，人卻不敢亂動。

鮮血留下來已經染紅了一片衣襟。

下方的道童們向著謝危看了一眼，到底還是心不甘情不願地朝著後面退去。

謝危垂在身側的手還在淌血。

他卻全然不顧，只仰首看著立在高處的她，褪去舊日少女的柔和，換上一身初露的鋒芒，便恍惚想起當年她逼急了砸自己琴時的架勢，於是唇角慢慢彎起，竟笑了出來。

渾身是血，可眉目柔和。

外頭攻打進來的人本就不少，而且圍攏了四面八方，幾乎就沒天教分舵眾人逃脫的機會，很快就形成了碾壓的優勢，將場面控制。

姜雪寧看見燕臨和呂顯從門外走進來。

很快就是一陣喧譁之聲。

劍書驚急的面容從眾人之中一晃而過，好幾個人幾乎立刻上去，查看謝危的情況，他卻還看著姜雪寧，同時向身邊幾個人冷靜地下達著什麼命令。

然而話音落時，身子卻微不可察地輕晃一下。

整個人毫無徵兆就倒了下去！

那一瞬間，彷若玉山崩塌。

各種聲音尖銳地進入姜雪寧的耳中，可只是無意義地交雜在一起，在腦海中形成一股混亂的嗡鳴，反而讓她眼前所見的畫面，充滿了一種矛盾的寂靜。

世界似乎隨之塌陷。

周遭靜了一剎，緊接著便是大亂。

人如潮水一般湧了溝渠，將謝危圍攏。

她卻像是岸上一塊石頭，動也不動，視線被阻隔大半，看不見他了。

姜雪寧手指緊緊扣著的刀刃仍舊沒有鬆開半分，更沒有放開萬休子，整個人動也不動一下。直到下面人慌亂地將謝危扶走，又有人迅速上來將萬休子從她手中押了下去。

她抬起頭來，看見了一雙擔憂的眼。

燕臨站在她面前，峻拔的身影被火光映照，只用一種格外沉默的目光望著她，眸底千回百轉，過了許久，才慢慢道：「寧寧，你喜歡上先生這樣的人，會很累。」

姜雪寧卻只看著地上那一小灘血跡。

她恍若未聞。

人如在夢中一般，只想：我也知道。可這樣的一個人，叫我怎麼去忘掉，又怎麼敢忘掉……

「寧寧……」

沈芷衣本是來陪她下棋，眼看著她下著下著，便怔怔盯住了其中一枚棋子，魂不守舍模樣，眼底便添上了幾分憂慮，輕輕喚了她一聲。

姜雪寧這才回神。

沈芷衣是事後兩天才到的汝寧府。

她本是要隨燕臨他們一道來的，可黃州有屯兵，怎會願意叫她一個皇族公主知曉？是以婉拒，只讓人準備她的車駕，晚了好些天啟程。

待得事定，方才抵達。

姜雪寧與謝危歷了一遭艱險的事，沈芷衣也有聽說。

只是畢竟不再是當年天真的公主了。

謝危此人看似光風霽月，內裡剖開卻是一副汙黑的心，她只擔心，此人猶如一座深淵，拽著姜雪寧往下跌墜。

若是往常，姜雪寧只怕已經注意到了沈芷衣欲言又止的眼神，然而這兩天她連自己的事情都不特別關照，所以有些很明顯的細節都忽略了過去，不曾注意。

當下還笑問：「該我下了嗎？」

沈芷衣看了她許久，心裡實有千萬般的話想要對她講，甚至是那件使她猶豫了許久的事，然而此時到底說不出口，只斂了眼底的複雜，笑笑道：「該妳下了。」

姜雪寧便胡亂下了幾手。

末了還是沈芷衣贏。

她這糊裡糊塗的下法，就算是沈芷衣有心要讓她，也實在讓不出什麼結果來，末了也知她現在沒什麼下棋的心思，拉著她說了會兒話，便叫她好生休息，自己離開了。

姜雪寧坐在屋內，卻沒有去睡覺。

兩天前那一場突如其來的襲擊，自然將天教這座分舵剿滅，所有匪首包括萬休子、魯泰在內，盡數被擒，關押在地牢內。

謝居安的傷勢不算輕。

周岐黃等幾名大夫忙前忙後也著急了好一陣。

只不過，姜雪寧竟沒有去看過。

她彷彿想花些時間，徹底把自己整理透徹。

也或許，只是怕。

直到此刻，她才搭垂著眼簾，問了邊上來伺候的丫鬟一句：「謝先生那邊怎麼樣了？」

丫鬟是原本將軍府裡伺候的。

她位卑也不敢瞎打聽，只道：「大夫們前一天折騰了小半夜，後來人醒了，好像就沒事了，據說只是些外傷，將養將養就好。」

外傷。

一隻手而已，的確也只能算是「外傷」。

姜雪寧聽後，實在不好說自己心底究竟是有多少情緒交匯在一起，索性不去分辨了，起身便走了出去。

此時正是午後。

窗外有悅耳鶯啼。

碧樹陰陰，日照明媚。

謝居安住處，挑的仍舊是僻靜院落。

外頭那一座石頭堆砌的高臺上，新鮮的血跡才剛剛乾涸，她也不看上一眼，徑直從庭院的邊緣穿過，便看見了一樹無憂花旁緊閉的門扉。

刀琴仍在京城未回。

如今伺候在謝危身邊的就劍書一個，和一個才打天教救出來的小寶。

兩人見著她，神態並不相同。

小寶是且愧且疚。

劍書眼底卻是掠過了一抹黯然，然而看見姜雪寧時，又到底懷了幾許希冀。

房中隱約有一絲顫顫的琴音。

只是並沒有往日的流暢。

連音調都差了少許，凝著一種僵硬的滯澀。

姜雪寧心底驟然抽痛，險些沒說出話來，靜立半晌，卻再也不聞那房中琴音響起。

劍書低聲說：「先生不願見誰。」

姜雪寧立在房門外，只朝著裡面道：「先生，我想進來。」

裡面久久沒有回答。

她便強忍了心底的翻湧，往面上掛上一抹笑，只當他是默認了，伸手將緊閉的門推開。

屋內瀰漫著清苦藥味兒。

謝危穿著身簡單的白衫，盤膝坐在窗下的羅漢床上，上頭置了一張几，几上擱著一張琴。他身上的傷口早已經處理過，左手上了藥，用雪白的絹布纏住，露出的修長手指上還能看見點隱約的傷痕。

面上那種病態的蒼白，卻使人想起初次見他的時候。

只是那時候……

姜雪寧眼眶一酸，安靜地走到他身旁去，羅漢床邊的腳踏上屈坐，卻笑著凝望著他：「你故意的，是不是？」

謝危看著她，沒有回答。

她拉了他的手來看，有那一剎，淚水險些滾出眼眶，可她強忍住了，不無調侃地彎酸他：「別人都說你算無遺策，可有時候，你明明一點也不精明，蠢得好厲害。我當年救你，可不是出於什麼良善，我就是不想你死在我旁邊，我害怕。」

謝危豈能看不破她的強撐？

但並不揭穿。

只是低眸，也拉了她的手。那纖細的左手腕，一道細細的疤痕猶未褪去，溫熱的指腹輕輕壓上，仍舊能撫觸出些許痕跡。

他平淡地寬慰她：「我也怕的。」

很難想像，這樣一句話從謝危口中說出來。

他殺伐果斷，哪裡會怕個死人？

姜雪寧看著他，心下難受，慢慢道：「為我不值得。」

謝危一聲輕笑：「不過是一時彈不準調罷了，本也只是個放不下的執念，如今放下了也好。」

他幼時學琴最差。

可偏素性要強。母親又說，世上本無不擅之事，怕的是苦心人。肯學，肯練，時日久長，總能卓然拔俗。天不厚才與人，人所賦於己罷了。所以二十餘年如一日，不曾毀棄，倒也堪堪成個琴中高才。

他平生不服，乃一「輸」字。

學琴不過其中之一。

姜雪寧卻幾乎要為他這雲淡風輕的一句落淚，心緒如在雲端翻湧，幾經回轉，飄蕩天際。

可她不敢問他還能不能彈。

許久後，只低低道：「謝居安，往後我彈給你聽，好不好？」

謝危手指撫過她面頰，半帶嫌棄地笑她：「妳彈得那樣難聽，琴曲都不會幾首……」

姜雪寧凝望他。

然後慢慢直起身，仰起臉頰，輕輕湊上去，在他薄唇上落下鴻羽似的一吻，眼底卻為水霧氤氳了一層濕潤的光亮，道：「那你以後教我。」

名師出高徒。

他好好教，她必能學會。

倘若學不會，那一定都是他的錯。

第二三五章　權謀世

謝危喉結微微滾了滾，聲音略有喑啞，向她伸手：「來。」

姜雪寧被他拉了起來。

他一手摟了她的腰，將她圈在了自己懷裡，卻沒有多做什麼，只是坐在窗下，這樣簡單地抱住她，又似要用這樣克制的動作，壓抑住內心某一種衝湧地彷彿要溢出的情緒。

她的臉貼在他胸膛。能聽見裡面有力躍動的心跳。

前段時間陷落天教的時候，他們更親密的事情做了不知多少，可並不包括這般的相擁。只因那似乎是比親密更親密的事，而謝居安從來不敢跨越這道界線。

直到此時此刻。

姜雪寧原是不習慣與人靠得這般近，有這般親密的姿態，只是謝居安擁住她的動作是如此小心翼翼，甚至帶著一絲不易察覺的顫抖。

她到底沒有抗拒。

過得片刻，便也慢慢放鬆下來。

謝危說：「妳是我的。」

姜雪寧抿唇不言。

謝危注視著她，考慮半晌，笑：「那我是妳的。」

姜雪寧聽了，只覺這人荒唐又幼稚，可心裡知道與他辯駁這些不會有結果，說不準還要把自己繞進去，索性不搭理，唇邊勾一抹笑，便把眼睛慢慢閉上。

謝危便當她是默認了。

他看向窗外，春日的花樹都在清風與天光之間搖曳輕晃，可往日他從沒有一回覺得它們充滿了這般煥然的生氣，原來每一花每一葉都不相同，便如時光靜默流淌，每一刻都使他真切地感知自己平平凡凡地活在紅塵俗世之間。

過了許久，他才說：「我便當妳是答應了，往後不能反悔，不能不要我。」

姜雪寧靜靜伏在他臂彎。

謝危久不聞她回答，低下頭來看，才發現這小騙子竟然睡著了，怔了一怔，不由失笑。

然而目光流轉時，卻看見她眼瞼下那一點淡淡的儵色。

她這兩日，究竟是想了多少，熬了多久，才終於走進這間屋子，對他說出方才那話？

他竟覺得心裡堵著。

萬千情緒都積壓到了一起，然而又難以尋找到一個宣洩的出口，想要用力地將她擁得更緊，甚至揉碎了捏進自己骨血，可又怕稍一用力便將她吵醒。

臂膀間有千鈞力。落到她身上時，卻只那樣克制而隱忍的一點。

謝危終究是沒有忍住，眉睫輕輕一顫，伏首輕輕吻在她眉梢。

沒有渾濁緊繃的欲求。

只有滿滿濃烈的熾情。

兩人的身影在窗下交疊，細碎的天光散落在她髮間，柔軟的青絲則鋪在他垂落的袖袍，氤氳著的像是暴風雨後平靜柔和的虹光，彷彿相互依偎著，有一種難言的溫情脈脈。

呂顯來的時候，庭院裡安安靜靜。

劍書守在外面。

呂顯看向那掩著的房門，蹙了眉問：「說好的未時末，我在那邊等半天了，你們先生怎麼沒來？」

劍書低低道：「寧二姑娘在裡面。」

呂顯便不說話了。

但此處安靜，房門雖閉著，謝危也能聽見他的聲音。此刻便動作極輕地將姜雪寧放了下來，將一隻軟枕墊在她腦袋底下，又將那置著的方几撤到一旁。雖是春末，可也怕這般睡著染上風寒，於是拉過羅漢床另一側的薄被，一點一點輕輕替她蓋上，然後仔細地掖好被角。

她睡夢中的容顏，真是好看極了。

謝危立在床畔，凝視她嬌豔的唇瓣，忽然想起兒時侯府慶餘堂外那掩映在翠綠葉片下紅玉似的櫻桃，於是又沒忍住，俯身親吻。

從房內出來時，他沒說話，只返身緩緩將房門拉攏，對一旁小寶道：「照看著，別讓人吵著她。」

小寶輕聲道：「是。」

呂顯一聽，也沒有立刻開口，而是同謝危一路走出了庭院，離得遠了，才道：「按你的意思，都收拾得差不多了。」

謝危披上了一件鶴氅。

從庭院裡走出來時，方才的深靜溫和早已風吹雲散一般消失了個乾淨，眼簾一搭，冷淡得很：「沒弄死吧？」

呂顯道：「自盡了三個，骨頭硬。」

謝危聞言，墨畫似的長眉都沒多動一下，只道：「沒死乾淨就好，我還有些用處。」

天教既是江湖中的教派，自然不免常有爭鬥，無論是對付教外的人還是教內的人，都得有個地方。可朝廷禁私刑，也不敢明目張膽，所以都設成了地牢。

陰暗逼仄，濕冷壓抑。

謝危到時，腳下的地面已經被水沖過了一遍，乾乾淨淨，若非空氣裡還浮動著隱隱的血腥味，牆角某些凹陷處尚有淡色的血痕，只怕誰也瞧不出在過去的兩天中，這座地牢裡上演過怎樣殘忍的場面。

早先萬休子身邊那些天教的舵主、堂主，有一個算一個，全部用鐵鍊吊在牆上，淋漓的鮮血還在時不時往下滴。

許多人已奄奄一息。也有人尚存幾分力氣，聽見腳步聲時抬起頭，看見謝危，便目眥欲裂地叫喊起來：「狗賊！度鈞狗賊！有本事便把你爺爺放下來堂堂正正地較量個高下！」

邊上一名兵士幾乎立刻狠狠一條鐵鞭抽了上去，在那人已沒有幾塊好皮的身上又留下一道血痕，鞭梢甚至捲起掃到了他眼角，看上去越發猙獰可怖。

謝危停步轉眸，倒沒辨認出此人來，問劍書：「他誰？」

劍書看一眼，道：「是魯泰。」

謝危凝視他片刻，想這人不必留，便淡淡吩咐一句：「手腳砍了，扔去喂狗。」

他繼續往前走。

沒一會兒後面便傳來可怖的慘叫聲。

地牢內的血腥氣彷彿又濃重幾分。

最裡的牢房裡，萬休子聽見那回蕩的淒慘叫聲，幾乎忍不住牙關戰慄，被鐵鍊鎖在牆上的他也沒多少動彈的空間。

可身上卻沒多少傷痕。

這些日來他是地牢裡唯一一個沒有遭受刑罰的人，然而他並不因此感到慶幸，反而自心底生出更深更厲的恐懼，一日一日來聽著那些人受刑的聲音，幾乎是架在油鍋上，備受煎熬，睡都睡不下，只害怕著哪一日就輪到自己。

他知道，這是故意折磨他。

外頭來的腳步聲漸漸近了。

他身上的顫抖也就越發劇烈，連帶著鎖住他的鐵鍊都發出輕微的碰撞聲，一雙已經有些渾濁老邁的眼死死地盯著過道的右側。

謝危終於是來了。

不再是那個穿著太子衣袍、虛虛七歲的孩童，二十餘年過去，他已經變成了一個可怕的怪物，潛伏在天教的魔鬼，終於悄無聲息地將那一柄屠刀，架到了他的脖子上！

這一瞬間，萬休子甚至是憤怒的。

他緊緊地握住鐵鍊，朝著前面衝撞，惡狠狠地瞪著眼睛，彷彿恨不能上去掐住他的脖頸，將這個一念之差鑄成的大錯重新扼殺！

可到底衝不過去。

他仇恨極了，喉嚨裡發出嘶吼：「當初我就應該一刀殺了你，讓你跟那三百義童一起凍在雪地裡，也好過今日養虎為患，竟然栽在你的手裡！本座救過你的命，本座可是救過你的命！」

劍書拉過了一旁的椅子，將上面灰塵擦拭，放在了謝危身後。

謝危一拂衣袖，坐了下來。

對萬休子一番話，他無動於衷，只輕輕一擺手。

兩名兵士立刻走了進去，將萬休子摁住。

他瘋狂地掙扎。

然而掙扎不動。

靠牆髒汙的長桌上已經整整齊齊地放著一排小指粗細的長鐵釘，邊上是一把血跡未乾的錘。

劍書便走上前去，拿了一根。

萬休子預感到了什麼，瞳孔劇縮，哪裡還有前兩日作為天教教首的威嚴？只聲嘶力竭地大喊：「你想幹什麼？放開本座！」

他的雙手都被死死按住貼著牆。

劍書來到他面前，只將那一根長長的鐵釘對準萬休子手掌，一點一點用力地敲打，深深釘入筋骨血肉之中，甚至整個穿透了，釘在後面牆上！

那恐怖的痛楚讓萬休子瞬間慘叫起來，身體更是抽搐一般痙攣，一時掙扎的力氣竟然極大，可仍舊被那兩名兵士摁死。

緊接著，還有第二根，第三根……

鮮血湧流而下，長鐵釘一根接著一根，幾乎將他兩隻手掌釘滿！

早在釘到第三根的時候，他就已經承受不住，向著先前還被自己叱罵的謝危求饒：「放過我！看在我當年也饒過你一命的份上放過我！你想要什麼都拿去！天教，天教要不要？

還有存在銀號裡的很多很多錢，平南王，平南王一黨餘孽的消息我也知道！你不也想當皇帝嗎？不也想找朝廷報仇嗎？放過我，放過我，啊——」

下頭有人在旁邊置了張几案，奉上剛沏上的清茶。

謝危端了，喝了一口。

左手手掌還纏著一層絹布，痛楚難當。

抬起頭來注視著萬休子，他看著他那釘滿長鐵釘已經血肉模糊的手掌，心裡一點觸動都沒有，只嗤一聲：「天教？一幫酒囊飯袋，廢物東西。靠他們能成事，如今你就不在這裡了。給我？養著都嫌費糧，你可真看得起自己。」

萬休子終於掙扎不動。這兩隻手上終於也沒有多餘的地方。

他奄奄一息地掛在牆上，已是一句話也說不出來了。

這般殘忍的場面，叫人看了心驚。

謝危卻始終視若未見一般，將那茶盞擱下，起身來，慢慢走到近前，深邃的眸底掠過一道幽暗的光華，竟似帶上了幾分大發慈悲的憐憫。

他道：「不過你當年放過我，的確算半樁恩。」

萬休子幾乎要昏厥過去。一瓢冷水將他潑清醒。

他聽清了謝危的話，儘管明知不可能，可人在絕境之中，忽然抓著一絲希望，還是忍不住抬起了眼來，死死地盯著他。

謝危唇邊於是浮出了一點奇異的微笑，慢慢道：「你不是想當皇帝嗎？我放你一條生路，給你一個機會。」

萬休子渾身顫抖起來。

謝危眼簾低垂，輕聲續道：「天教還是你的，義軍也是你的，儘管往北邊打，龍椅就放在紫禁城的最高處。」

這一瞬間，萬休子竟感覺渾身寒毛倒豎！

他也算是老謀深算之輩了，豈能聽不懂謝危的話？

然而別無選擇——

從這裡出去，在這廣闊的天下征戰，或恐還有一線生機，否則今日便要身首異處！

先前抓起來的那些天教上層魁首，連帶著萬休子在內，都被謝危放了。

沒有人知道為什麼。

但在萬休子放回去半個月後，原本偃旗息鼓的天教義軍，便重整旗鼓，如同瘋了一般，揮兵北上！一路見城拔城，見寨拔寨，幾乎是不計後果，拿人命和鮮血去填去換！

天下已亂，群雄逐鹿。

朝廷發了檄文討逆。

原本在邊關打了勝仗、踏平韃靼的忻州邊軍，擁護舊日勇毅侯世子燕臨為統帥，向天下宣稱奉了公主的懿旨，冠冕堂皇地舉起勤王的旗幟，同時集結忻州黃州兩地兵力，剿滅天教，衛護朝廷！

天教的義軍在前面打，他們的「勤王之師」便在後面追。往往是天教這邊費盡心力不知死了多少人才打下來的城池，還未來得及停下來喘口氣，後面的追兵便已經臨近城下。

打根本打不過，只好繼續往北逃。

邊打邊逃，邊逃邊打，簡直像是一頭被放出籠子生怕被抓回去又餓狠了的豺狼，顧得了頭顧不了尾，為了那一線生機只好瘋狂地往前奔突！

獵人則跟在後面，不疾不徐。撿起他們丟下的城池，安撫他們驚擾的百姓，幾乎不費一兵一卒，便占據了半壁河山，贏得民心無數。

沈氏江山，搖搖欲墜。

短短不到五個月的時間，已經被逼紅了眼的天教義軍打到直隸，劍指京城！

緊隨其後，便是謝危所謂的「勤王之師」。

都這時候了，微如累卵的京師，竟還有人天真地相信，忻州軍確實是為勤王而來，且領軍的乃是當朝少師謝危大人，屆時與京中八萬禁衛軍前後夾擊，必能盡誅天教賊逆！

殊不知——割鹿的屠刀，已在暗中高舉！

第二三六章　么娘

八月中旬，天教打入直隸，於保定府駐軍；所謂的「勤王之師」則緊隨其後，收了天教花費大力氣打下來的真定府。

保定距離京城快馬不過半日。

真定在保定東南，距離京城稍遠一些，但距離保定同樣也只有半日不到的路程。

燕臨等人率軍來到真定時，駐紮在城中的那些個天教義軍根本抵擋不住進攻，本來就是軍疲馬憊，才打過朝廷，還未來得及喘口氣，就迎戰忻州軍、黃州軍，哪裡能有半點反抗之力？

沒兩個時辰就開城投降。

入得城中，周遭所見皆是戰亂貽害，遍地狼藉，滿目瘡痍。

萬休子也不是什麼好相與的角色，深知自己若停下來守住打下的每座城池，必然面臨前有狼後有虎的狀況，遭受謝危與朝廷的夾擊，屆時更無半點生路。

所以最近兩月，倒想出了些「削弱」謝危的法子。

比如進得城中便燒殺搶奪，將鄉紳官僚富戶的家財洗劫一空，能帶走的帶走，帶不走的便一把火燒掉，半點糧草都不願意留給謝危。甚至若城中還有青壯，要麼強行抓了編入自己義軍之中，充當下一次攻城的犧牲；要麼當場殺掉，以免使他們加入忻州軍陣營。

所以天教義軍所過之處，十城九空。

前期是被萬休子下令劫掠清理，後期則是百姓們趕在交戰之前便早早逃離，以避危難，等到燕臨將軍的勤王之師到了，才會回城。

兩相對比之下——萬休子是魔鬼，謝居安是聖賢；起義軍是悍匪，忻州軍是王師。

可誰能知道，背後推動這一切的，根本就是那所謂的「王師」，所謂的「聖賢」呢？

燕臨領兵作戰，謝危謀劃大局，呂顯協調糧草。當然這裡面免不了也有姜雪寧一分力，畢竟自打從天教手中接管南邊之後，蜀中與江南一帶的生意便自然拿了回來，即便周寅之盜去信物，可也不過只是劫走存放在錢莊的十數萬兩白銀。

錢是死物，能使錢的人才是稀罕。

她沒閑著，一路都隨在軍後，把沒去參加科舉的衛梁也給捎上了。每到一城，必定先問民生，因地制宜，布置農桑，於安撫百姓之上倒是起了很大的作用。

只不過嘛……

劍書捏了手裡那封信京城來的信，往前走去，想起那位呆呆傻傻的衛梁衛公子來，不由輕輕撇了嘴。倒不是他對衛公子有什麼意見，事實上這位只對種地感興趣的公子，事情做得多，卻沒半點架子，還挺得人好感。

可壞也壞在這裡。

誰讓他是寧二姑娘手底下的人呢？

長得將就，總跟著寧二姑娘走，話也聊得來，自家先生有一回眼瞅著這倆人手裡拿著紅薯在田間地頭蹲了一下午，臉色簡直黑得跟鍋底似的。

偏偏這人還聽不懂人話。

某一次寧二姑娘不在，先生正巧遇到他，留他坐下來喝茶，花了三言兩語敲打他。衛梁愣是沒聽明白，而且半點人情世故不通，還頗為迷惑地反問：「東家姑娘不能一塊兒去嗎？可她管錢，大夥兒都喜歡她，事事要她點頭，總要去看看才知道。哪兒能隔著帳本，就把事做了，把地種了？」

那或恐是自家先生心情最差的一天。

連帶著寧二姑娘次日都倒了楣，學琴時候走了神，還順嘴提了一句衛梁，被先生抄起戒尺來就打了手板心，又哭又叫，到頭來都沒明白先生那日火氣怎麼那樣大。

劍書琢磨自家先生悶聲不響吃大醋的架勢，都覺得脖子後頭發涼，可也不敢多嘴。

好在先生心裡有數。

吃醋也就吃一時。

畢竟寧二姑娘與那衛梁公子之前清清白白，並不是真的有什麼，一心種地罷了，再不樂意先生也得憋回去。

此時的真定府知府衙門裡，早已經換上了忻州軍的人，抬眼庭院裡都是穿著盔甲的兵士在走動。

原先的知府在前陣子天教進城的時候，便被萬休子一刀砍了腦袋，其餘官僚也殺了大半，剩下沒死的更是早跑了個精光。

是以衙門就空了出來。

正好挪給謝危燕臨等人住。

寧二姑娘的院落當然是這府邸最好的院落。

時以入秋，楓葉漸染。

走廊上飄來了泉水似流瀉的琴音，已經算是摸著了門路，漸漸有種得心應手之感了。

劍書在外頭聽著，便也忍不住一笑，只是垂下頭看見手中的信封時，面容又慢慢肅冷下來。

他步入了院中。

臨院的窗扇開著，姜雪寧便坐在琴桌前，信手撫弄琴弦，謝危則立在她邊上，靜默地看著，聽著。

一曲畢，她舒了口氣，緊接著便喜上眉梢，回頭道：「怎麼樣？這回可全部彈對了吧？那接下來的半個時辰我可就要休息了。」

謝危聞言扯了扯嘴角。

他薄涼的目光掠過她含著期待的眼，心裡雖知道她這說是與自己打賭，說什麼彈對了這首便算是她會了，接下來的半個時辰就能休息，其實就是講條件，想偷懶。

只不過來日方長。

一日學不會便繼續學一日，寧二這小傻子是一點也不懂。

他也不為難她，笑一聲道：「那今日便練到這裡吧。」

自打上回天教的事情後，寧二說到做到，倒是真的跟著他學琴。這幾個月來，若逢著當日無戰事，他不去商議籌謀，她不忙生意打理，便窩在房裡，一個教琴，一個學琴。

只不過，寧二的嘴，騙人的鬼。

她天性並不喜靜，待在屋裡便憊懶，出得門去又活蹦亂跳。說是要學琴，往後學好了彈給他聽。學是真學了，長進也是真有長進，但不大能坐得住，待那兒半個時辰便渾身難受，要左蹦右跳，賴皮躲懶。

謝危向來是嚴師，若換作是當年奉宸殿伴讀學琴時，早拎了戒尺抽她。

可如今……

她不練琴；他生氣；她苦命練，他又心疼。

明明叫劍書備了兩把戒尺，可直到現在兩柄都還嶄新的，別說打斷了，上頭連劃痕都沒幾條！

姜雪寧是不知謝危怎麼想，只覺這人越來越好說話。

這段時間她倒不是不想練琴。

畢竟對謝居安做出承諾時，她是認真的；只是眼見戰事發展，快打到京城，舊年那些事情便一件一件清晰地往腦海裡浮。這般心不在焉地練琴只怕是事倍功半，不如等尋心思清淨的時候再練，所以才跟他耍賴躲懶。

坐得久了，脖子痠疼。

她長舒一口氣，沒忍住轉了轉腦袋。

謝危立在她身後，見狀便笑，伸手過去搭在她後頸，修長的手指使了力，一點一點替她捏起來：「就妳這三天打魚兩天曬網的架勢，只怕學到七老八十也未必能有我七八分，這點時辰便累了……」

姜雪寧翻他個白眼。

不過回過頭去時，一眼就看見了門外來的劍書，同時也看見了他的面色，臉上輕鬆的笑意便慢慢斂了，只問：「消息到了？」

劍書入內，奉上那封信。

他躬身道：「有定非公子襄助，刀琴已經帶了人平安出城，今夜便到真定。」

姜雪寧將那封信接過，拆開來看，面無表情地坐了許久，才抬眸看向窗外的紅葉，向謝危道：「一眨眼，又是秋來百花殺的時節了……」

周寅之少見地不想騎馬，也不想乘轎，只是背著手，走在回府的路上。

方才朝中議事的一幕幕又從腦海劃過。

分明今日剛被授以九門提督的之位，可與定國公蕭遠各自領兵衛戍京城，可以說距離位極人臣就那麼一步之遙，可他竟沒有半點高興。

朝廷如今竟落到這般局面，是他無論如何都沒有想到的。

自從忻州歸來，蕭姝面上有光，沈琅也對他大為讚賞，本以為雖然對尤芳吟下了重手，算是得罪了姜雪寧，可這一樁做得也不算虧。

可誰能想到，還沒高興兩日，天教便反了。

緊接著便是如今一片亂局。

去過忻州，也瞭解攻打韃靼始末的他，自然不會跟京城裡那些天真的權貴一般，以為謝燕二人真是勤王之師，是善類。

只不過誰也不敢明白地說出真相。

隨著天教越打越近，京城所面臨的危險也就越來越重，更別提天教惡名在外，城中許多勳貴之家都不大坐得住，有人暗中籌謀要先跑了避避風頭，有人甚至在動投敵的念頭。

沈琅豈能不管？

錦衣衛最近就暗中抓了不少想要逃出的人，統統關進監牢，更有甚者直接暗殺。

現在不提謝燕二人的「勤王之師」，尚且能穩住京城的局勢；倘若將這件事明明白白地告訴所有人，那京城簡直要不攻自破了。

畢竟誰能相信——這孤零零的一座城池，能抵擋住天教義軍與謝燕二人的共同進攻？

在周寅之看來，如今的朝廷，便像是一枚懸在頭髮絲的上雞蛋，隨時都有可能因為一陣小風，便掉下去摔個粉碎稀爛！

通州屯兵，皇城禁衛。

加起來攏共也就那麼一點人，這一戰當真能撐得住嗎？

再想起皇帝今日，竟單獨留下那個油鹽不進的張遮說話，似乎是有什麼事情交代，可卻不叫群臣旁聽，實在不一般。

他漸覺煩躁，抬頭已經到了府門口。

新修的府邸原本占地就極廣，裝飾雕梁畫棟，自迎娶陳淑儀進門後，更添上了僕從上百，珊瑚玉樹，金銀珠翠，甚是豪奢。

只是此刻他都沒有心情多看一眼。

於庭院中駐足片刻，周寅之想想陳淑儀那副端著的架勢，心下厭惡，索性調轉腳步便過了垂花門往西院去。

往日外頭都有丫鬟候著。

可今日不知怎的，外頭沒人也就罷了，裡面更沒有半點聲音。
這一時，周寅之有些奇怪。
但也沒太在意。
然而就在他腳步就要跨過門時，卻看見邊上一盆往日照看得好好的金黃龍爪菊摔倒在地，心裡頓時一凜，忽然生出了幾分不祥的預感。
快步走進門，入目所見，所有丫鬟竟都塞住了嘴綁了扔在牆下！
周寅之眼皮一跳，立時按住腰間的刀衝了進去。
他聲音裡藏了幾分恐懼：「么娘——」
屋內空空如也。
地上落著一件還未繡完的嬰孩兒衣裳。
一封信靜靜擱在案頭。

入了夜，走廊上掛起了燈籠。
屋內的燭火則因風吹進來，而帶了幾分搖晃。
姜雪寧端麗的面容，也因此閃爍不定。

一去京城數月的刀琴，終於回來了，而且帶回來一個女人，一個懷有身孕的女人。
面容清秀，眉目靦腆。
比起前些年姜雪寧第一次見她時，皮膚卻是細白了不少，身上的布衣也換了綾羅綢緞，五官倒是柔和溫善，此刻為她深靜的目光打量，更露出了幾分恐懼，不自覺地輕輕伸手，護住了自己的腹部。
那裡有一片隆起。
么娘已經有了六個多月的身孕。
上一世，姜雪寧從未見過她；這一世，也不過是兩面之緣。
倘不是因為周寅之，或恐她連她名字都記不住。
姜雪寧莫名笑了一聲，抬手輕輕抓起她一簇垂落的秀髮，思索著這個女人究竟能派上多大的用場，只慢慢道道：「不用緊張，我要殺的不是妳。」
她不說這話還好，一說，么娘的面色幾乎瞬間煞白。
她自然是記得姜雪寧的。
自家大人何以能發跡，她當年都一清二楚；後來大人去了一趟忻州，剛回來的那兩日焦躁難安，總是後半夜都不能入睡；如今，這位姑娘回來了……

第二三七章　寒夜熱粥

刀琴這趟去京城，並沒有想像中那麼順利。

周寅之早不比以往未發跡時，如今府邸新修，又在錦衣衛要職，格外注重自身的安危，府裡的護衛大多都是好手，且日夜巡邏。想要神不知鬼不覺地把後院裡一個大活人劫出來，著實要花費一番心思。末了還是那市井裡摸爬滾打混上來的蕭定非有主意，找了往日天教專訓練來刺殺朝廷命官女刺客，扮作繡娘，抬著一口裝滿衣裳的大箱子進去，又抬著一口裝了活人的大箱子出來，簡直是偷天換日，在周寅之眼皮子底下變戲法。

出城門又是一番折騰。

如此才把人給帶到真定府來。

姜雪寧自然知道么娘的恐懼，可誰又還她那個活生生的芳吟呢？

縱然有憐憫都被仇恨壓下。

她也不多說什麼，只收回手來，吩咐道：「把人帶下去，好好看著吧，到底也是有身子的人，該小心些。」

刀琴便先將人帶了下去。

么娘似有千萬的話想說，可本就笨嘴笨舌，說不出口。

況且姜雪寧也不想聽。

人走之後，她獨自在屋裡坐了一會兒，眼見窗外星河漫天，弦月漸滿，竟覺心內有一股悽愴蔓延開來，渾無睏意。

於是乾脆起了身，往外走。

夜裡巡邏的兵士都放輕了腳步，見著她便停下來喚一聲「寧二姑娘」，她只點頭示意，也不停留，徑直向著謝危所居那最僻靜的庭院去。

然而深夜的院落裡，竟靜悄悄的。

屋裡雖點著燈，卻空無一人。

只有小寶坐在屋外的走廊下，一看見她便笑，都不用她問，就開口道：「先生去了後廚。」

姜雪寧只覺納罕，心道這大半夜的，謝居安還去後廚幹什麼？

她也不多問，折轉身便去。

到得後廚外面，果見裡面點著燈，有刀不輕不重恰恰好挨著砧板的聲音細碎而密集地傳來，聽得出使刀的那人有著熟練的刀功，大約正在切菜。

姜雪寧走進去，看一眼便道：「你餓了麼？」

廚臺上擱著乾淨碗盤。

爐子上文火煨著熱粥。

謝危長身立在灶臺邊，挽了袖子，垂眸將砧板上的山藥切成丁，推至一旁堆上，才抬眸瞧她，淡道：「我不餓，但琢磨今晚妳或許想吃點。」

後廚比不得書房，只點著兩盞油燈，甚是昏暗。可這般不夠明朗的光線，卻正好勾勒出他頎長的身形，將淡淡的陰影描在他頸側，像是蒙了一層真切的俗世煙火。

姜雪寧竟覺得心底泛出一股酸澀。

這個人總是什麼都知道。

她曾以為，假如真與謝居安在一起了，他那樣厲害，又並不是真正好相處的性子，內裡又偏執又瘋狂，該是燕臨說的那般，很累，甚至不自在。

可這小半年下來……

小半時間學琴，大半時間趕路，從吃到用，從人到事，竟然沒有發生過一次不愉快。謝居安總是會把一切都安排得好好的，不該她操心的事，一件也不讓她插手；該她料理的事情，他半椿都不多問。

學琴吧，有時惱她憊懶，一樣拿戒尺抽她。

只是她假假哭叫兩聲，他攥著她手，抿抿唇，也就不大能狠心打下去。末了多半只能由著她去，甚至還得給她沏壺茶，端盤點心，讓她歇著吃會兒再繼續。

但也有招他狠了的時候。

這種時候，謝居安便很難輕饒她。有兩回撩出火氣來，大白天剝了她半邊衣裳，摁她到牆邊上，面貼著窗格，弄得她心裡害怕，渾身發軟，然後一聲聲問她：還敢不敢？

她說不敢，他才放他；倘若倔脾氣上來不認錯，那就是自討苦吃，等琴練完，手未必瘦，腿一定軟。

只不過事後，往往輪到謝居安來哄她，摟進懷裡吻去眼角淚痕，卻偏只笑著說：讓妳下回還嘴硬。

姜雪寧真覺得他是把聖人魔鬼兩面都融在一體。

但不管什麼時候，他注視著她的眼神，總是平和深靜。有時她同別人說話，偶然間一抬頭，經常會觸著他注視的目光。初時被她發現，這人還會有少許的不自在；只是久了，便光明正大，坦蕩得很。

她也曾問：看不夠麼？

謝居安開始沒回答她。

一直等到他們打下了濟南府時，慶功宴上他被人多敬了兩盞燒春，那夜不知從哪裡揣了一把雞頭米，跌坐在她床邊的腳踏上，一顆一顆剝給她吃。

她當他是喝醉了。

謝危說：我清醒得很。

那一刻屋裡沒有亮光，他一雙眼眸像是浸過了水，然後湊過來親吻她，像是怕碰碎了一場幻夢般小心翼翼，然後問她：妳不會走，是不是？

姜雪寧沉默。

她實在不知道那一刻心底到底是什麼在衝湧。

良久後才回答：不走。

姜雪寧沒有去問他從何得知自己偶爾愛吃這些東西，但之後卻很少會見著燕臨了，偶爾碰見也總有其他人在場，寒暄兩句便各自有事情要去忙。

而今天，她什麼也沒有說，什麼也沒有做，謝危卻好像知道她在想什麼。

她的確想找個人說話。

只是知道他都知道後，便都盡在不言中，似乎也用不著再說了。

姜雪寧在那火爐旁的小木凳上安靜地坐下來，看謝危將那些切好的碎丁都放進快煮好的粥裡，拿了勺在裡面慢慢攪動，終於道：「我還沒有真的殺過人。」

謝危攪好，又將砂鍋的蓋子蓋上。他也在火爐邊上坐了下來，同她挨著，目光則落在燒紅的炭火上，格外平靜：「總有第一次。」

姜雪寧便慢慢抱住了自己的膝蓋，伏身下去，眨了眨眼，似乎想得多一些，沒有說話了。

謝危就在邊上陪著她。

等了有好些時候，外頭都完全安靜下來了，才將熬好的粥盛了一些進碗裡，端給她。兩人也不去多搬一張桌案來，只坐在火爐旁，在這微寒的霜夜裡，吃了有半碗，等著那燒紅的炭火漸漸暗淡了，才一道從後廚出去。

謝危送她回屋，知她心情並不十分好，守著把人塞進被窩裡，往她唇上親了一下，道：「明早不練琴，妳可以睡個懶覺。」

姜雪寧整個人都裹在被窩裡，就一張臉露出來。她笑：「你近來倒很正人君子。」

謝危抬眸，盯著她：「這大半夜妳要想死個痛快，我現在就滿足妳。」

姜雪寧頓時縮了下腦袋，接著又吃吃笑一聲，倒是真也不敢再招惹他了，乖乖把眼睛閉上。

謝危看了好一會兒，才道：「我走了。」

姜雪寧又睜開眼看他。

謝危的手搭在她額頭，輕輕又在她垂落的眼睫上親吻一下，才真的放開，從她屋裡走了出去，離開時返身將門帶上。

星月已稀。

涼風撲面。

他本是要回去，只是臨到走廊轉角，又停下來，向姜雪寧已經緊閉的門看了片刻，才終於回到自己屋裡。

刀琴剛回來。劍書正在整理桌案。

謝危進來，搭垂著眼簾，淡漠的眸底卻染上了幾許夜色的晦暗，在琴桌邊上坐下，許久都沒有說話。

刀琴劍書兩人都在他身邊許久，約略猜著一些。

劍書欲言又止。

刀琴卻是快人快語，道：「留著是禍患，待得事了，乾脆殺了，斬草除根。」

周寅之必死無疑，無論是姜雪寧還是謝危，都不會留他性命。

可這么娘卻是禍患。

偏生她肚裡還有個孩子，焉知將來養成什麼樣？

謝危垂眸看著左手掌心那道疤，想起方才姜雪寧溫溫然在注視他的眼神，也想起許多年前宮裡那場大雪，慢慢將手掌攥緊，過了會兒才道：「不必了。」

刀琴劍書都看向他。

他道：「周寅之若死，是咎由自取，我與寧二問心無愧，不必斬盡殺絕。」

放天教，逐天下，他什麼都算計，從未心慈手軟。

有時候為保萬無一失，又身處朝廷與天教的夾縫之中，沾滿鮮血的事情做了不知凡幾，絕非良善之輩。

對么娘，他確動了殺心。

只因他自己便是一路這般走過來，深知仇恨的力量有多大。只是三百義童塚，冤魂猶在，二十餘年前那一場雪，還堆積在他心頭，尚未化盡……

謝危又問：「京裡情況如何？」

刀琴道：「已生亂象，錦衣衛暗中捕殺了好些朝臣，到處人心惶惶。屬下出城時，聽到風聲，說圓機也收拾了細軟，大概見勢不好，偷偷溜出了城去。」

謝危一聲冷嗤。

劍書問：「早年此人常與先生作對，這一次……」

謝危道：「自有孟陽對付他，說不準現在已橫屍亂葬崗了。早不過是用他制衡萬休子，如今天教打到京城，已沒了他用處，早些死了也好。」

劍書便點了點頭。

只是刀琴眉頭蹙著，似乎還有話沒講。

謝危抬眸瞥見，便問：「還有什麼？」

刀琴不大敢講：「宮裡傳來消息，似乎要派人前來遊說，聯手先剿天教……」

這根本不可能成。

但這不足以令刀琴猶豫。

謝危想到什麼，眼角忽然輕輕抽了一下，沉聲問：「沈琅要派誰來？」

刀琴把頭埋下，聲音低了許多：「刑部張大人。」

第二三八章　瀟瀟雨驟

姜雪寧一覺睡醒時，外頭已經有了些嘈雜的聲音。她睡得還不錯，所以也沒有什麼被吵醒的不快，起身來梳洗時，順口問了一句：「衛梁進城了嗎？」

蓮兒棠兒兩名丫鬟這陣子也跟在她身邊。

這時候蓮兒替她梳頭，笑得甜甜的，便說：「進了，早上時候還來找過您，不過遇到謝先生，說您多半還在睡，便打發他先去看城外的農田。又說等您醒了，再知會您一聲，去那邊找他。不過等下午，還是要您抽大半個時辰出來，早些回來練琴。」

姜雪寧頓時無言。

她可還記得昨晚謝危說今早不用練琴，讓她好好睡個懶覺。沒成想，早上不練，下午照舊。倒真是他謝居安說得出來的話，幹得出來的事。

只是她也沒什麼意見。

聽了蓮兒說衛梁遇到謝居安，也沒有多想，用了些粥飯便先去看了看沈芷衣，又逗弄了一下已經會咿呀叫喚的小沈嘉，接著才叫人備車，出城找衛梁去。

在她離府時，消息就遞到了謝危這裡。

劍書說：「寧二姑娘臨出門前，又去看了公主一趟。」

謝危坐在涼亭裡沏茶。

周遭栽種的丹桂已經有了淡淡的飄香。

聞言他輕輕蹙了蹙眉，眸底掠過了一分隱隱的陰鷙，卻一副尋常的口氣問：「沈芷衣沒跟她亂講什麼吧？」

劍書搖頭：「不曾有。」

謝危這才搭了眼簾，夾了茶海，用滾燙的第一遍茶水澆了紫砂茶蓋。

過了會兒又道：「她倒還算聰明。城中亂，時時刻刻看緊著公主的安危。」

劍書明白，只道：「是。」

謝危便不說什麼了，平心靜氣地沏茶，彷彿是在等什麼人。

過了約莫小半刻，刀琴引人入了園。

謝危攥了只空茶盞，立到亭邊臺階上，抬眼看過去。

張遮未著官服，一身藏藍長袍簡單，肅冷的面容慣常地不帶笑意，像是扎根巉岩風雨不動的松柏，又像是聳峙峭壁霜雪不改的堅石，讓人覺出幾分靜定。

人是什麼性情，幾乎一眼便知。

既不畏懼，也不遮掩，兩三年過去，還是一身坦蕩的清正。

把玩著茶盞的手指攥得緊了些，又慢慢鬆開來，謝危慢慢將心緒壓下，看人到得近前了，便像是見著熟人一般，笑起來道：「張大人自京城而來，謝某事忙，未能親迎，只派了下面人去，還望見諒。」

張遮本是沉默寡言之人，對著謝危這般能言善辯的，自然更顯得話少。

且他自知與謝危並不投機。

此刻只一拱手，道：「朝廷有命，前來遊說罷了，謝少師言重。」

他本是昨夜便啟程從京城出來，到得真定府本該是晨光熹微的清晨，誰料想人還在城門外驛站，竟就被一夥人截住，暫不讓走。

為首者正是謝危身邊的刀琴。

說是他們先生已經聽聞他大駕光臨，因世道頗亂，特意派人前來接應，免得回頭出了事，被朝廷責斥「斬來使」。只不過謝危事也忙，恐要勞駕他等上一等。

如此竟不讓入城。

眼見著將近中午了，真定府那邊來了個人同刀琴說了什麼，這才終於重新出發，到這裡見到了謝危。

謝危打量他，道：「初時聽聞，我還當朝廷是昏了頭。張大人既不在禮部，也不在鴻臚寺，一個全然與此事無關的刑部侍郎罷了，且還不善言辭，皇帝派你前來當說客，可真是別出心裁，要令人吃一驚的。」

這話裡隱隱有些刺探的味道。

張遮兩手揣著，寬大的袖袍垂落，卻並不拐彎抹角地說話，只道：「他們以為通州一役，在下與少師大人共盡其力，且與姜二姑娘有故，該是最合適的人。」

謝居安聽著「通州一役」時，尚無什麼感覺，可待聽見「有故」二字，便不知怎的，只覺一股連著一股的酸氣往外湧。

他冷笑一聲：「可惜朝廷想錯了。」

張遮與他非但不是什麼共同剿滅過天教的同僚，甚至還在通州的時候就已經很不對付，或者說，是他非常忌諱這個人。

張遮沒有說話。

謝危又道：「來當說客，該有個籌碼吧。朝廷給了什麼籌碼？」

張遮道：「姜府。」

眾所周知，不管是真是假，謝危對外自稱是金陵謝氏出身，一個人上京之後，府裡上上下下就他一個姓謝的，無親亦無故。

而姜雪寧在他身邊的消息也不難探聽。一來二去，朝廷想到先將姜府控制起來，作為籌碼，以掣肘謝危，是再正常不過的事情。

他想起了這陣子朝廷裡暗流湧動的情況，道：「姜大人有小半個月沒上朝，姜府內外一應人等皆不能隨意出入，便連買菜的廚子都要查過三四遍才放行，雖未名言軟禁，實則未差分毫了。」

謝危一聽只覺好笑。

他將那白瓷茶盞在手裡轉了一圈，又輕輕擱回了茶桌上，眉目之間非但沒有半分憐憫，反而還浮出了幾分饒有興致的笑意：「這可好，近段時日我總想起寧二前些年受的委屈，他們倒楣，倒免了我回頭專程去尋他們晦氣。」

張遮看向他。

謝危渾然不覺自己說了多過分的話，也不回避他的目光，甚至還轉頭向他道：「說來，當年姜伯游對張大人是頗為青眼，我與他也算有些故交。待張大人回京，倒也不妨替謝某帶個話，請他不用太過操心，寧二我養得挺好的。」

話音落地，未免沾些戾氣。

分明還沒說上兩句，他已有些不耐煩，只道：「謝某與燕世子本就是奉公主殿下還京，舉的是勤王之旗，還請張大人回去如實稟告，待過得兩日，大軍休憩好，必定一舉殲滅天教，救朝廷於水火，滅叛亂於紫禁。」

這是直接下了逐客令。

張遮不會聽不出來。

只不過依著沈琅的意思，派他前來遊說，本也不過是個幌子罷了。見不見謝危與燕臨，又到底能談成什麼樣，並沒有那樣要緊。

一陣秋風吹來。

原本覆蓋著些許白雲的天際，飄來了大片低沉的烏雲，原本懶懶落在臺階前的晴照便跟著黯淡了幾分。

像是要下雨了。

他立於亭下，抬頭看了一眼，此時此地竟想起彼時彼地。

只不過夏已盡了。

一場秋雨一場寒，這院中更無當年避暑山莊滿湖的蓮葉與菡萏。

這時，他本該向謝危道禮，隨後告辭。只不過臨到轉身時，又停步。

薄薄的眼皮掀起，隱約有種並不圓滑的鋒利，張遮凝視了他片刻，竟然道：「沈琅派我前來遊說是假，暗中面見公主是真，另有一物交付。」

謝危的瞳孔陡地一縮。

然而張遮卻不再說什麼了，只是向他一拱手，轉身下了臺階，徑直去面見沈芷衣。

刀琴劍書侍立一旁，無不驚詫。

先前在忻州時，周寅之來，也曾將一物交付給公主殿下。

謝危是知道的。

只不過一則她曾有恩於姜雪寧，二則尚有幾分利用的價值，他並沒有使人去查究竟是什麼東西，沈芷衣也並未有什麼異動。

如今又來一個張遮……

可本該遮遮掩掩做的事情，他為何這般明白地告訴謝危？

劍書皺眉：「要不派人將他攔下？」

謝危想起當初在通州，他使刀琴劍書遍搜自己以度鈞身分寫給天教的密函不見，轉頭卻在張遮手中，可他並未拿這東西做什麼文章，只是交還與他。

眼下又提及沈芷衣之事……

他與張遮的不對盤，是彼此心知肚明的。他不會覺得對方這般獨來獨往不合群的人，會拉幫結派站在自己這邊。事實上，當他在將那封密函交還給他時，他是動了殺心的。

只是彼時他畢竟是寧二心上之人……

一念及此，謝危薄唇抿得更緊，面覆霜色，終究是將翻湧的情緒都壓下去，道：「不必。」

怕的不是事情本身。怕的只是不知道有這件事。

眼見著天陰欲雨，他越覺煩悶，索性拂袖便走，留下話道：「等見完沈芷衣，便叫他速速離開，一刻也別讓他在城中多待！」

刀琴劍書跟他多年，更何況從今早就開始在辦事了，哪裡能不知道他這話下面真正忌憚的是什麼？

好不容易支開了寧二姑娘。

倘若叫這兩人見上面……

兩人對望一眼，心照不宣。

謝危回了房中，因心不是很靜，便翻出一卷道經來讀，靜了一些，便聽得窗外淅瀝瀝作響，竟是真下了雨來。

秋葉飄黃，蕭條寒涼。

只不過看了一會兒，倒是洗去了他心底那一股躁意，這時便想起寧二一會兒回來還要練琴，於是把手裡的道經放下，取下懸掛在牆上的一張琴，解了琴囊，仔細調弦。

昨日他聽著寧二彈的時候，有一根弦稍稍鬆弛了一些，奏出來的音雖只差毫釐，可若一日不調，每一日都差上毫釐，那便不知差到哪裡去。

修長的手指一點一點繞緊琴弦。

謝危想，外頭既下了雨，那小騙子同衛梁也不會在田間地頭繼續忙，該會早些回來，手指便一停，吩咐劍書道：「外頭風涼雨大，叫廚房先備碗驅寒的薑湯。」

劍書奉命去了一趟。

然而回來時，神情卻有些不對。

謝危立在琴桌邊，一手斜斜扶著琴，剛將方才那一根弦調好，信手輕輕一撥，顫音潺潺，唇邊便浮出了幾分笑意。

只不過到底是買來的琴，不如自己制的得心。

等往後閑了，該為寧二斫上一張。

他見劍書回來，隨口問：「人回來了嗎？」

劍書一下屈膝半跪：「寧二姑娘因下雨回來得早一些，車駕在城門口，正好撞見張大人，她……都怪屬下等辦事不力！」

他垂著頭不敢抬起。

甚至連確切的話都不敢說。

謝危唇邊的弧度有片刻的凝滯，然後一點一點慢慢地消了下去，像是一頁放進水裡的彩畫，緩緩褪去顏色，成了一片格外平靜，又格外叫人害怕的黑白。

竟沒有責怪他們。

視線停在那根猶自輕顫的弦上，他輕聲問：「寧二找他去了，是不是？」

劍書只覺前所未有地壓抑：「先生……」

彷彿有一股椎心之痛直直打進來，謝危搭在琴身的手指漸漸按緊，到底是沒有忍住那一股深埋的戾氣，垂眸間，抄了那張琴便砸在桌角。

嘩啦一聲響。

琴散了，弦斷了。

他只寂然而立，面無表情地看著。

修長的手指垂在身側，一縷鮮血順著被斷木劃破的口子蜿蜒滴落。

窗外是瀟瀟雨驟。

第二三九章　厭世

天色已暮，提前備下的薑湯已經涼了。

姜雪寧卻仍舊未歸。

燕臨那邊派人來請他前去商議下一步的動向，謝危便搭垂著眼簾，撿了一方雪白的巾帕將手指上的血跡擦去，淡淡道：「我隨後便來。」

他放下了巾帕，讓人將屋內的狼藉收拾了，又吩咐後廚將薑湯溫著，便從屋內出去。

去議事的前廳正好要從姜雪寧那院落旁經過。

他竟然在道中遇見了沈芷衣。

這位昔日的帝國公主，已經不愛著舊日宮裝，只一襲深紅夾白的廣袖留仙裙，看方向是才從姜雪寧院落那邊過來，但似乎沒有見到人，眉頭輕輕蹙著，神情並不是十分輕鬆模樣。

她眼角有著淡淡一道疤。

那是二十餘年前天教並平南王一黨叛逆攻破京城時，在她面頰上留下的傷痕。當初在宮中時，總十分在意女子容貌的嬌美，以至於她對這一道疤痕耿耿於懷；如今歷經過千里和親，邊塞風沙，輾轉又成傀儡，對外表的皮相反倒並不在意了，是以連點遮掩的妝容都不曾點上，倒多了一點坦蕩面對真實的模樣。

因為有些事，視而不見，粉飾太平，只不過是掩耳盜鈴，欺瞞自己罷了，該在那裡的並不因為虛偽的矯飾而改變。

下午時候她見過了張遮，本是心緒翻湧，這偌大的府邸中人雖然多，可也想不到別的能說話的人，是以枯坐了一個多時辰後，還是決定起身找姜雪寧。

只是不巧，她竟不在。

轉過回廊沒兩步，沈芷衣抬頭就看見謝危。這一時，兩人的腳步都奇異地停下了，周遭暮雨尚未停歇，空氣裡卻忽然瀰漫著一股凝滯。

有些事，不必對旁人道，他們之間是一清二楚的。

什麼勤王之師，什麼公主懿旨，什麼恭奉殿下還朝……

統統都是沒有的事！

沈芷衣既沒有下過任何懿旨，也沒有說過想要還朝，一切只不過是幕後一隻大手在操縱全域，將她作為了一隻擺上檯面的傀儡，以為他們要做的種種事情尋找一個合適而正當的理由，讓這一切可以名正言順、冠冕堂皇地繼續下去。

而所謂尊貴的公主……

連那道城門都不能自由地跨出。

沈芷衣心裡覺出幾分諷刺，但終究沒表現出來，只是先問：「寧寧說下午出城去找衛梁，如今天色這樣晚了，還沒回來嗎？」
她是前不久才見過張遮的。
謝危背著手，沒有回答，竟反而問道：「該回來自然會回來。中午時候她已經去看望過殿下，殿下晚間又來尋找，是想告訴她張遮來了，知會她去見上一見嗎？」
身邊伺候的人裡有眼線，她的一舉一動都有人往上呈稟，這對宮廷裡長大的沈芷衣來說，實在司空見慣，已經算不上什麼稀罕事了。
只是當確實地知道謝危瞭若指掌時，仍舊忍不住為之發寒。
甚至憎惡。
她面容冷下來幾分，但言道：「只不過有些話想對她講罷了，如今謝先生權柄在握，已將大半天下收入囊中，實不必對我這麼個即將棄置的傀儡如此忌憚。畢竟，你之所以還敢讓她見我，不正是因為你確信我絕不會在她面前多言，令她為難麼？」
雖然姜雪寧趕赴邊關，一道救了她，然而忻州軍、黃州軍，卻是實打實謀逆的反賊。一名皇族的公主，被反賊所救，本身位置就已十分尷尬。
倘若只是如此倒也罷了。
偏偏她真正在意的人，與反賊的幕後魁首，有著千絲萬縷的親密聯繫。
尤芳吟已經故去。
沈芷衣也知道這一切都是為了自己，心中即便是有千萬般的難處，哪怕表面與事實相去甚遠，也決計不會向姜雪寧吐露、抱怨半分。

只因她是她唯一的朋友——

她不願使她增添任何的煩惱，再將事態推向不可解決的深淵。

對此，謝危心知肚明，也並不否認，他只是注視著沈芷衣，沒有起伏的平靜嗓音帶著一種格外無情的味道：「妳既知我忌諱，便不該總來找她。」

這哪裡是昔日奉宸殿那位謝少師？

沈芷衣幾乎不敢相信他怎麼能說出這樣的話來。

一瞬間，怒氣衝湧。

她寒聲質問：「這便是你喜歡一個人的方式嗎？你可有問過，她知不知道，又願不願意？天底下從來沒有不透風的牆，也從來沒有能被紙包住的火。她率真良善，性本自由，你卻虛偽狡詐，步步為營，處處算計，什麼也不讓她知曉！你把她當做什麼？被你關在籠中的囚鳥嗎！」

謝危道：「她該知道什麼？」

沈芷衣冷笑：「對天教，你先抓後放，放任他們為禍世間，塗炭生靈！沿途之上，多少人流離失所，罹難戰火！縱然你要反，這天下從來任人主宰，可百姓何辜？若說你力有不逮，確不能阻，倒也罷了。可偏偏你是有餘力而不為，故意縱容惡行，只為呈一己之私！你想要滅朝廷，取江山，大可光明正大打過去，卻不必用這等視人命如草芥的下作手段！」

做了什麼事，謝危自己有數。

他無動於衷，對所謂天下人的生死，也漠不關心，只道：「那又如何？」

那又如何？

沿途所見，滿目瘡痍，有被劫掠了畢生心血的商人，有被殺了丈夫的妻子，有無家可歸的孩童……

一聲聲哭，一聲聲喊！

沈芷衣是隨軍而行，不像是姜雪寧與衛梁等人，總要落後幾日，但凡所見所聞皆入心間，常常夜不能寐。

此刻她看著謝危，就像是看著怪物。

何等冷血之人，才能說出這樣一句話？

她眨了眨眼，到底還是平靜了下來，只一字一句無比清晰地道：「姜雪寧一腔赤誠真心對人，她值得所有人永遠對她好，但你配不上她。」

說完拂袖便走。

那「配不上」三個字，實在有些尖銳。

謝居安搭著眼簾同樣不欲與她多言，只是走出去幾步之後，過往的一切實在是浮現出來太多、太多，以至於原本就縈繞在他心懷中的那股戾氣越發深重難抑！

這一刻，腳步陡然停下。

他回轉身，聲音裡彷彿混雜了冰冷的惡意，竟冷酷地道：「弱肉強食，世間愚夫只配為人屠戮！公主殿下立於危牆，該當慎言。便有一日，我殺盡天下人，也只怪天下人甘為芻狗！」

言罷已不看沈芷衣一眼，徑直向議事廳去。

沈芷衣望著此人背影消失在層疊廊柱之間，只覺那平靜的軀殼下，藏著一種即將失控的猙獰與瘋狂。

一陣風吹來，才覺寒意遍身。

她輕輕攤開手掌，兩塊碎片拼湊起來的兵符，靜靜躺在掌心。看得許久，竟覺出一種荒謬的悲哀來，閉上眼，一點一點用力地攥緊，任由它們硌得生疼。

姜雪寧不知自己是怎麼回來的，恍惚如穿行在兩世的幻夢中，周遭花樹之影交疊而去，倏忽之間好像化作了她兩世所見所識的那些人，讓她頭重腳輕，竟有點分不清自己身在何方。

直到斜刺裡一隻手掌忽然抓住了她的胳膊。

她這才回神。

雨已經小了，燕臨沒有撐傘。

他穿著一身勁裝，看她失魂落魄模樣，不由皺起了英挺的劍眉，只是胸臆中偏有一股異樣的情緒在湧動，使得他第一時間沒有說出話來。

姜雪寧看向他。

他漸趨成熟的輪廓被降臨的夜幕覆蓋，竟有一種說不出的低沉，本是該問「妳去了哪兒」，可話出口卻變成了：「寧寧，我昨晚做了一個噩夢。」

姜雪寧怔住。

燕臨的手還握著她胳膊，沉黑的雙眸凝視著她：「我有些怕，在那個夢裡，我對妳好壞好壞……」

夢……

若說她先才還有些摸不著頭緒的恍惚，這一刻卻是被驚醒了。

一種前世遺留的恐懼幾乎瞬間襲上心頭。

眼前燕臨的面容竟與前世在她寢宮裡沉沉望著她時，有片刻的重疊，姜雪寧心底狠狠地顫了一下，幾乎沒能控制住自己下意識的反應，一下掙脫了他攥著自己的手掌，往後退了一步！

燕臨看著，但覺心如刀割。

在對姜雪寧說出這話之前，他甚至還在想，只是一場夢，一場夢罷了。

可為什麼，她真的如此害怕呢？

少年的聲音裡，隱約帶上了一點沙啞的哽咽：「妳說的夢，我做的夢，都是真的，對不對？」

他還是這一世的燕臨。

姜雪寧望著他，意識到這一點時，便立刻知道自己方才的舉動傷害了他，可她也沒有辦法控制。

世間還有這樣奇異的事情嗎？

又或是今日聽了張遮講述的那些，生出了一種前世今生交匯、難辨真假虛實的錯覺呢？

不……

她搖了搖頭，竟覺頭疼欲裂，不願站在這裡同燕臨再說上半句。

只是她走出去幾步，那已經褪去了舊日青澀的少年，還像是被人拋下了一般，立在原地。

那股內疚於是湧了出來。

姜雪寧想，他們終歸不是一個人。凝立許久，她終於還是回過頭，向他道：「一場夢罷了，醒過來便都散了，別放在心上。」

燕臨站在爬滿了枯黃藤蔓的牆下，看她走遠。

窈窕纖弱的身影被一盞盞燈照著。

可落在他眼底，映入心間，竟只剩下荒蕪一片。

到得謝危院落前的時候，雨已停歇。

姜雪寧心裡面裝著的事情實在是太多了，以至於她不願去回想方才燕臨那些話究竟意味著什麼，甚至到得院門前，聽刀琴說謝危還在等自己時，也仍舊帶著一種難解的空茫。

她走進了屋裡。

桌上竟然擺了精緻的碗盤，做了幾道菜，放了一壺酒，兩只酒盞已經斟滿，但裡面的酒液不再搖晃，顯然斟好之後放上了許久，以至於杯中一片平滑如鏡。

琴桌上擺了一張新琴。

屋裡原本的狼藉已經被收拾乾淨，謝危就坐在桌案的那一頭，看著她走進來，面上沒有半點異樣，只端了一盞酒遞給她，問：「和衛梁聊什麼了，這麼晚才回？」

姜雪寧和衛梁遇著雨，自然是早早就忙完了，只是回城路上，她竟看見張遮，追上去說了許久的話才回。

只是她不想告訴謝危。

結果他遞來的酒盞，她垂下了眼簾，避開了他直視的目光，笑笑道：「被一戶農家留下來說了好久的話，沒留神忘了時辰。」

謝危坐在桌旁，靜靜看著她。

她心緒究竟是比平常亂上一些，都沒去想謝危為何備了一桌菜，還準備了酒，酒盞既遞到了她手中，說完話端起來便要喝。

謝危的目光便落在她執盞的手指上。

然而就在那酒盞將要碰著嘴唇時，他卻豁然起身，劈手將之奪了下來，直接擲在了地上，「啪」一聲摔個粉碎！

那一刻，他面容有著說不出的森冷。

也不知究竟是氣多一些，還是恨多一些，毫不留情地罵她：「姜雪寧，妳是傻子嗎！」

那飛濺的酒液有兩滴落在銀箸上，染出些許烏黑來。

只是姜雪寧沒看見。

她甚至帶了幾分茫然地抬頭看他，沒有反應過來。

午後傍晚下過一場雨，她從外頭回來，鴉青的髮梢上都沾著濕氣，謝危的手伸過去抓住她肩膀時，掌心裡也是一片寒涼。

於是那股怒意更為熾盛。

他直接將她拽進了裡間，讓人備下沐浴的熱水，冷著一張臉將她身上被雨水寒氣所侵的衣裳都扒了個乾淨，連著整個人一道扔進了浴桶。

姜雪寧跌坐進去，幾乎整個被熱水浸沒，打濕的髮髻頓時散亂，披落在白膩的肩頭，搭在起伏的曲線上。

人從水裡冒出頭來時，濃長的眼睫上都掛了水珠。

她只覺這人突然間變得不可理喻起來，剛想要開口問個究竟，謝居安已經一把按住了她後頸，雙唇傾覆而來，緊緊地將她掌控，那種侵略裡帶著幾分發洩的欲求，依著他探入她口中的唇舌，將她禁錮得淋漓盡致。

他將姜雪寧弄得濕淋淋。

但來自她身上沾著的水珠，也將他原本整齊的外袍浸染，她嗚咽著，竟有一種窒息的錯覺。

這一次分明比以往任何一次都激烈。

可謝危的眼眸卻比以往任何一次都平靜。

他說：「我想要妳。」

姜雪寧看著他這一副偏執的瘋樣，不知為何，竟覺胸腔裡跳動著的那顆心被人拿刀破開，汩汩的鮮血順著傷口湧流出來，使她生出萬般的愴然，可一句話也說不出。

很難想，她竟會心疼這個人。

謝危突然間厭極了她這樣的眼神，抬手將她眼眸蓋住，然後埋頭深吻下方緋紅的唇瓣，最後壓制著她，一點一點緩慢地深入。

一場近乎極致的歡愉。

可結束後留下的卻是狼藉的空白與不能填滿的恐懼，還有一種對於自己的憎惡。

她側躺在他身旁。

謝危安靜了一會兒，才問：「我們成婚，好不好？」

姜雪寧沒有回答。

她咬緊了唇瓣，一隻手貼著心口攥緊，極力地壓抑著什麼。淚已濕枕，是怕自己一鬆口便哭出聲。

謝危等了她好久。

卻不敢再問第二次。

披衣起身，屋內殘酒歪倒，窗外清輝灑遍，想起的竟是呂照隱以往調侃他的那句話。

謝居安固然不會一直贏，但永遠不會輸。

可倘若……

這一次他無論如何都想要贏呢？

第二四〇章　會戰京城

次日一早，謝危便不見了影蹤。

枕邊空蕩蕩。

姜雪寧睜開眼坐起身時，倒是發現昨夜打濕的頭髮已經被人仔細擦乾。跟衛梁在城外談了幾個時辰，到城門遇到張遮，回來還伺候了個祖宗，她心緒煩亂壓抑，都忘記自己是怎麼睡著的了。

這裡本是謝危的房間。

只不過料想他有交代，棠兒蓮兒兩個丫鬟早等在門外伺候，甚至還有個劍書在。

早晨用過粥飯後，周岐黃便來把脈。

她奇怪：「這是幹什麼？」

劍書躬身說：「先生走時交代，您昨日吹了風回來的，怕您沾上風寒，讓請周大夫來看上一看。」

姜雪寧便想起來：「你們先生人呢？」

劍書看都不敢多看她一眼，小聲道：「凌晨前線有急報，先生天還沒亮就去了軍中。」

天沒亮就走了？

可真是「乾淨俐落」！

姜雪寧有片刻的愕然。兩世為人，她竟頭回生出一種被人白嫖的感覺，有點是氣不打一處來，險些沒翻個白眼。心裡原本想的是，等今早冷靜一些，考慮得也周全一些，再同謝危談將來包括成婚在內的一應事宜，該比較妥當。

誰能想，這人一大早跑了？

她琢磨半天，還真沒算出究竟是自己吃虧些，還是謝危吃虧些。

總歸一筆糊塗帳不明白。

姜雪寧氣笑了，抬起纖細的手指壓了壓太陽穴，目光流轉間，不經意發現劍書這低眉垂眼的架勢，倒像是知道點什麼似的，心思於是微微一動。

昨晚謝危整個人都怪怪的。

當時她是腦袋空空，無暇多想，此刻一回想便發現了端倪。

她忽然問：「他知道我昨晚去見過了張大人？」

劍書萬萬沒想到姜雪寧竟然直接問出這話來，差點嚇出了一脖子冷汗，張了張嘴，一下不知道該怎樣回答。

姜雪寧卻已經不用他回答了。

光看劍書這目光閃爍不大敢出聲的架勢，她還有什麼不明白？

說他謝居安是口醋缸，那都是抬舉了。

這人得是片醋海。

沒風都能翻起點浪來，自個兒跟自個兒過不去。

只是靜下來一想，她又覺得自己竟好像明白他。

謝危和她不一樣。

他們雖有相似的經歷，可她是打從出生那一刻起，便沒擁有過什麼。上一世是渴望擁有，然而真等那些東西都到了手上，又發現不過如此；這一世沒再刻意追逐，但凡有幸擁有的，她都心存感激。但謝危卻是原本什麼都擁有，只是年少時一場遭難，失去了一切。

於是一切都成了創痕。

他活在世上，卻沒有絲毫的安全感，所以寧願再也不擁有。可一旦擁有了呢？

姜雪寧心底泛出了微微的酸澀，由周岐黃號過脈之後，只對劍書交代了一句：「待你們先生回來，知會我一聲，我有話想跟他說。」

劍書聽得頭皮發麻。

可他也不敢隨意揣度這「有話想說」究竟是什麼話，只能低下頭應了一聲。

平日議事，或是去軍中，也不過就是半日功夫。

姜雪寧想，下午就能見到謝危。

可沒料想，別說是下午了，就是第二天，第三天，都沒見著過人影！

一問才知道，在這短短的兩三天時間內，原本每到一城便會安排停下裡修整十天半月的謝危，這次竟然一反常態，與燕臨一道迅速整頓兵力，竟是一天也不願意耽誤，與第三日天明時分，直接朝著天教如今所在的保定府出兵！

剛聽見這消息時，姜雪寧幾乎以為謝危失心瘋了。

然而冷靜下來一想——天教知道了忻州軍這邊的動向，該如何？要麼停下來與忻州軍硬碰，可萬休子遇到謝危早就如驚弓之鳥，只怕不願赴此必死之局，讓朝廷漁翁得利；要麼便如被獵人催逼的野獸，不得不疲於奔命，搶在謝燕二人之前出兵攻打京城……

謝危這不是發瘋。

他分明是懶得再等，硬逼萬休子攻打京城！

這邊，姜雪寧才想出個眉目來；那邊，整整三日沒露過面的謝危，總算是出現了。

馬車已經備好。

前線有燕臨。

他進了房中，便朝她伸手：「走。」

姜雪寧還在低頭看琴譜呢，見他向自己伸手，下意識先將手遞了過去，才問：「幹什麼？」

謝危凝視著她，拉她起身。

聲音平靜，內裡的意思卻驚心動魄，只道：「帶妳去殺人。」

第二四一章　殺周寅之

在聽聞真定府忻州軍有異動時，才在保定府歇了沒幾天的天教義軍，差點沒嚇瘋！

這幾個月來他們幾乎都已經習慣了背後的追兵。

總歸對方好像故意掐算著什麼似的，每回雖然追著他們打，可也給他們留夠了修整的時間，不至於使他們過於疲於奔命而損耗太多的戰力。

所以這消息傳來時他們簡直不敢相信。

緊隨而來的，便是滅頂的危機感：難不成忻州軍要跟他們來真的了？終於打到了京城，對方覺得他們已經沒有了利用價值？

萬休子自打被謝危放出來後，一雙手幾乎已經廢了，延請多少名醫也沒治好，一把年紀還要隨軍作戰，再好的養生之道都撐不住。

幾個月下來，哪裡還有昔日的神氣？

只是一路被催逼著眼看著又打回了京城，他竟想起當年揮兵北上時的盛勢與輝煌，到底激起了幾分血性，便是死，他也要死在那九五之尊的龍椅上！

於是即刻下令，拔營行軍，根本不管身後追的是狼還是虎，瘋狂地朝著京城進攻！

保定府的城防，如何能與京城相比？

倘若他能先一步攻下京城，挾重兵守城，未必不能拒謝燕大軍於城外，為自己搏得那僅有的一線生機！

上頭的教首為了執念而瘋狂，下面的教眾卻因即將到來的追兵，湧起強烈的求生之欲，自知再無別的選擇，反倒咬緊牙關，在攻打京城時展現出了驚人的戰力！

京城四座主城門。

天教義軍根本不分化半點兵力，一到城下，便徑直對準南方城門疾攻猛進，儼然是不惜一切代價也要用最短的時間將之拿下！

萬休子本以為或恐要花費很多時間，可沒想到，原本他以為堅固的城防，這時候竟跟紙糊的差不多，一捅就破！

脆弱到不堪一擊！

城門被打開的那一剎那，所有人幾乎都露出了狂喜之態，包括萬休子在內，一片沸騰的振奮，甚至都沒心思去想，這樣的勝利來得是不是太容易。

倘若是對京城足夠熟悉的謝危在此，必定能一眼看出其中的端倪：倘若朝廷有心要守，憑藉天教這幫人的本事，即便可以憑著人數的優勢獲勝，可要打開城門最少也得花個三天五夜，決計不會如此容易。

兵者詭道。

只怕真正的後招不在城門，而在城內！

升起的朝陽破開了黎明前的黑暗，金紅的光芒灑遍皇宮金色的琉璃瓦，上頭凝結著的白霜很快消融，只映照出一片耀目顏色。

太極殿前，一片空闊。

穿著一身龍袍的沈琅赤腳站在臺階的最頂上，披散著頭髮，雙目卻一瞬不瞬地看著那一輪漸漸變得刺眼的朝陽，似乎等待著什麼。

周寅之不知道皇帝的計畫，究竟能不能成功。

或者說……

已經與他干係不大了。

作為新任的九門提督，他沒有被分到城中伏擊天教，而是被分來防守東城門。所率之兵，不足一萬，且少有軍中真正的好手，倘若誰選從這裡破城而入，下手狠些，幾乎可以使他們全軍覆沒！

身旁一名年輕的兵士握著槍的手在發抖。

周寅之卻拿起裝了烈酒的水囊，仰頭喝了一口，似乎也想借此驅散那隨著秋意侵襲到身上的冰寒。

沒有人知道，他已暗向忻州軍密送過三封降書。

只是都如石沉大海，沒有回應。

自從發現么娘失蹤後，他便知道，厄運早晚會降臨到自己的頭上。

可他沒想到，會來得這樣快。

一生汲汲營營，永遠都在算計，為了往上爬，為了當人上人，可一位一位主子換過去，不過也只是一個接一個地低下頭去。

半生籌謀，究竟選錯！

南城門那邊傳來了已被攻破的消息。

全軍上下一片悚然。

周寅之的目光，卻始終放在前方，終於在兩刻之後，一匹哨探的快馬自前方疾奔而回，驚慌地大喊：「來了，來了！忻州軍也來了！」

那名年輕的兵士頓時問：「大、大人，怎麼辦？」

周寅之道：「慌什麼？」

他將擱在城門樓上的繡春刀一抓，佩在腰間，竟然轉身便向著城下走去，冷肅的面容看不出波動，只道：「燕世子與謝少師所率乃是忠君勤王之師，追討天教逆賊而來，有什麼好擔心的？」

周遭人面面相覷。

周寅之下了城去，已經振臂一呼，大喊道：「開城門！」

東城門有多少兵力，守城的兵士心裡都有數。

天底下誰能不怕死？

若說方才還未聽聞天教已經從南城門攻入城中的消息，他們或恐還有幾番猶豫，想想要不要捨命一搏。可如今南城門已破，作為提督的周寅之更下達了如此命令，那一點猶豫，也就被強行驅散了——他們也只是奉命行事，不會擔責。

於是左右兵士，終於用力地將城門拉開！

前方煙塵滾滾而來。

三軍整肅陣列城下。

周寅之也不知自己賭的這一把究竟是對是錯，可到底除此之外別無選擇，在遠遠看見那輛馬車駛到城門前時，他微微閉了閉眼，竟然將刀往地上一拄，朗聲道：「下官周寅之，恭迎少師大人與世子還京勤王！」

謝危輕輕撩開車簾，聽見他聲音，唇邊浮出一分笑意，先從馬車上下來，但暫未搭理他，只是向車內遞出一隻手去。

姜雪寧好久都沒聽見過這個聲音了。

當日尤芳吟倒在血泊中的畫面，驟然又從腦海中劃過，她搭了謝危的手，跟著也下了馬車。

在看見謝危從馬車上下來時，周寅之覺得是意料之中；然而當他看見謝危並未回應他，而是向車內遞過去一隻手時，心便陡地沉了一下；緊接著再目睹昔日舊主姜雪寧扶著謝危的手從車裡出來，一股先前本已被烈酒驅散的寒意，便驟然回到了心頭，讓他如墜冰窟！

刀琴劍書侍立一旁。

謝危沒有說話。

姜雪寧注視著他，來到了他面前，又看了看他身後這洞開的城門，便突地笑了一聲：

「不愧是周大人，能屈能伸，能為皇帝賣命，也能為命賣了皇帝！」

周寅之想過，天下人，無非以利而合。

只要他還有利用的價值，便不會立刻被棄置。

屆時先歸附謝危燕臨，即便吃些苦頭也無妨，只要能保住一條命，過後總有慢慢斡旋籌謀之機。可千算萬算，怎會算到，這種兩軍交戰的關鍵時刻，謝危竟是帶著姜雪寧一道來的！這意味著什麼，他實在太清楚了。

垂在身側手指因強烈的不甘而緊握，這一瞬間，周寅之的腦海裡掠過了太多。

然而越是在絕境，越想要垂死掙扎。

他眸底掠過了一抹異色，抬首看著姜雪寧，一副悔恨模樣，道：「忻州之事，是下官害了尤姑娘。只是彼時下官家中妻兒皆在京城，大小一應利害皆受朝廷掣肘，實在別無他選！

今日姑娘與少師大人還於京城，下官念及過錯，悔之晚矣，是以開此城門，願能彌補一二，只望姑娘念在往日情分——」

話到此處，卻陡然轉厲！

先前扗在地上的繡春刀徑直出鞘，周寅之面上的悔恨哪裡還見得著半分？竟是趁著姜雪寧站得離他最近時，以說話懺悔的方式放鬆她警惕，持刀向她而去，欲要在這絕境之中將她挾持，為自己換來一條生路！

然而刀琴的刀比他更快！

「噹！」

電光石火間一聲利響，面容冰冷不帶一絲笑意的刀琴，分明離姜雪寧還要遠一些，可竟偏偏搶在了周寅之刀至她脖頸之前，將他刀刃重重擋開！

手腕再轉，更趁勢劃下。

鋒利的刀尖瞬間在周寅之手臂之上拉出了一條長長的血口！

另一側劍書則是趁勢以劍鞘擊中他腿部，隨後一腳踢出，力道之狠幾乎準確地擊碎了他的膝蓋骨，使得周寅之整個人立刻站立不穩，重重撲跪在地！

刀也脫手飛出！

周寅之幾乎不敢相信，這原本站在兩側的二人會有這樣快的反應，彷彿是提前料到他會出手，早就在防備他一般！

刀琴曾目睹他對尤芳吟下毒手，以至於他空有一身卓絕的武藝，竟只能眼睜睜看著那麼個活生生的姑娘香消玉殞。

因為當初他趕到時尤芳吟就已經被挾持。

可如今面對著面，憑周寅之這點本事，要在他面前對姜雪寧動手，簡直痴人說夢！

眼看著周寅之那驚怒交加、不敢置信的神情，刀琴只冷冷地道：「早在方才來路上，寧二姑娘已經提點過，說你稟性難移，若知自己難逃一死，勢必不會束手就擒，必會鋌而走險。如今，果然應驗。」

周寅之萬萬沒有料到。

他回想自己這一生，姜雪寧的確算他一任舊主，可攏共也就辦過那麼幾件事，真論交集實則不多，對方怎會對他之行事，如此瞭若指掌？

而且……

他咬緊牙關，死死瞪著她，聲音似滴血一般從喉嚨裡出來：「姑娘答應過的！那封信！妳明明允諾過，只要我肯為內應，出手相助，便不計過往，饒我一命，也放過么娘與她腹中的孩子！」

姜雪寧憐憫地看著他：「所以你竟信了？」

這一瞬間，周寅之面色鐵青。姜雪寧卻只是抬起頭來，看著這道已經大開的城門，想世人很是荒謬，慢慢道：「也是，我這樣的人在周大人眼底，當是良善好欺，所以一旦壞起來騙人，反倒不易使人相信。」

她想，時辰也不早了，還是不要耽擱後面的大軍入城。

於是便向一旁的劍書伸出手去。劍書將劍遞向她。

她幾乎從未握過刀劍，那鋒利的長劍自鞘中抽離，彷彿將人性命的重量都壓在劍鋒之上，沉沉地墜著人的手腕，天光一照，寒光四射！

周寅之要掙扎。

但左右已有兵士上來將他死死摁住。

姜雪寧持著劍，有些吃力。

謝危便走上來，手掌覆蓋在她的手掌之上，幫著她將劍緊握，只朝著周寅之脖頸遞去，輕輕笑了一笑：「我教妳。」

那劍鋒瞬間刺破了皮膚。

周寅之一雙眼已經赤紅。

死亡臨近時，他只有一腔強烈的不甘，困獸猶鬥似的大聲嘶吼：「我便是殺了尤芳吟又怎樣？這是皇命！你們舉兵造反，權謀詭計，甚至刀下亡魂，哪樣又輸給我周寅之？有什麼資格殺我！」

姜雪寧從未殺過人。

她幾乎是被謝危的手帶著，將這柄劍遞出。

然而在對方這質問乍起的瞬間，一股戾氣卻陡然滋生出來！

她原本有些顫抖的手指，竟然將劍握緊了，用力向他咽喉處一送！

鮮血頓時迸濺，甚至從周寅之口中冒了出來。

他張大了嘴想要說什麼，可刺破的氣管只能發出斯斯的模糊聲響，什麼話也說不出來！

只能死死瞪著一雙眼！

姜雪寧猛地拔了劍，眼眶已然發紅，一字一句冰冷地道：「我曾說過，若是行惡，莫讓我知曉。天下權謀詭計者甚眾，可你最不入流！沒有一樣手段上得檯面，連個梟雄都算不上，只配做那螻蟻不如的宵小！沒有人想殺你，是你自尋死路。」

周寅之終於記起，許多年前，她的確是說過這樣一句話的……

可已經晚了。

鮮血淌得多了，身後摁住他的人將他放開，他便一下面朝地倒下，眼底竟湧出淚來，竭力地向著姜雪寧伸出手去，張口要說些什麼：「么、么……」

姜雪寧聽出他是要問么娘。

可是她的心裡一點憐憫都沒有，異常冷酷，不過居高臨下地看他一眼，沒有搭理，扔了劍，便從他旁邊走過。

對一個人來說，最痛苦的死法，便是直到他咽氣，也不能知曉心繫之人的安危！

當日尤芳吟遭受了多少，她今日便叫他如數領受！

第二四二章　亡魂歸來

大開的城門口，周寅之漸漸停止了淌血的屍體，倒伏在道中，在掀起的漫天黃土煙瘴中，隱隱然拉開了一道血腥的序幕。

燕臨一揮手，大軍入了城。

姜雪寧從城門外走到城門內，那些熟悉的街道再一次出現在她眼前，從前世到今生，依稀還是那般模樣。只是沒有一家開著的店鋪，要麼房門緊閉，要麼破敗狼藉，哪裡還有往昔一朝都城繁華地的盛景？

很久以前，就是在這條長街上，燕臨意氣風發，帶著她縱馬馳過燈會；尤芳吟笨手笨腳，想看個荷包，卻撞翻了人家的攤鋪；沈芷衣去韃靼和親時，那看似歡喜實則悲切的隊伍，也曾蜿蜒自城中流淌過；謝居安也還在韜光養晦，為了一根琴弦，幾塊好木，從自己的府邸背著手走去幽篁館找呂顯……

一切從這裡開始，也終將在這裡結束。

她以為殺了周寅之，報了仇，當很痛快。

可好像並沒有。

站在這條長街上，眼看著那一列一列向前行進的兵士，姜雪寧心裡生出的竟然是一種空茫，好像突然間不知道自己接下來還要做什麼，又該往哪裡去。

謝危就立在她身邊，陪她看著，卻一句話也沒有說。

姜雪寧突然問他：「你呢？」

謝危回首：「什麼？」

姜雪寧道：「等報完仇，你要幹什麼呢？」

謝危望著她，久久沒有回答。

二十餘年的厚重執念，身世顛覆的血海深仇，倘若一朝得報，他會感到快慰嗎？

又或者，與她那突如其來的感覺一般……

姜雪寧實難揣度。

深秋的落葉被風吹捲著鋪滿長街的角落，行軍的腳步聲一直延伸到街道的盡頭，往前刺探消息的哨兵騎著快馬，另一頭呂顯皺著眉正同燕臨說著什麼。而長街的那頭卻快步跑來了一名穿著藍衣的年輕僧人，只不過被沿途的兵士攔下了，他費力地解釋著什麼，直到突然看見那頭的謝危，於是伸手一指，眼睛都亮了……

謝危忽然恍惚了一下。

他向身旁刀琴道：「讓他過來。」

刀琴依言走過去，交代了那邊的兵士，帶著那名小僧走了過來。

姜雪寧有些好奇地看著。

那名小僧對謝危顯然也有幾分畏懼，但到了他面前時，還是十分有禮地先合十頷首，才道：「前些日有位姓孟的施主，滿身是血來投，方丈問過後，說是要來知會謝施主一聲。聽聞忻州軍已然入城，特著小僧來報。」

謝危知道他說的是誰，只略略垂眼，道：「有勞了。」

姜雪寧看著這僧人卻很迷惑。

謝危卻忽然轉向她問：「去過白塔寺嗎？」

姜雪寧心頭陡地一顫。

白塔寺之名，她是聽過的，可從來不曾去過。

話在喉間，澀住未能出口。

謝危卻拉起她的手，一笑道：「有位原本妳也認識的故人在那邊，我得去一趟。妳與我同往，可好？」

姜雪寧沒能說出拒絕的話。

謝危便拉著她上了馬，徑直將她圈在懷中，策馬而去，穿過了幾條街道，很快遠遠便看見了一座修得高高的白塔。

荒蕪的城池一地肅殺。

地上原本是鋪滿了落葉，無人打掃。坊市中更看不見一個尋常百姓，縱然是有些人沒有離城，這時候也都將家門緊閉起來，躲避禍事。
然而前方那條道，竟是乾乾淨淨。
陳舊的石板青苔上，留著掃帚劃過的新鮮痕跡，一片落葉都沒有。盡頭處便是一座古老而偏僻的寺廟，寺中楓葉早已飄紅，在這深秋時節，倒有幾分雲霞似的燦爛。
謝危便在此處勒馬。他又向姜雪寧遞出手去，扶她下馬。
寺門前正有一名小僧端了水盆出來，往剛掃過的地面上灑水。他似乎沒想到這時候竟還會有人來禮佛，剛看見他二人時，目中還露出幾分奇怪。
然而等他看見謝危，便瞬間睜大了眼睛。
謝危知他是認出了自己，但也並不廢話，只問：「忘塵方丈在哪裡？」
那小僧說話都結巴了，立了半晌後，趕緊把手裡的水盆擱在了一旁的牆角，道：「方丈正在禪房裡打坐，小僧這、這就去通傳！」
說完竟是飛快往裡面跑去。
謝危也沒管他，只帶著姜雪寧一道走入寺中。
牆下栽著不少菩提樹。
方丈的禪房還在後面，普普通通簡簡單單的一小座。
到得前面時，謝危便對她道：「在這兒等我片刻。」
姜雪寧點了點頭。

謝危便徑直朝裡走去，身形眨眼間被門扇擋了，禪房糊著發黃窗紙的窗內，傳來了一聲佛號，繼而是平緩的交談聲。

眾所周知，謝危雖在朝堂，可既讀道經，也曉佛法，是以既能與士林交好，也能與早先的國師圓機和尚旗鼓相當。

只不過這還是她頭回見他真與寺廟有什麼交集。

姓孟的施主，她還認識……

是孟陽麼？姜雪寧想想，發現自己對此似乎並不十分好奇，只抬眸向周遭打量，於是便看見了前方不遠處的那座石亭。

那一刻，她分明沒有看見這座石亭的名字，可冥冥中，卻有一種奇怪的感應，讓她的心臟猛然跳動了一下，於是抬步，朝著它走去。

待得近了，便看清了。果真是潮音亭。

七級臺階將石亭壘高，亭內置著一張陳舊的木案，一只香爐擱在案上，似乎是早晨才燃過香，此刻雖沒有香煙嫋嫋，卻隱約能從虛空裡嗅出已經淡了的沉香味道。

在這座石亭旁邊，便是一片廣闊的碑林。

每一塊都是六尺高，一尺寬。

上面鐫刻著一個又一個名字。

更往後一些連名字都沒有。

看得出它們已經在這裡佇立了許久，每一塊的邊緣上都留有風雨侵蝕的痕跡，甚至落滿塵灰。

姜雪寧慢慢走到裡面去看，趙錢孫李，什麼姓氏都有；有的有名有姓，完完整整；有的卻似乎還沒起大名，只一個乳名刻在碑上；更後頭那些沒有名字的也不少……

三百義童塚。

前世她不曾看過，因為那畢竟是與她沒有什麼關聯的事情，若非後來在坤寧宮軟禁時聽尤芳吟提起，或恐還不知曉，自己前世命運最終的跌宕，實則都繫在這二十餘年前這一樁血色的舊事之上。

今日總算看見。

她看得並不快，每看到一個名字都要停下來片刻，似乎想要它們在自己的記憶中留下少許痕跡。

只不過在走到東南方角落裡時，姜雪寧忽然停了好久，也沒有再繼續往前。

眼前同樣是一座石碑。

但它與周遭那些，格外不同。

旁的石碑上，要麼刻著清楚的名姓，要麼空無一字。可這一塊上，原本是刻有名姓的，但似乎沒有刻完，就被人強行削去，只在上面留下幾塊斑駁的凹痕，幾道雜亂的刻記。

一道聲音，忽然從她身後響起：「這是我。」

姜雪寧回頭。

謝危不知何時已經從禪房裡出來了，遠處潮音亭下的臺階旁，立著一名老和尚，身旁站著面色蒼白的孟陽，但只是看著，並沒有走過來。

第一時間，姜雪寧沒有明白謝危的意思。他卻來到了她身旁。

深色石碑上積落的灰塵，被他伸手輕輕拂去。

謝危看向她，笑了一笑：「本來這裡也是要刻上名姓的，可她無論如何也不肯相信，那堆雪化之後的枯骨與汙泥便是我。匠人在上頭刻名時，她便把刻刀奪了，把這上頭刻的名字毀去。然後對旁人說，她的孩子未必就死了，即便是早已遭逢不幸，要歸葬入土，也不要再姓蕭。」

分明是笑著說的話。

可姜雪寧聽著卻不知為何，眼底潮熱，竟覺喉間有幾分哽咽。

謝危卻靜靜地道：「我本是一個該在二十餘年前就死去的人。」

姜雪寧伸手去握他的手，對他搖頭：「不，你不是。」

她手心有汗，甚至在發抖。

謝危於是笑：「妳在怕什麼？」

姜雪寧無法告訴他，只是道：「無論如何，她希望你活下去。」

謝危喉結微微湧動，久久沒有說話，垂在身側的手指緊握，最終卻沒有回應她的話，只是道：「往後不要一個人到這裡來，該走了。」

他拉著她往外走。

從潮音亭下經過時，孟陽看了他們一眼，那位忘塵方丈則向他們合十宣了一聲佛號：「阿彌陀佛，諸法空相！」

姜雪寧沒有慧根，聽不明白。

謝危則沒有回應。

他重帶著姜雪寧從白塔寺出來，門外是燕臨領著黑壓壓的兵士靜候，呂顯則是立在臺階下面，見他們出來，先看了姜雪寧一眼，才走上前來。

謝危停步。

他上來低聲同他說了一句話。

謝危似乎不甚在意：「隨她來吧，不必攔著。」

呂顯久久凝視他，問：「你真的還想贏嗎？」

謝危說：「想的。」

呂顯於是道：「但如果你想要的東西變了，你的贏，對旁人來說，便是輸。」

謝危平淡地道：「我不會輸。」

他沒有再與呂顯說話。

在他進白塔寺的這段時間裡，燕臨等人早已率軍查清了城中的情況。天教的義軍進入城中後，顯然遭遇了一場蓄謀已久的伏擊，西城南城坊市中到處都是橫流的鮮血，一路順著長安街，鋪展到紫禁城。

倒在路邊，有的是天教的，有的是朝廷的。甚至還有受了傷卻沒斷氣的。在忻州軍從染血的道旁經過時，他們便哭喊著哀求起來：「救救我們，救救我們……」

大部分人看了，都心有戚戚。

然而謝危的目光從他們身上掠過，卻只是勾起了往日的回憶，並沒有多做停留，一路與燕臨等人，直向著前方那一座過於安靜的紫禁城而去。

宮門早已被天教攻破。尚未來得及收拾的屍首隨處可見。

原本金燦燦的太極殿，此時已經被覆上了一層血紅。

萬休子環顧周遭，幾乎不敢相信。

跟在自己身邊的竟已經只剩下數千殘兵，個個雙目赤紅，身上帶傷。連他自己的腰腹之上，都插著一根尚未拔除的羽箭，只折去了箭身，箭矢還留在體內，卻暫時不敢取出。

大殿之前的情況，卻也好不到哪裡去。

數千精兵陣列在大殿之前，衛護著中間的皇帝。只是沈琅這披頭散髮赤腳的模樣，看著哪裡還像是往日的一國之主？

他神經質地大笑著。

滿朝文武，沒投敵的，沒逃跑的，一心忠君的，如今都戰戰兢兢癱軟在大殿之中，心有餘悸地看著已經逼到殿前，與他們對峙的天教義軍。
臨淄王沈玠，定國公蕭遠，刑部尚書顧春芳，戶部侍郎姜伯游，甚至連蕭定非都混在其中……
只不過並不見張遮。
已是皇貴妃之尊的蕭姝，這時立在角落裡，看著大笑的沈琅，只覺渾身冰寒，滿心慘澹。若只論心術，沈琅無疑是一個合格的皇帝。
他竟故意抽調了城門的兵力，轉而使人埋伏在街市狹口處，在天教以為自己致勝之時，予以迎頭的痛擊，著實打了對方一個措手不及。
一路拚殺，竟然慘勝一籌！
如今雖被人打到了皇宮之中，可他竟一點慌張之色都沒有，甚至有一種說不出的快意，只讓人懷疑：這位帝王，手裡是否還留著其他的底牌？
萬休子目光陰沉地看向他，這一時竟有點拿不準主意。
不管後面如何，那張龍椅就在太極殿的高處放著。
二十餘年前，他距離這個位置便只有一步之遙；只可惜平南王糾纏於皇家恩怨，非要將沈氏血脈趕盡殺絕，以至於被援兵殺來，最終功虧一簣！
二十餘年後，他再一次站在了這張龍椅之下！
太極殿前，日光熾盛，雙方上萬人對峙，可陣中只有風聲獵獵吹拂而過，竟無一人敢發出半點聲音。

於是這時遠處的聲音，便變得清晰。

那是許多人整齊劃一的腳步聲，一聲一聲砸在皇宮用石板鋪得堅實的地面上，漸漸變得近了，彷彿每一聲都踏在人的心上，左右著人心臟的跳動！

天教與朝廷兩邊都出現了一陣聳動。

沈琅與萬休子都朝著宮門方向看去。

在遠遠看見那舉起的忻州軍旗幟時，天教這邊的殘兵只感覺到一陣的恐慌，而朝廷那邊一眾官員中的小部分，卻幾乎立刻振奮起來，甚至有些喜極而泣的味道！

「是謝少師與燕世子的忻州軍！」

「他們終於來了！」

「勤王之師啊，天助我朝，天教這幫賊子今日必將交代在此處！」

……

然而與之相對的是，沈琅的面色驟然鐵青。

萬休子更像是聽見了天大的笑話一般，抬手指著這些愚蠢的膿包，揚聲大笑起來：「救兵，你們還當是救兵來了！哈哈哈哈……」

謝危一身雪白的道袍不染塵埃，在疾吹的風中，慢慢走近。

所有人的目光幾乎都朝著他這個方向看來。

姜雪寧在他身旁，看著眼前這慘烈對峙的場景，只覺滿世界發白，生出一種怪異的眩暈感。

成碾壓之勢的大軍黑壓壓如潮水一般，陣列在太極殿前，幾乎將所有人包圍。

朝廷裡那些人聽了萬休子的大笑，一陣嘈雜。

萬休子只道自己已經是可憐可悲，卻不曾想原來世間還有比自己更可悲更可憐的人，笑得越發肆狂起來，竟抬手轉而一指謝危，大聲道：「在朝中為官七八載啊！就在你們眼皮子底下！你們竟然沒有認出他來！這哪裡是為你們朝廷鞠躬盡瘁的太子少師，這分明是隨時向你們索命，要你們償還血債的魔鬼！」

蕭定非藏在人群裡，輕輕嘆了口氣，心想：自己騙吃騙喝的日子，到底是要結束了……

謝危走上了臺階，沒有說話。

定國公蕭遠看著他，又看向萬休子，突然想到了什麼，心底驟然蔓延開一片無法言說的恐懼！緊接著，那種不祥的預感便應驗了。

在所有人惶恐不安的目光中，萬休這那帶著無比惡意，甚至帶了幾分得意的聲音，在這空闊的太極殿前方響起，卻偏帶上了一股無比陰森的味道：「放在二十餘年前，彼時此地，他不叫謝居安，該稱作——蕭定非！」

朝野上下不少人腦袋裡頓時「嗡」地一聲響。

謝危卻只是站定，異常平靜地看向眾人，淡淡道：「這般熱鬧，我好像來得晚了些。」

第二四三章　弒盡親族

萬休子的話是什麼意思？

有許多人第一時間竟然沒有聽懂。

謝危怎麼會是蕭定非？

那位大難不死的定非世子現在不好好在角落裡站著嗎？倘若謝危才是蕭定非，那這個蕭定非又是誰？且當年那些事情，他又為何能知道得一清二楚？

分明是簡簡單單一句話，可卻在瞬間弄亂了他們的腦袋。

二十餘年前，天教亂黨夥同平南王逆黨殺至京城，那位早慧聰穎的定非世子捨身李代桃僵救主的事情，早已經在這些年傳揚到街頭巷尾。

然而誰又想過其中的真相？

畢竟這世間所有人自小所學便是忠君為國，沒有一個人會想，讓一個孩子替另一個孩子去死，是否合情，又是否合理，甚至究竟是不是真的。

他們習慣了。

君是君，臣是臣，君可以要臣死，臣也當為君死！

人的貴賤，是由天定。

凡人便想要往上爬得一步，也需要那些高高在上的貴人垂青，或者為人奴，或者為人臣，賣才華，賣性命，出賣自己能出賣的一切，只為求得上位者隨意施捨下來的一點殘羹冷炙！

天下人皆沒有足夠的覺悟。

所以今日，謝危站在了這裡。

不知當年真相的人，惶然不安；知曉當年真相的人，卻是瞬間臉色煞白！

在他們眼中，此時此刻站在太極殿前的謝危，哪裡還是個活生生的人，分明一隻從墳墓裡復活的鬼魂，用那來自九幽的目光凝視著他們！

「不，怎麼可能……」

定國公蕭遠原本已經在先前與天教的交戰中受傷，行動不便，此刻只像是看著一個怪物般看著謝危，睜大的眼底分明已經填滿恐懼，卻不知是告訴別人還是告訴自己一般，高聲大氣地叫喊起來。

「不！絕不可能！一點也不像，一點也不像……」

沈琅瞳孔也陡然緊縮，先等來的竟是謝危與燕臨的忻州軍，已經大大出乎了他的意料，更不用萬休子突然投下的這記平地驚雷！

謝居安，蕭定非……

饒是他已經對今日的亂局有所預料，自以為能鎮定自若，可仍舊被這突如其來的消息炸得腦海裡空白了一剎，緊接著一顆心便如同沉進了深淵一般，冰寒一片！

因為，在聽聞萬休子這番話之後，謝危竟然只是立在那邊，沒有半分反駁的意思！

蕭姝的目光落在謝危身上，同樣落在他身旁不遠處的姜雪寧身上，然後才帶了幾分茫然地轉向了蕭定非。

這位自打「回京」以來，便不務正業、無所事事的「定非世子」，似乎也注意到了她的注視，這一刻竟然朝她拋來一個格外明媚的微笑。

天知道這兩年他把蕭氏折騰成什麼鬼樣！雞飛狗叫，渾無一日的安寧！

整個蕭氏大族原本就不大好的名聲，在他的糟踐之下，更是一落千丈，市井之中人人唾罵！

然而此刻，他才笑咪咪地站了出來，假模假樣風度翩翩地向眾人揖了一禮，靦腆地道：「真對不住，其實我現在也真叫蕭定非。只不過嘛，這名字是許多年前遇到先生時，先生不要了給我的。我琢磨你們其實也沒找錯人。不過，這兩年來，我吃你們的，喝你們的，玩你們的，還花了你們不少的銀子，實在是很不好意思！」

蕭遠一聽差點氣得吐血！

年紀輕輕的蕭燁更是目瞪口呆。

蕭姝一張端麗的面容更是一陣青一陣紅，難看到了極點！

滿朝文武都驚呆了。

這個蕭定非竟然是個冒牌貨！

只見了這位定非世子吊兒郎當地走到了謝危面前去，笑嘻嘻道：「怎麼樣，本公子可沒辱沒這名姓吧？說教訓這幫孫子就教訓這幫孫子，可惜這兩年你不在京裡，可錯過了好多場大戲！不過即便沒有人看，本公子也是兢兢業業，演得可好了！」

謝危淡淡一笑：「是沒辱沒。」

姜雪寧嘴角微微一抽。

蕭定非卻早已注意到了她，美人兒當前，好久不見，著實驚豔，得瑟之下忘了形，一雙輕浮的桃花眼便沒忍住向姜雪寧眨了眨。

然而還不等姜雪寧有反應，謝危已經平平看了他一眼。

蕭定非頓時渾身一激靈。他立刻把眼神收了回來，站直了身子，老老實實地退到了邊上去，一直站到呂顯旁邊才停。

呂顯無言。

在場之人看見這副情景，還有誰不明白？

蕭遠想起這兩年來受的窩囊氣，整個人都忍不住因為憤怒而發抖，抬手便指著謝危責斥道：「原來這一切都是你算好的！連這個人渣王八蛋都是你故意安排的！你、你——」

蕭定非翻他個白眼。

有那麼一瞬間想說「你他娘罵誰呢」，只是眼角餘光一瞥謝危，又心不甘情不願把滿肚子的髒話咽了回去，只在心裡問候起蕭氏一族祖宗十八代。

謝危卻顯得比任何人都要平靜。

他走上前去。

每上前一步，太極殿下面那些陣列的兵士便會壓抑著恐懼，謹慎地往後面退上一步。

蕭遠目光死死地盯著他。

謝危打量著這個人，內心竟無任何多餘的波動，甚至還笑了一笑，道：「的確是一點也不像，是不是？」

眾人的目光，都落在他的臉上。毫無疑問，這位昔日的當朝帝師，長著一副絕無僅有的好皮囊，有山中高士的隱逸，有天上謫仙的超塵，倘若再配上這樣極淡的三分笑意，天下誰能不對他生出好感呢？

的的確確是一點也不像。

反倒是那已經縮到一旁去的冒牌貨，眉眼之間竟與蕭遠有三四分肖似，簡直不可思議！

可誰說，兒子一定長得像老子，女兒一定長得像娘親呢？

蕭遠一剎間已面如槁木！

謝危看著他道：「我長得和她不像，和你也不像。所以既不向她那般良善，也不似你這般廢物。到如今，實在是正好。」

不良善，便狠毒；不廢物，便恐怖。
所有人聽了這話簡直不寒而慄！
萬休子眼見這般場面，卻是在後頭撫掌大笑：「妙！妙極啊！」
想當年，他為何沒殺謝危？
為的不就是今日這樣的場面嗎？
報復朝廷，算計皇室，好於眾目睽睽之下，將這所謂皇族的虛偽面具撕下，讓天下都知道這些人內裡到底藏著多少汙穢，又配不配主宰天下！
只可惜，謝危並不是好操縱的傀儡。
他的計畫到底沒能完全完成，但如今能瞧見其中一半，已叫他萬般暢快！
謝危並不想理會身後瘋狂的萬休子，且留他多活上片刻，只是道：「聖人言，生身之恩當報。」
蕭遠眼底忽然湧現出了一分希望。
他立刻道：「對，對！當年太后娘娘推你出去替聖上，那也是沒有辦法的辦法啊！她是你姑母，怎能不疼你呢？我蕭氏一族，乃至皇族，都是你的血親啊！」
他說話時不夠仔細，只那一句裡所含的「推出」二字，已讓周遭眾臣輕易意識到了這背後潛藏的真相，驟然變了臉色！
連沈琅一張臉都沉黑一片。

蕭姝看向謝危，卻沒有與蕭遠一般從此人的臉上感覺到半分的仁慈，相反，只有一股不祥的預感襲上心頭！

這一刻，謝危聽見蕭遠的話，竟然笑了起來，還附和道：「說得對，都是血親，該要留些情面。」

蕭遠簡直要喜極而泣了。

然而謝危居高臨下地看著他，雲淡風輕地補上一句：「你想要個什麼死法呢？」

你想要個什麼死法！

此言一出，先前那種好說話的錯覺，幾乎立刻就被擊穿了！

別說是朝中眾臣，就是他身後天教與忻州軍一眾兵士，也不由得激靈靈地打了個冷戰，為這雲淡風輕的一句話裡所蘊藏的篤定殺機而膽寒！

蕭遠愣住了。

緊接著便是一種死亡即將降臨的恐懼。

他距離謝危最近，輕易能夠看見他淡漠到沒有一絲情緒的眸子，只讓他感受到一種來自心底的寒意，彷彿當年那被埋在雪裡的三百義童的亡魂都附著在他身上，更有一雙眼睛透過虛空俯瞰著他！

「不，不，不要殺我……」

蕭遠本不是什麼強悍之人，在意識到謝危是真要殺自己的時候，竟然忍不住朝著後方退去。

他想要逃跑。

可這太極殿前的臺階從來沒有那樣長過，平日裡短短一會兒就能走完的長度，卻好久好久也望不到頭。

謝危並不叫人去追他，只是向後方伸出手去。

刀琴便將背著的弓箭取下，遞到他手中。

謝危看向那狼狽跌撞的身影，接過了弓與箭，隨後彎弓搭箭，雕翎箭的箭矢閃爍著一片晦暗的寒光，遠遠對準了蕭遠的背影，只道：「今天這樣好的日子，太后娘娘怎能不在呢？劍書，帶人去找找。」

「嗖」地一聲，手指輕輕鬆開，弓弦劇烈地震顫！

雕翎箭離弦飛去！

蕭遠正急急往臺階下去的身影，便驟然一振。一支箭就這樣射入了他的後背，他身子晃了晃，卻沒有立刻倒下。

緊接著便是第二支，第三支！

第一箭只穿入後背，第二箭已射過心臟，第三箭直接洞穿了他的頭顱！

染血的箭尖從他眉心鑽出。

頭髮已然花白的蕭遠，兩隻眼睛裡的驚恐尚未散去，便漸漸失去了神采，「撲通」一聲，整個人面朝下栽倒，鮮血從他身前湧流而下，染紅了漢白玉的臺階。

弒父！

朝野上下所有人都驚呆了，說不出話來。

沈琅立於眾人之中，更是怒火熾盛。

只不過，更令他不安的，並非是蕭遠的死，而是謝居安方才一箭射出時，對身邊那幾個人交代的話！

蕭姝萬萬沒有料到，謝危竟敢這般當眾動手！

蕭燁愣了半天，卻是個不善遮掩的直脾氣，幾乎立時就紅了眼，徑直朝著謝危撲去：「你殺了我爹，我跟你拚了！」

然而謝危只是看了他一眼。

他甚至都沒有動手。

刀琴刀在手中，根本不待他靠近謝危，已經直接一刀捅進他胸口，然後面不改色地抽刀。

蕭姝花容失色，驚叫了一聲：「弟弟！」

蕭燁低頭看去。

胸前破開了一個血窟窿，鮮血幾乎瞬間染紅了半邊身子，他摸了一把，眼底還出現了幾分迷惑，就這樣退了兩步，倒在地上。

年輕的眼睛睜大著，再也閉不上了。

整座太極殿前，幾乎是死一般的靜寂！

謝危身邊的刀琴、劍書，朝野上下不少人都見過，素日裡跑跑腿，料理一些瑣事，本以為只不過是兩個有些拳腳功夫的書童罷了。

刀琴話少，武藝高些；劍書圓滑，通曉世事。

可誰能料想，如今一言不發動手，竟有這般殘忍的俐落，連眼睛都不眨一下，便取了一人性命！

而這個人，本該也是謝危的兄弟……

眾人此時再看謝危，回蕩在腦海中的，竟只有先前萬休子癲狂至極的那一句：這哪裡是什麼聖人、帝師，分明是向人索命、要人血債血償的魔鬼！

蕭氏先後兩人橫死，於謝危而言，似乎並沒有什麼觸動。

他只是看向了沈琅。

彷彿是能感覺到他的不安與恐懼，三箭射死蕭遠，又觀刀琴殺了蕭燁之後，他卻稀鬆平常模樣，回過頭來，淡淡對他道：「別著急。」

別著急，很快就輪到你了。

眾人也當真沒有等上很久。

後宮方向，沒一會兒就傳來驚恐的呼喊聲：「你們是誰，你們想要幹什麼？你們怎麼會知道密室的位置？放開哀家，放開哀家！」

蕭太后是被人拖過來的。

鳳釵歪倒，髮髻散亂，一張已經有了些老態的臉上，滿是驚恐。

她原本是躲在皇宮裡那個只有皇族才知道的密室中，試圖與二十餘年前那一次一般，藏身其中，躲過一劫，等待著叛亂的平復。

可誰想到——就在方才，石門洞開，一夥她完全不認識的人，竟然走了進來，如對待階下囚一般毫無尊重，一路將她拖行至此！

劍書把人扔在了太極殿前，躬身對謝危道：「先生，人已帶到。」

蕭太后這時才看見謝危：「謝危？」

她內心尚有迷惑未解，然而一轉眸便看見了蕭燁滿是鮮血的屍體，嚇得驚聲叫起來，下意識要去找蕭遠時，才發現群臣之中竟無他的人影。

原本高高在上的定國公，此刻連荒野上的橫屍都不如，倒伏在那長長的臺階之下。

蕭太后找了好久才看見。

她的目光從沈琅身上劃過，看向萬休子，又看向謝危，終於意識到了一種前所未有的危險，大叫起來：「來人，護駕，護駕！」

謝危這些年來，畢竟是外臣。他沒有見過太后太多次，可這一張臉卻總是烙印在他記憶的深處，一絲一毫都沒有忘記。

只不過，眨眼是二十三年春秋。

物換星移，人事變動。

如今，他是持刀人，他們是階下囚。

謝危並不看她，只是將手中那張弓遞還給刀琴，又拿過一柄刀來，反而注視著沈琅道：

「趁著你要等的人還沒來，現在選吧。」

沈琅聽見這話，眼角都抽搐了一下。

謝危卻彷彿沒說什麼洞察天機的話似的。

他將那柄刀擲在了沈琅與蕭太后面前，聲音輕緩似天上飄著的雲霧：「你親手殺了她，或者她親手殺了你；又或者，我來幫你們選……」

當年皇族逼他在替代沈琅與保護燕敏之間，做出一個抉擇，今日，他便把同樣的抉擇拋到這一對天下最尊貴的母子面前！

滿朝文武已駭得說不出一句話來。

謝居安何等狠辣的心腸，這竟是要硬逼著在這紫禁城內，上演一齣母子相殺的人倫慘案啊！

第二四四章　冠姓者皆殺

自古中原以「孝」治天下，他自己弒父殺親也就罷了，如今竟然在這等危難之時還要逼迫天家母子相殺！世間倫理綱常，完全被他踐踏在腳下！

有些保守的大臣已經怒得滿面通紅。

責斥之聲不絕於耳。

然而謝危巋然不動，渾若未聞。

他從來都是做自己想做的事情，卻不需要對任何人做出解釋，也完全不需要旁人來理解箇中的因由。

縱然所有人都視他為魔鬼。

姜雪寧在人群裡遠遠看著他，竟然覺得心底隱隱抽痛。

謝危看著他們，只是輕輕催促了一句：「不好選麼？」

不清楚當年內情之人，道他喪心病狂；然而有所瞭解或者有所猜測之人，卻隱隱意識到他此舉背後，必定潛藏著當年的祕密！

是否，二十餘年前，也曾有這樣一場抉擇，擺在謝危的面前呢？誰也無法確認。

蕭太后自打被拖到此處後，便受了接連的驚嚇。

此時聽見這話，終於反應了過來。

她分明不覺得謝危與蕭遠或是當年的燕敏很像，然而聯想起本不該被人知曉的密室的位置，還有眼前這熟悉的兩難抉擇，腦海中那原本令她不敢相信的可怕猜想便浮現出來。

蕭太后目眥欲裂。

像是見著惡鬼一般，她顫抖著指向他，聲音彷彿撕裂一般猙獰：「是你！原來是你！」

然而，她的情緒實在是太過激動了，幾乎所有的注意力都放到了謝危的身上，以至於根本沒有看見，在距離她不到五步遠的地方，披頭散髮的沈琅，目光陰鷙，已經撿起了先前謝危擲在地上的那柄刀。

謝危眼底劃過了一分嘲諷的憐憫。

後方的蕭姝發出了一聲驚呼。

那柄刀被一隻手緊緊握住，輕而易舉地貫穿了蕭太后的身體，從她背後透到胸前，當她低下頭看過去時，甚至能看見那染血的刃面上，倒映出自己帶了幾分茫然的面孔。

先前還在叱罵不斷的朝臣，突然像是被人迎面摔了一巴掌似的，所有話都戛然而止，再沒有半點聲息！

太極殿上，只聞刀刃緩緩抽離人身體的聲音。

蕭太后踉蹌了兩步。

胸前背後的鮮血根本捂不住，如泉湧似的朝著外面流淌，她終於轉過身來，看清了自己的背後——那是一張何等熟悉的臉？

是她親手養大的嫡長子，為他鬥過宮裡諸多寵妃，為他逼迫著當年不足七歲的定非世子頂替他赴死，甚至為了他同意將自己的女兒遠嫁韃靼……

「琅兒……」

蕭太后看見他拿著刀，靜默地站在那裡，卻不敢相信方才發生了什麼。然而身體的痛楚是如此清晰明瞭，以至於她無法安慰自己，這只是一場噩夢。

沈琅一雙眼底掠過了片刻的不忍，然而轉瞬便成了那種帝王獨有的冰冷與無情，天下人在他眼底也不過都是草木！

即便這是他生身之母！

他提著刀，凜然道：「社稷危難，此番委屈母后。只是當年之事，確與兒臣無關，乃母后擅作主張，強行以燕氏的性命作為要脅，迫使年紀尚幼的定非世子代朕受過！朕當年不知世事，這些年來每每念及卻總為之輾轉反側，常思己過！如今他回來了，也該是母后幡然悔悟的時候了！」

謝危自己沒提，然而沈琅等幾人你一言我一語，倒是相繼將當年的事情抖落得七七八八。

朝臣們已經能據此猜測出二十餘年前的真相——

從來就沒有什麼忠君救主，當年年幼的定非世子，不是自願去的，而是為了燕氏的安危，被蕭太后脅迫著李代桃僵，去叛軍陣中送死！

只不過，這些話在沈玠聽來，都是一片迷霧。

他根本不知道沈琅在說什麼。

在眼見著沈琅的刀穿過蕭太后的身體時，他腦袋裡已經「嗡」的一聲，幾乎不敢相信發生了什麼。

沈玠素來知曉，自己與皇兄、與母后，並非一樣的人。可他以為，血脈親情維繫，無論如何也不至於做出相殘之事！

甚至方才謝危說出那話時，他都不認為他說的那些會真實地發生。

然而此刻……

他只覺眼前站著的皇兄已變成一頭嗜血的野獸，一時間竟激起他胸臆中不多的血勇之氣，上前便推開了他：「你做什麼！」

蕭太后已奄奄一息。

沈琅那番冠冕堂皇的話，簡直讓她覺出了一種天大的諷刺！

沈玠半跪下來將她撈在自己懷中，一聲一聲地喚：「母后，母后！」

蕭太后眼底便兩行淚落。

臨死之際，她竟慘然地笑出聲來，也不知是笑這荒唐的老天，還是笑所謂皇家的親情，又或是笑可憐可悲的自己：「哈哈哈，報應，報應，誰也逃不了！誰也逃不了——」

那聲音在最尖銳高亢時，戛然而止。

喉嚨裡溫熱的血從她嘴裡冒了出來，她無力地掙扎了兩下，終於頹然地癱了下去。

沈玠哭出聲來：「母后，母后——」

他只是個孱弱的人。既沒有勇氣向自己弒母的皇兄質問，也沒有勇氣向作為始作俑者的謝危復仇，只能抱著蕭太后的屍體，痛哭流涕。

誰能想到，前後根本沒用半刻，沈琅竟然就已經做出了選擇！

朝臣們只覺心底發悸。

便是一路殺過來的天教義軍都覺得不忍入目。

萬休子都愣了半天，然而緊接著便撫掌大笑，連自己腹部的傷口都沒顧及，抬手指著這太極殿前染開的血泊，興奮道：「看見了嗎？天潢貴冑啊！這就是高高坐在紫禁城裡的天潢貴冑啊！市井鼠輩都未必做得出這等喪盡人倫的慘事！天潢貴冑？我呸，豬狗不如才對！哈哈哈哈……」

他話說著竟朝地上啐了一口。

輕蔑之態，溢於言表。

唯有謝危，輕輕地嘆息了一聲，竟似有些惋惜：「死得太容易了……」

周遭在寂靜之後，多少起了幾分議論之聲。所有人的目光幾乎都落在沈琅臉上。

他手裡還提著染血的刀，也大約能猜到眾人都議論他什麼，只是眼前這位舊日的帝師是什麼性情，在方才已經展現得淋漓盡致！

如果不做出選擇，死的便會是兩個人！

既然如此，倒不如他先給蕭太后一個痛快。

沈琅看向謝危：「當年的事，你是知曉的，都是母后擅作主張。你原是朕的伴讀，可朕這些年來竟不知曉。你又何必瞞朕呢？如若你早些告知，朕必向天下下達罪己之詔，為你討回一個公道。」

可真是做皇帝的人。

謝危看著他，唇邊浮出一絲笑意，竟沒有回答，只是抬起手來一指：「那她呢？」

他手指過之處，無人不心驚膽寒。但最終大多人都是虛驚一場。

那修長的手指，最終指向的是後方宮裝華美卻容顏慘白的蕭姝！

地上已經躺了她的父親，她的弟弟，她的姑母……

如今，終於輪到了她！

這時候，不用多說一個字，所有人也已經明白：謝危這分明是要將蕭氏一族斬盡殺絕，不留任何餘地！凡冠此姓者，皆殺！

蕭姝與蕭太后不同，蕭太后是皇帝的生母，可她不過只是皇帝的寵妃罷了。於沈琅而言，她只是個泄欲與權謀的工具。

她知道，倘若謝危要她今日死，她絕活不過明日……

可這一生所為，不過是不受人擺布。

為何一步步往上攀爬爭取，所換來的卻是連命都由不得自己？

沈琅提刀朝著她一步步走近，蕭姝眼底含著淚，卻抬起頭來，既沒有看沈琅，也沒有看謝危，而是在這一刻，看向了遠處凝望她的姜雪寧！

那種被命運捉弄的荒誕之感，從未如此強烈。

她這短暫一生前面十九年，幾乎是完美的，甚至沒有犯下過一件大錯；然而一切的改變，便源自於仰止齋伴讀，她忌憚姜雪寧，構陷她與玉如意一案有關，卻失了手，從此結下了仇怨。

如今，她是謝危的心上人，而她雖成了皇帝的寵妃，卻連個階下囚都不如！

一步錯，步步錯。

如此而已罷了。

刀刃穿過身體時，蕭姝感覺到了無盡的寒冷，可她終於收回了目光，看向眼前這個無情的帝王，到底再沒了往日的溫順，近乎詛咒一般道：「你以為你能逃麼？」

沈琅本就不在乎這女人的生死。

聞得她竟然口出如此惡毒的言語，心中戾氣上湧，竟然拔了刀出來，又在她喉嚨上割了一刀，使她再也發不出半點聲音，倒了下去。

至此，蕭氏一族最重要的幾個人，幾乎已經死了個乾淨。

姜雪寧記得，上一世好像也是如此，雖然不是一樣的死法，可結局似乎並無太大的差別。她同蕭姝爭鬥了那麼多年。可其實誰也沒鬥過誰。

蕭姝先死在了叛軍刀下，連帶著蕭氏一族都被謝危屠滅；而她在苟延殘喘不久之後，也於坤寧宮自戕……

只不過這一世，她放棄汲汲，而蕭姝卻走了一條比上一世還要歪的路……

眼看著蕭姝倒下時，她說不出心底是什麼感覺。

只覺得好像也沒什麼錯。

因果報應，到底誰也不會放過。

這一時，立在所有人眼前的，已經不僅僅謝危一個魔鬼了，比他更像魔鬼的，分明是那原本高坐在金鑾殿上的帝王！

沈琅道：「朕可以下令，夷平蕭氏，絕不姑息！」

謝危只是負手笑道：「不必對我如此虛與委蛇，且看看你等的人到是不到吧，時辰快了，是嗎？」

沈琅先前就覺得他是知道什麼，如今聽了他如此清楚地挑明，心底已慌了三分。

殺蕭太后，殺蕭姝，他都不覺得有什麼。

只要謝危不立刻對他下手，便未必不能等到翻盤的機會。是以他忍辱含羞，反過來對謝危大吐拉攏之言，可誰料謝危也知道他的意圖！

這一時，沈琅幾乎以為對方立刻會向自己動手。

但也是在這一刻——先前忻州軍到來時，眾人曾聽聞過的聲音，再一次於宮廷的遠處響起，從東北角的順貞門一路朝著太極殿的方向靠近。

沒有旗幟，也看不出來路。

一名又一名兵士身上所穿僅是黑色的鎧甲，軍容整肅，行進極快，光是能看見的都有上萬之眾，不知留守宮外未能一道入宮的，更多幾何！

而為這支軍隊，簇擁於中央的，赫然是一名女子。

深紫的宮裝穿在了她的身上，可面上未施粉黛，眼角的疤痕幾乎與她的面容一道，第一時間為所有人注意到。

姜雪寧忽然愣住了。

她喚了一聲：「殿下！」

然而在即將迎上前去時，一隻手卻從旁邊用力地拉住了她。

姜雪寧回首，竟是燕臨。

他不讓她上前，眼底流淌過幾分晦暗的光華，只低聲問：「還記得我以前對妳說的嗎？」

第二四五章　留他全屍

以前？

以前他對她說的話實在是太多了，姜雪寧想不起來，到底是哪一句，於是只能迷惑地看著她。

但燕臨只是笑了一笑，並沒有再多言。

只這一耽擱，這一支從來沒有人見過的軍士，便已經來到了近前，輕而易舉與忻州軍呈對峙之勢，若論兵力，竟然未必輸上一籌！

呂顯眼皮都跳了一下，看向謝危。

謝危只看著，沒作聲。

然而沈琅卻是欣喜若狂，再無先前在謝危面前委曲求全的姿態，那種帝王的風采突然間又回到了他的身上，讓他振臂大笑：「我就知道，到底是我皇族的血脈！絕不會辜負我一番苦心！」

忻州軍上下頓時如臨大敵。

可謝危似乎並不意外。

他凝視著沈芷衣，只一笑，輕輕抬手向身後一擺。

燕臨看他一眼，便對全軍上下道：「為公主殿下讓路。」

這命令簡直讓人摸不著頭腦。

然而從邊關到京城，一路征戰下來，作為他們的統帥，燕臨已經建立了足夠的威信，根本無須解釋一句，所有人雖有困惑，也還是迅速如潮水一般退開。

原本被圍得鐵桶般的太極殿前，便讓出了一條道。

沈芷衣看向謝危，也看見了角落裡帶了幾分疑惑望著她的姜雪寧，那一刻，她腳步有片刻的停頓，然後便垂下眼簾，竟無半分畏懼，帶著一隊黑甲兵，如同一支利箭般，從忻州軍陣中走過。

援兵既來，沈琅還有什麼懼怕？

這都是當年先皇曾遭平南王謀逆一役後，為了防止此類叛變再次發生，所留下的後招！用皇帝的私庫，祕密於直隸、天津兩地交界之處豢養軍兵！世代只聽命於皇族，非皇族血脈持兵符調遣不能動！

他只覺勝券在握，倒覺得這個自己以往看不起的妹妹，前所未有地順眼，於是向著謝危冷笑道：「你以為朕當真會束手就擒嗎？早在得知忻州生變時，朕便有心籌謀，讓周寅之給樂陽送去了半枚兵符。三日前，朕又在諸多朝臣中左挑右選，派了張遮送去剩下的半枚兵符。周寅之狡詐，朕許以重利；張遮清正，朕曉以大義。他們二人絕對能夠保守祕密，還能在你眼皮子底下把這兩件事做成！」

張遮清正，保守祕密？

前半句謝危是同意的，只不過後半截麼……

他想起那日這位刑部侍郎一點也沒遮掩地坦蕩道明自己來意，陡地笑了一聲，竟向姜雪寧看了一眼。

沈琅對此卻是半點也不知曉，目光從地上那躺倒的屍體上一掠而過時，屈辱之色便浮現在他眼底，使得他一張臉都扭曲了起來。

這一時便徑直下了令。

他刀指謝危，朗聲道：「天教與忻州軍合謀叛亂，爾等速速將賊首拿下，為朕平亂討逆！」

太極殿前原本就有不少的兵士。

皇帝一說援兵來了，所有人都振奮起來。

幾乎在沈琅一聲令下時，他們便操起刀槍，朝著前方衝殺而去！

忻州軍與天教這邊更是下意識以為大勢不好，早已如一箭緊繃在弦，一觸即發！

持刀劍者怒髮衝冠。

後方的弓箭手更是數千支雕翎箭如雨激射而下！

太極殿那點兵力，又如何能與忻州軍相比？

更何況對方占據弓箭之利。

頃刻之間，沈琅身後便倒下了一片，他面上忽然出現了難以置信的愕然——

因為，在他一聲令下之時，立在臺階之上的沈芷衣，竟然只是閉上了眼睛，紋絲未動！

沈琅懵了：「樂陽，妳在等什麼？」

一種不祥的預感升騰起來。

他暴跳如雷，扯著嗓子叱罵沈芷衣身後那些同樣未動的黑甲軍：「你們，都是飯桶嗎？朕叫你們討逆！」

那些黑甲兵士面上也並非沒有猶豫之色，只是沈琅剛殺過自己血親，又是這般瘋魔之態，簡直讓人頭皮發麻。

他們的目光都看向沈芷衣。

沈芷衣始終沒有發令，他們便都扛住了叱罵，一動不動，默不作聲！

謝危冷眼旁觀，饒有興味。

沈琅終於意識到了不對，他換了稱呼：「芷衣，妳想做什麼？」

沈芷衣看見了地上的屍首。

而她的兄長，手上拿著染血的刀。

不難猜出，這裡方才究竟發生了什麼。

便是和親那一日，她也從未有過這樣的絕望與失望：「你又做了什麼？」

沈琅道：「是朕讓人將兵符交給了妳！妳身上流淌著皇室的血脈，就該肩負起自己的職責！難道妳要看這江山白白落到外人手中嗎？」

沈芷衣冷笑：「我難道沒有負嗎？」

她在宮裡時，性情雖然嬌縱，可從來也算是溫順。

這突然之間的反問，幾乎讓沈琅愣住。

他面色鐵青：「妳什麼意思？」

沈芷衣有些悲哀地看著他：「你殘害忠良，邊關動盪，可去韃靼和親的那個人，是我！你身上固然流淌著皇室的血脈，甚至高坐在這九五之尊的位置上，可你做的哪一件事，對得起自己的身分？天下之主，萬民之宰，憑你也配麼！」

這個皇妹變了。

沈琅終於後知後覺地意識到：以前所做的一切事，或許都不足以使他萬劫不復，可眼前這一件，卻或恐將葬送他原本籌謀好的一切！

他道：「妳知道自己在說什麼嗎？」

沈芷衣大聲道：「我知道！」

沈琅雙目赤紅：「我讓周寅之與張遮帶給妳的話，妳都忘了嗎？」

沈芷衣道：「正是因為我沒有忘，所以今日才會來！」

謝危在旁邊聽了半晌，突然覺得他們皇室，也有那麼幾分意思。

沈玠卻已經不知道他們倆到底在爭論什麼，蕭太后與蕭姝的屍體都已經變得冰冷。方才的箭矢甚至落在他身邊。

誰也沒來關注他，只有人群邊緣的方妙著急，趁著無人注意，將他拉到了一旁。

沈琅則看著沈芷衣不說話。

因為情況幾乎比他所想的最壞的情況還要更壞！

自己竟白白將黑甲軍拱手送人！

可沈玠不堪用，其他親族他信不過，這才想起了沈芷衣，彼時她在忻州，又兼有當年毅然和親的民心，理所當然便覺得同為沈氏血脈，沈芷衣該站在他這邊。

但他想錯了。

沈芷衣回想起信上那些話，還有刑部那位張大人帶到的話，只覺自己此前的一生全由旁人撥動，一時竟有無限的感懷，便慢慢道：「你讓人帶的那些話，都很對。弱肉強食，若為魚肉，便不能怪旁人作刀俎。所以今日，我來了。只不過，不是為你而來。」

沈琅牙關緊咬。

沈芷衣看著他道：「我為自己而來。」

在她說出這一句話時，沈琅那僅存的一線希望便也破滅了。

絕望使人瘋狂。

他緊緊扣著那柄刀，竟然朝著沈芷衣衝去。然而原本就圍在周遭控制局面的忻州軍，幾乎立刻反應了過來，也不知是誰腳快，竟然一腳將人踹倒在地！

近些年來，方士們進獻所謂的「仙丹」，他又不斷服用五石散，原本算還不錯的身體早已經被藥石與縱欲掏空。這一腳力道下來，他腿骨幾乎折斷，趴伏在地上根本爬不起來。

一張臉更是徹底變得猙獰。

然而所有的怒氣都是衝著沈芷衣去的：「妳怎麼敢？妳姓沈，妳身上流著皇族的血脈，妳怎麼敢這種時候落井下石！」

沈芷衣眼底的淚滾出來，只問：「我去和親，自該是我身為一國公主所應當，是我自願；可你們作惡在先，昏庸在後，軟禁我、逼著我去往千里邊塞、蠻夷之地時，可曾想過，我也姓沈，我身上也流淌著皇室的血脈！」

這一句，到底是透出了幾分恨來。

沈琅的刀落到地上，人雖爬不起來，卻叱罵不止，哪裡還有片刻之前囂張的姿態？

謝危走過去，撿起了那把染血的刀，嘆一聲道：「看來沒有人能救你了。」

沈琅厲聲喊：「沈芷衣！」

沈芷衣閉上了眼，似乎在隱忍著什麼，只是這兩年來的所見，已經讓她清楚明白地知道，有的人該活，有的人只配死。

但沈琅到底算她兄長。

這一刻，她緩緩睜眼，看向謝危，放低了自己的姿態，請求他：「懇請先生念在往昔情面，留他一個全屍吧。」

謝危凝視著她，竟然笑了一聲，答應了她：「好啊。」

然而下一刻，手起刀落！

如瀑的鮮血濺紅了所有人的眼，一顆腦袋驟然落下，骨碌碌地蘸著尚溫的鮮血滾到了沈芷衣腳邊，一雙眼正好翻過來，其態猙獰可怖！

眾人回神時，沈琅已身首異處。

有些文臣已經受不住這般血腥的場面，捂住嘴強忍胃裡的翻湧。

沈芷衣身形僵了片刻。

在低頭看清沈琅那一張死不瞑目的臉時，垂在身側的手指，到底還是緊握著顫抖了起來。

她抬首看向謝危——這就是他答應的「留全屍」！

這時便是最遲鈍的人，都發現情況似乎有些不對了：分明不是一定要生死相爭之局，謝居安何以非要做到這般殘忍決絕的地步？

連姜雪寧都愣住了。

好像有許多她不知道的事情，已在暗中發生。

這樣陌生的謝居安，誰能將他與舊日那位聖人似的謝少師聯繫起一分半點？

哪怕他的面容沒有半點變化……

別說是朝中官員，就是對他已經足夠熟悉的呂顯，也沒忍住眼皮一跳，被他嚇得背後冒出一股寒氣來！

然而他卻始終平靜若深海，不起半分波瀾，隨意一腳輕輕將沈琅那沒了腦袋的屍首撥開了一些，彷彿這不是舊日高高在上的天子，只是一件微不足道任他擺弄的物件。

謝危目視著沈芷衣。

只道：「妳說得對，我虛偽狡詐，步步為營，處處算計。世間生靈塗炭，世人流離失所，於我而言，並無所謂。可我就是這般，皇帝要我磕頭，我便砍了他的頭。縱我視人命如草芥，天下又能奈我何？」

沈芷衣心底愴然，道：「先生昔年也曾飽受其苦，目睹三百義童之慘遇。人失其家，子失父親，天下罹難，蒼生哭號，竟不能使先生動哪怕一二的惻隱之心嗎？」

謝危平靜地回她：「不能。」

這巍峨的皇宮，在漸漸下落的夕陽豔影裡，浸了血一般，透出一種濃烈的精緻，可他一點也不喜歡。

當下甚至還笑了一聲。

他道：「我曾想，我與沈琅，皆是肉體凡胎，何我須跪他，還要為他捨己之命？天生萬民，人人都是其子，為何只有皇帝敢稱天子？分明人人都是天子。可人人也都是草芥。萬類相爭，從不留情；想殺便殺，想毀便毀。倘若人要問一句為什麼，或恐該向天問。畢竟天生人於世，真正的平等，從來只有一樣——」

一地靜寂，所有人都看著他。

謝危眉目舒展，淡淡續道：「那便是死！」

只是千古艱難唯一死。

有些人怕死。

所以他今日，特意來送這些人一程罷了。

本來這天下除卻一個「死」字，便沒有更多道理可講，他也不想和任何人講道理。

此時此刻的謝居安，分明平靜而理智，可不知為何，所有人聽聞他這一番話後，從心底生出的只有徹骨的寒意。

這樣一個瘋狂的人——縱然擁有卓絕於所有人的智計，可誰又敢讓他執掌天下？

沈芷衣久久地靜立不動。

燕臨則若有所思。

太極殿前，兩軍對峙。

氣氛忽然間緊繃到了極點，戰事一觸即發！

然而就在這種時候，大殿之內卻忽然傳出了一聲喜極的笑：「哈哈，皇帝死了！小皇帝也死了！這傳國玉璽，總算落到本座的手裡！」

所有人突然都怔了一下。

對峙之中的雙方差點沒繃住向對方動起手來，這一時齊齊朝著太極殿中看去。

不知何時，萬休子竟然到了那金鑾殿上，站在高高的御案前面，手中捧起了那一方雕刻精緻的傳國玉璽！

誰也沒注意到他是怎麼過去的。

他們只能看到，他身上的傷口分明還在淌血，箭簇都尚未取出，可他卻渾然不在乎的模樣，笑得格外快意，彷彿了了一樁心願似的，緊接著甚至朝著那最高處的龍椅走去！

在看見那方玉璽時，姜雪寧怔神了片刻。

這東西她再熟悉不過了……

可她沒有注意到，立在她身旁的燕臨，也同樣注視著這方玉璽，眼底甚至閃過了一抹難言的傷懷之色。

這一刻，他沉了臉，竟然拎著劍，抬步向殿內走去。

萬休子正要坐上那龍椅。

燕臨抬腳便將他踹倒下來，一手拿過了他緊緊抱持的傳國玉璽，另一手則反持長劍向下，徑直從其頸後一劍將其脖頸貫穿！

萬休子面上狂喜之色尚未完全消滅。

甚至他的手還伸向那把龍椅。

可燕臨只是無情地拔了那柄長劍出來，於是他體內僅餘不多的鮮血也盡數噴濺而出，將那龍椅的底座，都淹沒在赤紅的血中。

這突如其來的變故，誰也沒有料到。

甚至許多人還迷茫了一陣。

為何燕臨突然之間動了手？

有朝臣見他竟然染指玉璽，不由得一聲怒喝：「亂臣賊子，還不速速放下傳國玉璽！」

然而燕臨一手持著長劍，一手托著玉璽，深黑的勁裝如同在他身上覆蓋了一層濃重的陰影。

他根本沒有搭理那些人，甚至沒有回頭看上一眼。

只是望向了謝危，又望向了沈芷衣，可最終目光則落到了姜雪寧的身上。

她還不明所以。

呂顯心底卻是掠過了一縷不妙的預感，眉梢一動，突然意識到什麼，一張臉驟然冷了，質問：「世子這是要做什麼——」

可他話音才落地，已聞「噹」地一聲！

燕臨手中長劍竟脫手投出，正釘在了他身前三尺的地面上！

嘩啦啦！

周遭忻州軍幾乎是立刻舉起了手中兵刃，齊齊對準了正中的呂顯！

整座大殿之前，局勢陡然一變！

忻州軍背後固然有謝危，可他並不帶兵作戰，縱然規劃大局，可行兵指揮的那個人卻是燕臨。

在軍中，他說一不二。

所以此刻他劍落處，全軍的刀刃幾乎都跟了上來。

呂顯毛骨悚然。

謝危也有那麼些許的幾分意外，但他並不與呂顯一般，有那樣強烈的反應，只是注視著他，似乎想知道他究竟要做什麼。

那傳國玉璽四四方方的一塊，人若兩隻手一道去拿，剛好能完全拿住。

歷朝歷代只有皇帝能擁有它。

但此刻的燕臨卻沒有低頭看它一眼，甚至連目光都不曾從姜雪寧身上移開，他只是輕聲喚她：「寧寧，過來。」

姜雪寧愣住了。
所有人的目光突然都匯聚到了她的身上。
一種難以形容的恐懼忽然讓她輕微地顫抖起來，她幾乎是下意識地看向了謝危。
謝危突地一笑，只對她道：「去吧。」
燕臨似乎並不很喜歡謝危這般言語，根本不等姜雪寧有所回答，便重複了一遍：「寧寧，過來！」
姜雪寧如墜五里霧中。
她慢慢走了過去，抬眸注視著此刻的燕臨，那種說不出究竟是陌生還是熟悉的感覺，再一次地冒了出來。
可眼前的青年，卻用一種無比認真甚至近乎貪婪的目光注視著她，彷彿看一眼，便少一眼般，濡濕的黑眸裡甚至沾染了一點淚意。
他竟將那傳國玉璽放到了她手裡！
姜雪寧在發抖，顫聲問他：「你是誰？」
燕臨卻像是沒聽到一般，用一種極輕的聲音哄她：「是我錯了，我再也不要了，再也不拿了，都還給妳，好不好？」
姜雪寧眼淚一下湧出。
一剎的痛竟至椎心！

她永遠不會忘記，上一世沈玠駕崩前留了遺詔，將傳國玉璽交到她手中，讓她甄選合適的宗室子弟作為新任儲君。或恐那個善良懦弱的人，只是想留給她一道保命符。卻不曾想，到了她手裡之後，反成了她的催命符。

那一日，他們來逼宮。

她實在活不下去了，才將這玉璽與懿旨一道放下……

如今，燕臨卻對著她說：還給她……

姜雪寧咬緊了牙關，唯有如此才能克制住自己的顫抖，她一字一句泣血般問他：「你究竟是誰？」

他想幫她擦去眼淚，可抬手又縮了回去。

燕臨像個做錯了事的孩子一樣，站在她面前，過了好久才說：「我也不知道……」

可到底是誰重要嗎？

不重要。

他終於又想起自己的打算來，拉著她便走到大殿門前，抬手一指佇立不言的謝危與沈芷衣，對姜雪寧道：「來，現在都由妳來選！我站在妳這邊！這天下妳想要給誰，我們就給誰！皇后哪裡是這世間最尊貴的人呢？真正的人上人，只有皇帝！倘若妳誰也不願選，那我便幫妳，把他們都殺個乾淨！」

第二四七章 換我教你

到底是莊周夢為蝶，還是蝶夢為莊周？

剛開始的時候，燕臨尚能分清。

然而當夢境不斷在深夜造訪，另一段記憶從頭到尾不斷地注入腦海，他便漸漸開始分不清了。夢與真，交匯在一起，終究使人無法分辨，哪一個才是真正的自己……

又或者，二者已融為一體。

但他唯一能清楚感知的，是現在，是此時、此刻！

他想她愛自己所愛，得自己所得，一切心願都滿足，一切創痕都癒合……

被他拉到這恢弘大殿前方的姜雪寧，卻只有一種做夢般的感覺。

傳國玉璽就抱在她手上。

目之所及的所有人，目光都落在她身上。

倘若是前世，她或恐都要笑出聲來，畢竟她想要的都沒得到；可這一世，她明明不想要，別人卻偏偏硬往她手裡塞……

前世今生，突然交織出一股奇異的荒誕。

姜雪寧懷疑自己是在夢裡。

然而那傳國玉璽上精工雕琢的龍鱗去硌著她的掌心，有些許疼痛緩緩地滲進來，一點也不假。

可是，怎麼能呢？怎麼能由她來選呢？

姜雪寧記得，自己上一世選中了一個年僅十歲的宗室孩子，才剛過繼為儲君，尚未扶立登基，便被他們殺死在了赴京的途中……

她怎麼敢選？

那種恐懼伴隨著這只交付到她手中的玉璽，一道泛了上來，她搖了搖頭，像是怕驚醒了什麼隨時會擇人而噬的猛獸一般，雙手持著那玉璽，想要遞還給燕臨。

她說：「不，我不敢……」

然而燕臨沒有伸手去接，只像是一個受刑的罪人般，用一種沉默到近乎哀求的目光望著她。

前方一聲冷笑陡地傳來，謝危一雙渾無情緒的眼注視著他們二人，話卻是對姜雪寧說的：「這不敢，那不敢，妳什麼時候能長大一點？」

姜雪寧看向他。

謝危竟然沒有絲毫反對的意思，只是聲音卻一句比一句冷：「要麼閉上眼睛，就當自己是隨便選頭豬；要麼剖開妳的心，好好看清楚自己想的究竟是什麼！」

若說先前燕臨之所言，只是讓所有人震駭得失去了言語，好半晌沒有反應過來，那麼此時此刻的謝危的一番話，便將被震得七葷八素的那些人喚回了已存不多的神智。

「事關天下家國的大事，豈能如此兒戲！」

「難道竟要這小小女子來決定？」

「你們都瘋了不成！」

「胡鬧，簡直胡鬧……」

……

有幾名年邁的大臣捶胸頓足，險些都要急得背過氣去。

天教這邊數千殘兵群龍無首，死了萬休子，都十分茫然。

但他們左看右看——什麼公主，什麼世子，什麼姜二姑娘，全他娘不認識！

怎麼辦？

眾人面面相覷，也不知是哪個貪生怕死地先十分狗腿地喊了一句：「當然是選我們度鈞先生！」

緊接著便是一片起哄。

呂顯方才因為燕臨扔過來那一劍而發麻的頭皮，尚未完全恢復，這會兒聽見這幫烏合之眾牆頭草的聲音，差點沒一口老血噴出來！

敢情沒了萬休子，還指望投靠謝危保命呢！

只不過這一幫草包起鬨，還真引起了大殿前後左右一陣連著一陣的騷動。

忻州軍之中也未必是人人都服燕臨的，各有各的想法，只是他們打量謝危，似乎半點沒有反對燕臨的意思，一時也不好做些什麼。

聽從燕臨號令的那一批，自然按兵不動。

沈芷衣身後那人數眾多的黑甲軍也從未遇到過這般情形，只不過他們又與別人不同，本是先皇為保皇室而籌建，自然不可能容許傳國玉璽旁落。

所以這一刻，無數人竟然拔劍而出！

劍鋒所向，盡指懷抱玉璽的姜雪寧！

他們只等著沈芷衣一聲令下，便衝殺出去，無論如何先取姜雪寧性命，再奪回她手中的玉璽。

然而等來的，竟不是動手。

沈芷衣甚至比謝危還要平靜：「放下兵刃。」

她身後幾名將領驚呆了：「殿下？」

沈芷衣面色一寒，聲音終於冷了幾分：「我說放下兵刃！」

「……」

黑甲軍眾人，這一時是茫然的。

然而沈芷衣態度強硬，縱使他們摸不著頭腦，納悶半晌後，終於還是帶著幾分心不甘情不願，將舉起的兵刃收起，退回了後方。

沈芷衣沒有看謝危，也沒有看燕臨，只是凝望著姜雪寧，慢慢勾起了唇角，浮出來的這抹淺笑，柔和了她所有的輪廓，便連眼角那一道疤看著都顯得溢滿了光彩。

倘若世間，只有一人能讓她全身心地信任——那麼毫無疑問，這個人是姜雪寧。

她輕輕對她道：「寧寧，妳選誰，就是誰，我也永遠，站在妳這邊。」

哪怕她可能會選謝危。

可只要她樂意，沈芷衣想，好像也沒有什麼大不了。畢竟當皇帝，也不是真的就能為所欲為了。

這一瞬間，理智尚存的滿朝文武，簡直被炸得找不著北，只覺天都被捅出來一個窟窿！

一個謝危不夠，加上個燕臨！

現在好，連長公主殿下都跟著瘋了！

終於有人眼睛一翻腦袋一歪，一頭昏倒過去，引得周遭一片混亂。

角落裡的蕭定非、方妙等人幾乎用一種佩服和羨慕的眼神看著姜雪寧，隱隱然還帶了幾分熱切，彷彿期待著接下來要發生的事情。

然而呂顯心裡卻是咯噔一下。

他的目光在謝危、姜雪寧、沈芷衣三者之間逡巡，只片刻便突然想要罵人。

好啊，敢情是在這裡等著！

他就說謝居安怎麼瘋到這境地，偏要一副與沈芷衣水火不容、你死我活的架勢！

燕臨方才所為顯然不在他意料之中，但他沒有任何制止，便證明此舉正中他下懷！

謝居安等的便是此時此刻，要的就是將人逼進兩難！

若要在他與沈芷衣之間求個兩全，留給姜雪寧的選擇，哪裡還剩下幾個？

呂顯簡直懷疑自己都能看出結果了。

只不過心仍舊在這一刻懸了起來——謝居安當真能贏，能得償所願？

姜雪寧真的沒有明白，怎麼一切忽然就變成了這樣？

究竟是自己瘋了，還是他們瘋了？

捧著這傳國玉璽，她頭回覺得自己像是背了座金山的乞丐，非但不高興，反而覺得自己快要被壓死了，一點也喘不過氣來。

明明自己什麼也不是。

可所有人都在這一刻注視著她的一舉一動，甚至一個目光，一個眼神。

她先看向了沈芷衣，又看向了謝危，與這兩人相關的回憶紛至遝來。

一個是公主，一個是帝師；一個是仁善心腸，一個瘋魔偏執；一個身為女子，一個當了反賊；一個視她為知己，一個是她的先生；一個遠赴韃靼和過親，幾經沉浮回到宮廷，一個身世離奇幼年逢難，忍辱負重復仇洗雪；一個身上有著另一個人仇人的血脈，一個方才當著另一個的面殺了她的血親。

……

然而這一切的一切掠過後，唯一留在腦海的，既不是沈芷衣，也不是謝居安。而是不久前，那個下雨的傍晚，張遮含著極淡的微笑注視著她，那樣篤定地對她說：『娘娘，妳可以。』

等待的時間，被拉得無比漫長。

可卻很難分清，到底是才過去一刻，還是已經過去了半個時辰……

久久立在大殿門前的姜雪寧，終於動了。

她看了一眼謝危，眸底千回百轉，然而只是向他露出了一個有些奇異的微笑，便轉身走向了沈芷衣！

燕臨目不轉睛地注視著她。

殿前更突起譁然。

謝危垂在身側的手掌忽然用力地握緊了。

連沈芷衣都只能怔忡地看著她。

姜雪寧在她身前停步，想起自己與沈芷衣這一世的初遇，是她提筆在她耿耿於懷的那道疤上畫了一抹櫻粉，從此她對她好，她也對她好。

天底下有什麼比這更好呢？

她只含著一點柔和的笑意道：「其實，迎殿下從韃靼回來，並不是我最高興的一件事。

我最高興的是看見，殿下再也沒有刻意遮掩過面上的傷痕，您終於接納了自己。不管將來發生什麼，您扶立新皇也好，擁兵自立也罷，在姜雪寧的心裡，您永遠是那個一無所有愛世人，留給我一抔故土之約的公主殿下。」

沈芷衣突然淚下。

姜雪寧卻抬了她的手，將那沉甸甸的傳國玉璽，放進了她的掌心。

她說：「我想要相信您。」

在她話音落地之時，立於她身後的謝危身形卻晃了一晃，緊握的指尖深深陷入掌心，他幾乎要將自己的手指握碎！

一無所有愛世人！

他不是沒有料到姜雪寧會做出這樣的選擇，可那「愛世人」三個字卻像極了三枚極長的鐵釘，釘入他心臟，又如忽然翻湧而起的浪潮一般，將他所有強撐著繃起來的鎮定和偏執都擊垮！

喉嚨裡隱約有一股腥甜的血氣上湧，謝居安從未這樣疲憊過，他不願再聽半句，徑直轉身，拂袖而去。

烏金西墜，衣袍獵獵。

然而他才行到那長長的臺階前，那道熟悉的聲音便在他身後響起：「謝居安！」

謝危到底停了步。

片刻後，一隻帶著溫度的手掌，從他身後伸來，握住了他的手掌。

姜雪寧凝望著他：「來時我便說，我有話想對你講。」

謝危怎會不知？

那天她見過了張遮，第二天一早，便說有話想要對他講。

劍書偷偷來稟告了他。

可是……

他轉眸望著她，突起的喉結上下一陣湧動，只道：「我也說過，我一點也不想聽。」

在馬車上，她便幾次三番想要開口。

可謝危總是叫她閉嘴。

那時姜雪寧以為，大約是將到京城，決戰在即，這個人或許需要靜心定神，所以開口不成之後，便沒有再打擾，只想著過兩日再說也不遲。

然而此刻看著此人模樣，她還有什麼不明白？

這個人活得該有多苦呀。

她險些哽咽，卻沒有放開他，只是伸手去拿他右手一直緊緊扣著沒有鬆開的那柄刀，便像是當初在山洞裡他哄自己時一樣，輕聲道：「把刀放下吧。我就在這裡，我不會走。」

謝危滿心都是深重的戾氣。

他本不願鬆開。

可又怕那柄刀傷了姜雪寧的手，所以到底還是慢慢放開了。

她將刀扔到了臺階下。

這聚集了數萬人的太極殿周遭，不知為何，忽然靜悄悄的。

那一方傳國玉璽就壓在手中，可沈芷衣卻沒有看它，反而是看向了與謝危站得極近的姜雪寧，她問：「寧寧，妳知道他是個什麼樣的人嗎？」

姜雪寧說：「我知道。」

這個人上輩子逼殺她，就算到了這輩子，都還想過要帶她一起去死，絕不是一個好人，她怎麼會不知道呢？

甚至可以說，她比任何人都要清楚。

因為她看過他最真實也最瘋狂的一面。

沈芷衣又問：「妳是喜歡他嗎？」

姜雪寧想了想，道：「喜歡。」

這一瞬間，謝危的手掌輕輕顫了一下，腦海裡卻彷彿有萬般光影掠過，最終什麼不剩下，只是怔怔望著她。

燕臨站得太遠，沒有人能看清他模糊的神情。

沈芷衣也好久沒有說話。

她並不是完全認同謝危這個人的，怕她的寧寧選錯了傷心，可卻不能去攔她，千百的擔憂，最終只化作一句：「那妳真的清楚，自己現在在做什麼嗎？」
姜雪寧朝她一笑：「我清楚。」
而且非但清楚現在在做什麼，還知道將來要做什麼。
所以平靜而坦然：「我要同他成婚。」
「……」
那一天晚上，他問過她一次，可她沒有回答，他便再也不敢問第二次。
可現在她說，要同他成婚。
謝危突然無法分辨，這究竟是真，還是夢：她難道不是要離開他，去找張遮嗎？
姜雪寧看著他，突然發現，她竟能讀懂這人此刻的想法，於是忍不住笑了一聲：「很久以前，你跟我說，倘若是你喜歡一個人，便要永遠藏在心裡，不讓那個人知曉。可是謝居安，你若真喜歡一個人，又怎麼可能藏得住呢？」
謝危不明白。
姜雪寧也看出他不明白：「你真的，聰明絕頂，可就是不會喜歡人。」
談情說愛，這個人笨得要死。
一不小心便要鑽進牛角尖。
太害怕擁有的再失去，也彷彿覺得那些得到的終將會失去一般，所以偏執，偏激，還偏偏不肯對人示弱，把那些話都講出來。

姜雪寧忽然覺得，這個人和前世的自己，實在是太像了。

有些東西不明白，所以撞得頭破血流。

她眨了眨眼，眼底隱現淚光，卻拉著他的手，踮起腳尖親吻他微涼的薄唇，低低道：「謝先生，你教過我讀書、寫字、彈琴、做人。可從今往後，換我來教你，教你怎樣好好地去喜歡一個人，好不好？」

……

這一天，謝居安究竟是怎麼回答姜雪寧的，最終成了史書上一道始終無人能解答的謎題。

因為，就在這大家都聚精會神的當口。

整座被夕陽籠罩的太極殿前，突然響起了呂照隱那咬牙切齒、恨之入骨、終於沒能忍住的大罵：「我就知道，我早該知道！雄才大略淨拿來算計哄騙人小姑娘！不幹，不幹了！老子要改行做官去了！真是他媽信了邪才跟你一起造反！操了你祖宗的！」

第二四八章　新朝氣象

「他罵了，然後呢？」

賭坊裡眾人個個聚精會神，連注都忘了下，聽到此處，見他停下來，不由著了急，連聲追問起來。

蕭定非嘴角一抽，把白眼一翻，用力地用手指叩擊著賭桌，大聲提醒這幫「不務正業」的賭徒：「搞清楚，我們這可是在賭錢！你們以為小爺是天橋底下說書的嗎？還『然後』呢！然後趕緊給老子下注啊，愣著幹什麼！」

這裡是京城最大的賭坊。三教九流，什麼人都有。

他原本就是這裡的常客，還結交了一幫狐朋狗友，只不過天教與忻州軍打進來之前，賭坊老闆早早就怕死地收拾了細軟離京逃難去，一直到這陣子一應事了，好像又平靜下來了，才拖家帶口地回來重新開門。

毫無疑問，憋在家閒得差點沒長毛的蕭定非，得知消息後第一時間就來光顧了。

這賭坊裡於是倒有了點往日的熱鬧。

眾人與他那是一道去青樓裡嫖過的交情，可一點也不搭理他，硬拉著他往下講：「這不是只有您那天在宮裡面嗎？我們別說旁觀了，就是連京城裡都不敢多待。您就說說，那呂顯罵了人，然後呢？」

蕭定非看了看，是真沒人下注。

他現在恨不得回到半個時辰前，給自己兩巴掌：讓你憋不住想跟別人炫耀你知道，這下好了吧？錢都沒得賭了！

無奈，他只能不耐煩道：「還能怎樣？這種時候大聲吵吵，差點沒被人揍一頓，連點三腳貓功夫都沒有，三兩下就被人收拾收拾架了出去。」

有人唏噓：「敢罵那位，膽子可真是夠大的……」

也有人不大相信：「往日我也去過幽篁館，呂老闆是個財迷，內裡奸商，按理說『和氣生財』，這麼罵人不應該呀，這一段兒別是你編的吧？」

蕭定非翻著眼睛想了想，其實他這人記性不是特別好，都過去快兩個月了，的確不記得呂顯具體是罵了什麼，就記得那一張憤憤然彷彿遭受了欺騙的臉。

別人一質疑，他還真生出點心虛來。

但當年到底也是十裡八鄉乞過討、街頭巷尾挨過打的二皮臉，蕭定非可不會承認，三言兩語就想把這話茬兒帶過去，佯作生氣：「你們又要聽，又不信我說的，怎麼這麼難伺候呢？我說他罵過他就是罵過，不愛聽你們找別人講去！還真把老子當說書的啊？」

說罷作勢要走。

賭坊裡這幫人哪兒能真讓他走呢？趕緊把人拉住了，好言好語地勸回來。

蕭定非便也順順利利就坡下驢，推拒了兩把之後，重新回到了賭桌旁。

這幫人總算是開始賭錢了。

可一邊賭，嘴也沒閑著。

畢竟兩個月前天教打到京城進了皇宮之後發生的事情，早已經在市井中傳得沸沸揚揚，只不過這裡頭誇大或者附會的消息占了大多數，那一日究竟是什麼樣，是一個人一個說法。

有人說皇帝是天教的教首殺的。

有人說皇帝是謝危親手殺的。

甚至還有人說，是樂陽長公主預謀奪權，給算計死的。

但賭坊裡這幫人已經聽過了，最好奇的不是這個。

有人還是想不通：「這姜家二姑娘紅顏禍水是沒得跑，可呂照隱怎麼說是『哄騙小姑娘』呢？」

蕭定非心道，老子要知道得那麼清楚，老子不得當謀士去了，還坐這兒跟你賭錢？

他正想找話敷衍。

這時坐在邊上一名書生打扮的人笑了笑道：「定非世子所言，如若是真，倒也不難推測。謝太師要這天下，直如探囊取物；樂陽長公主彼時手握援兵，也有一戰之力。姜二姑娘救過長公主，長公主無論如何也不會恩將仇報傷害她，可對謝太師就不一定了。謝太師若握天下，天下恐不安生；長公主若握天下，謝太師就未必有好下場。所以姜二姑娘不就得選擇嗎？她若與謝太師成親，長公主愛屋及烏，就算心裡再討厭、再忌憚謝太師，也該知道姜二姑娘心有所屬，絕不會秋後算帳。」

蕭定非一聽，還真覺得有點道理。

這說話的文士不是旁人，正是前兩年考取了榜眼的讀書人翁昂，當年還與蕭氏鬧出過一樁仇怨的，為人任性灑脫，屠沽市井裡走動，半點不拿翰林清貴的架子，倒是個異類。

只不過他做此番推測的前提，是蕭定非說的都是真的。

事實上朝廷對外的說法是：謝危、燕臨二人所率的忻州軍確實是勤王之師，一路追趕到京城來，與樂陽長公主聯手剿滅無道之天教，匡扶了江山，所以謝危成了太師，燕臨封了大將軍，長公主則暫時臨朝攝政。

史書這東西嘛，得勝者高興怎麼寫就怎麼寫。尋常百姓埋頭過日子，誰去計較這個？

這幫賭錢的不認識幾個大字，但對著翁昂這樣的讀書人，卻都恨不得舔著。

畢竟人家這才叫高見。

於是有人左右看了看，湊過來壓低聲音問了一句：「那往後，誰會當皇帝呀？」

翁昂在翰林院裡有官職，聽見這話，看那人一眼，卻沒回答。

蕭定非冷哼一聲：「朝裡成天介兒吵，天知道！」

這兩個月來，京城裡發生的事情實在不少。

比如蕭氏一族被抄，上上下下除了蕭定非這個冒牌貨倖免於難之外，所有冠「蕭」姓的人都倒了一頓大楣；比如城外亂葬崗中，竟然發現了昔日國師圓機和尚的屍體，查來查去也沒查到是誰動的手，反倒查出這圓機壓根兒不是什麼高僧，手裡牽扯不少命案，還曾淫人妻女，端的是禽獸不如。

比如……

比如紫禁城裡的皇帝之位，已經足足空缺了兩個月沒人坐上去，簡直是歷朝歷代千百年來聞所未聞的稀罕事。

按理說，沈琅一朝身死，傳國玉璽落在長公主手中，自該扶持皇室，便是從宗室裡找一個孩子來當幼帝，都不能讓皇位就這麼空著。

可朝裡有個謝居安杵著，誰敢？

皇族可是有不少人目睹過當日太極殿上那血腥的一幕，膽都嚇破了，更是不敢輕舉妄動。更何況頂頭有個攝政長公主在，他們想要這位置，也得問問她同意不同意。

所以愣是沒選出個人來。

但天下各州府每一日都有許多事情需要朝廷調停，又才經歷過一場戰事，百姓需要休養生息，從戶籍到賦稅到軍隊，沒有一樣不要人處理。

怎麼辦？

只能由文武百官坐下來一起商量著辦，由原本內閣幾位輔臣牽頭，又引入各部大臣，每日於內閣值房之中議事，商定票擬。但少了以往皇帝御筆朱批蓋印這一節，擬定後交由長公主沈芷衣過目，做個樣子，便原封不動地下發各部省。

剛開始，朝臣們還有點不習慣。

可沒過一個月便發現，朝廷裡有沒有皇帝，好像並沒有他們想的那樣重要。政令從中書省出，沒了皇帝照樣下達，甚至因為不需要再讓皇帝批復，早晨來的摺子下午就能發回各地或是下級，快了不知多少。

而且有皇帝時，甭管多好的想法，總要被挑挑揀揀，皇帝又總有自己的親信寵臣，是個人都要顧忌點。

現在好，完全不用。

縱然也有官位高低，可誰也不真的壓過誰去，即便很快就分出了一些派系，可大家都有一戰一辯之力，倒沒有出現什麼「一言堂」。

更何況，一個月前，內閣裡因「秦淮北到底種馬鈴薯還是種稻穀」爭執不休，以至於誰也不服誰，抄起「兵器」大打出手後，刑部與禮部便共同擬出了一卷臨時的《內閣疏律》，將「票擬」改為「票選」。

凡在內閣，皆有票權。

政令擬定皆要票選，票眾者令出中書省，下達各部省，嚴禁內閣「械鬥」，包括戒尺、硯臺、桌椅、瓶盞等物在內。

現在內閣還打不打，蕭定非不清楚。

但他琢磨，皇帝怕是懸了。

這幫老王八蛋剛開始的時候，總說什麼「國不可一日無主」，催著立一個。可最近這個月吧，漸漸半點聲兒都沒有了。

畢竟他們都能幹完的事，養個皇帝來給自己當祖宗，算怎麼回事？

這不是給自己找不痛快嗎？

正好長公主好像也沒有要把她那異族血統的兒子扶正的想法，他們當然睜一隻眼閉一隻眼，十分默契地把「立皇帝」這麼一件原本「比天大」的事兒給「忘記」了。

蕭定非沒讀過多少書，也不知道這究竟意味著什麼，但反正朝廷怎麼折騰都不影響他賭錢，想想便懶得往深了去思考，徑直把自己手裡的色盅開了出來，一聲大笑：「看見了嗎，四個五兩個六！大大大，這些錢可都是我的了！」

眾人頓時罵聲一片。

可輸了就是輸了，只好眼睜睜看著他把那賭桌上一大堆錢都撈進懷裡。

窗外頭朔風寒冷，沿途有人叫賣熱餛飩。

蕭定非聽見方覺得肚子有些餓了，腦袋探出窗去，就想叫住那賣餛飩的，叫人端幾碗上來。只不過剛要開口時，目光一錯，便忽然愣了一下。

竟然是看見了刑部那位張大人。

大冷的天，他穿著便服，揣著手從街邊上走過。

幾個光腳丫的小叫花子端著破碗一路行乞，到他面前。他停下來看了這幾個孩子一眼，便從衣袖裡摸出了不多的兩粒碎銀並一小把銅錢，放到他們碗裡。

然後抬手給他們指了個方向，似乎說了什麼。

小叫花們都露出驚喜的神情來，朝他彎身，便相攜著朝那方向跑去。

蕭定非知道，因為戰亂恢復後，城裡多了不少流民，又是這樣冷天，所以樂陽長公主沈芷衣同內閣提議各地設粥棚，由國庫賑濟，同時各地重編戶籍，均田安置流民。

商議一陣後便擬定細則過了票選。

現在城東處就設有粥棚，衙門則就地重錄戶籍制發路引，給予這些人安置。

只不過這位張大人……

如今都升任刑部尚書了，卻還是一點架子都沒有。

他見了，便忍不住想起兩個月前——皇宮裡一番驚心動魄，最終刀光劍影竟歸於無形。

那位年輕的將軍看了許久後，彷如在夢中一般，也沒有笑，只是轉過身便逆著人潮而去，連身邊任何一名親兵都沒有喊，只是帶著一種藏了幾分滄桑流變的頹然與蕭索，慢慢走出宮門。

姜雪寧看見時，他已經走得遠了。

只是她並沒有走上前去追，就那樣遠遠地注視著，眸底凝聚著隱約的微光。

蕭定非至今都無法形容自己那一刻奇異的感覺：他覺得，她好像並不單單只是注視著某個人，更像是注視著漸漸遠去的過往與前塵……

黑甲軍與忻州軍都撤出紫禁城。

天教那幫廢物自然被抓了起來。

謝危、沈芷衣和一眾朝臣留下來就地議事，其餘人等自然是巴不得早早離開這血染的宮廷，能走時立刻就走了。他當然是腳底抹油，溜得比誰都快。

只是出得宮門，走到街市，入目所見都是兵荒馬亂。

繁華的京師成了一座空城。

客棧藥鋪高掛的匾額落在地上，摔成幾塊；秦樓楚館精緻的雕窗破開大洞，狼藉一片；有些酒家平日招展的酒旗被風吹卷到街面，上頭留下許多髒汙斑駁的腳印……

蕭定非就是在這種時候看見張遮的。

人去屋空的酒肆，門窗大開，桌椅倒塌，碗盤也碎在地上，可就在這滿目狼藉之中，偏生辟出了一塊安靜整齊的地方。

方桌一張，清酒一盞。

那位張大人獨自坐在桌畔，一個人慢慢飲了一壺酒，坐了會兒起身，在那覆了薄薄一層灰的櫃檯上放下幾枚酒錢，然後才出來。

風吹過的街道上，一個行人也無。

荒蕪的城池像是一場夢境。

張遮卻尋常若舊日一般，從這一片荒蕪裡走過，轉進一條寂靜的胡同，向門裡道一聲「我回來了」，低下頭推開門走進去。

那一天的京城，分明是風雲匯聚，危機四伏，轉瞬千變。

惜命的或四散逃竄，或藏身家中。

什麼樣的一個人，會在這樣一天，覓得無人酒家，靜酌一盞清酒，細留幾枚酒錢，再與尋常無異一般回到家中？

蕭定非著實恍惚了一會兒。

旁邊人叫他：「定非公子，怎麼了，還賭不賭了？」

蕭定非這才回神。

再看時，前面街上已經不見了人影，也不見了跑走的叫花子，更不見了挑著擔子賣餛飩的小販。

他回過頭來笑道：「廢話，小爺我今日手氣正旺，當然要賭！這回非讓你們把褲子脫了再回去不可！」

眾人都噓他。

他也不在意，高高興興把錢收好後就準備重新下注。

有個人突然奇怪地問：「說起來，原來你叫蕭定非也就罷了，怎麼現在大家都知道你是個冒牌兒貨了，你還叫這名字？」

蕭定非怔了一下。

他是誰呢？

生本無根，飄到哪裡是哪裡，連名字都是撿別人不要的。

賭坊裡忽然靜了一靜。

方才說話那人後知後覺，忐忑起來。

沒料想，下一刻，蕭定非就把腿架起來得瑟上了，沒心沒肺吊兒郎當樣：「不然呢？叫什麼張二狗李二蛋？你不寒磣嗎！叫什麼不重要，能不能騙吃騙喝才是關鍵哪！我這名字，翠紅樓的姑娘叫起來可好聽。」

先前還緊張的眾人陡地哄笑出聲。

話題一下就變成了翠紅樓哪個姑娘更好。

蕭定非一通賭到天將暮才打算回去，好好兒琢磨大美人兒和姓謝的過幾日成婚，自己送點什麼。只不過，前腳還沒跨出賭坊呢，後腳就聽見對面茶樓小二不知從哪裡跑回來，帶了幾分興奮地同裡面道：「剛剛朝裡傳的消息，那位元姜二姑娘要入主坤寧宮了！」

「噗！」

蕭定非一口茶噴了出來。

開什麼玩笑？皇帝的人選不都還沒著落嗎！

第二四九章　內閣

近晚朔風夾雪，外頭的天色將暗而未暗，隱隱如塗了一層晦澀的玫瑰色般，抵在朱紅的宮牆和金黃的琉璃瓦上，倒是為這座前不久才為血腥所浸染的宮廷掩去了幾分深沉的厚重，在漸次點亮的宮燈昏昏的光暈裡，添上了少許平和的靜謐。

內閣值房裡燒著上好的銀炭。

來報信的小太監嚇得哆嗦，不敢抬頭。諸位朝臣早已才吵了個不可開交。

謝危都跟沒聽見沒看見似的，只坐在窗內，端了一盞茶，凝望著自那深寂高空飛撒下來的白雪，不著邊際地想：沈芷衣這是成心跟他過不去，眼看著他與寧二婚期將近，上趕著給他添堵。

「胡鬧，簡直胡鬧，坤寧宮是什麼地方？且不說那姜雪寧一介外姓，如今皇帝的人選都還沒著落呢，鄭皇后才從裡面搬出來，她轉眼就搬進去，什麼意思？這什麼意思？」

「可這不是長公主殿下的意思嗎……」

「甭管誰的意思，現在天下無主，咱們也沒說因為沒皇帝就把議事的地方挪到乾清宮去啊，還不是空著？如今不過是請她替皇族料理些瑣碎，內務府地方還不夠寬敞嗎？原以為她識時務，昨個兒才說婉拒了長公主好意，怎麼今天就改了主意？」

「咳咳，姚大人慎言……」

「入主坤寧宮，她是想當皇后不成？」

……

原本這些天都風平浪靜，可前幾天倒好，也不知怎麼就來了想法，樂陽長公主沈芷衣忽然說要把坤寧宮給姜雪寧。

一個外姓，又不是嫁給皇族，怎能入主坤寧？

群臣自然無不反對。

那姜雪寧倒也識相，頭天便婉拒了公主好意。可沒料想，這還沒過幾天，她突然又改主意了，今天悶聲不響就著人收拾東西搬了進去。非但如此，連挨得近一些的奉宸殿、仰止齋等處也命人清理打掃出來，簡直讓人不明白她與沈芷衣合起夥兒來究竟是想要做些什麼。

吵著吵著，話也越說越過。

也不知是誰先反應過來，頗為用力地咳嗽了一聲，擠眉弄眼地示意眾人注意著點——謝居安雖一語不發，可人就在邊上坐著呢。

現如今天底下誰不知道他與姜雪寧的關係？

過幾天便要成婚。

他們當著謝危的面竟然敢編排姜雪寧，表達不滿，是嫌命太長嗎？

果然，眾人陸續注意到之後，爭執的聲音很快就小了下來。

謝危輕輕擱下了茶盞。

幾名輔臣的心忽然咯噔一下，懸了起來。

今時不比往日了。早在幾年前，誰人見著謝居安不贊一句「古聖賢人」、「如沐春風」？那真是一萬人裡也挑不出一個的好脾氣，好修養，好品性。

可這陣子……

諸位朝臣才像是重新把這個人認識了一遍似的，幾乎不敢相信一個人前後的變化怎會如此巨大。

以往若是議事，謝危總是唇邊含笑，偶爾一句話便有四兩撥千斤之效，居中調停，有理有據，三言兩語便能緩和原本緊繃的氣氛，讓眾人相談甚歡。

便是他想說服人，都讓人渾身舒坦。

可如今，人雖然依舊是坐在這裡議事，可作風已與往日大相徑庭。不管旁人是吵架還是爭論，他都懶得抬起眼皮看一眼，甚至就連上回內閣裡抄起硯臺瓶盞打起來，他也沒有多搭理，只是拿著手裡一卷佛經就走了出去，似乎是嫌他們太吵鬧。

若是戰戰兢兢擬定了國策民計，遞到他面前，請他閱看，或問他有何高見。

謝危多半是淡淡一句：隨便。

天下興亡，匹夫生死，他是真的一點也不關切，甚至完全不放在心上，連樣子都不願意裝上一裝。只不過，在這裡頭，「姜雪寧」三個字是絕對的例外。

眾人可還記得，三日前，樂陽長公主心血來潮，說想要在大乾廣開女學，便如當年她在奉宸殿上學一般，推行至天下，使得女子與男子一般都能進學堂讀書。

自古男女有別，男尊女卑。

當年沈芷衣能在奉宸殿進學，乃是因為她是公主，身分高貴，格外不同罷了，也是因為她來年就要去和親，當時沈琅為了哄這個妹妹高興，使她聽話。

即便是當時都在朝野引起了一陣非議。

如今內閣這幫老臣，怎麼可能同意？

當時姚太傅就皺著眉開口：「三綱五常，夫為妻綱，今本亂世，陰陽之位若再顛倒，天下還不知會亂成什麼樣。女子頂多讀些女則，懂得孝悌之義，精熟內務，能打理後院的事情便足夠了，聖賢書豈是她們能讀得？」

眾人剛想附和。

豈料邊上一道平平的聲音傳來，竟道：「為何不能讀？」

眾人方聽這聲音，第一時間都沒反應過來。

畢竟這些天來謝危幾乎都不說話。

內閣票擬或是票選，他都不參與。

所以當他們循聲望去，看見謝危放下了手中道經，抬起頭來注視著他們時，眾人頭上的冷汗幾乎一瞬間就下來了。

姚太傅的官位雖與謝危相當，可兩個月前的事情一出，誰還不知道謝危如今在朝中舉足輕重的位置？

他也有幾分緊張。

可事涉倫理綱常，他心裡對開女學一事實不能認同，便正了臉色，冷聲道：「聖賢有言，女子與小人難養。定天下計本該有男子來，陰陽顛則乾坤倒，祖宗傳下來的規矩，萬萬不能壞！倘若要開女學，姑娘家難免在外拋頭露面，成何體統！」

謝危一雙眼似深海般寂無波瀾，目光轉向他，只道：「依姚太傅之言，尊卑有別，如若男子讀的書，女子讀不得，那君王讀的書，臣下讀不得；聖賢讀的書，愚夫讀不得。我讀的書，姚太傅你讀不得？」

眾人聽得心驚。

姚太傅面上更是一陣紅一陣白，因為謝居安這話幾乎是在指著他的鼻子罵他，說自己讀的書他不配讀！

謝危卻不覺得自己說了何等過分的話，淡淡補道：「人生世間本來一樣，你樂意跪著沒人攔你，可旁人若想站著，你卻死活攔著，你又算什麼東西？」

姚太傅氣歪了鼻子。

朝臣們更是差點沒嚇死。

然而謝危已經重新低下頭去，將方才放下的道經撿了起來繼續讀，只不冷不熱地留下一句：「近來京中棺價漸賤，姚太傅年事已高，趁這時機不妨早些給自己買一副備著。」

這不是明著咒人死嗎！

連日來謝危對什麼都是「隨便」二字，天底下的事都漠不關心，幾乎已經要讓朝臣們忘了當日太極殿上，這人三言兩語間做過何等血腥可怖的事。

此刻一聽，全想了起來。

頓時個個臉色煞白，哪裡還有人敢說什麼「開女學不對」之類的話，連先前還與謝危駁斥的姚太傅，額頭上都滲了冷汗，在接下來半日的議事中，愣是沒敢再說一句話。

直到中午，謝危走了，眾人才如釋重負。姚太傅卻還不明白自己究竟哪裡開罪了謝危。

末了還是吏部陳尚書將他一言點醒：「太傅著相了，您想想當年長公主殿下在奉宸殿進學，誰去當的先生，那些個女學生裡又都有誰？」

姚太傅一聽，頓時明白過來。

當年奉宸殿進學，去當先生的可不就是謝危？

那會兒他在士林之中聲譽正高，甚至被人稱為「大儒」。

而那些學生當裡……

其中一位，可不就是姜伯游家的二姑娘、那位在太極殿前叫滿朝文武瞠目結舌的姜雪寧？他不免一陣後怕，慶幸自己沒有在謝危面前說出更過分的話來。

開女學這件事，更成了內閣禁忌。

別看其他朝政上的事情，群臣那是擼起袖子來就吵，可這一樁卻是無一例外保持了緘默，就這麼離奇地任由政令昭告天下，待得翻過年便要在京中試行。

而剛才……

沈芷衣將坤寧宮給姜雪寧、姜雪寧也真有膽子入主的這件事，對內閣這些輔臣來說，著實是很難接受。所以方才吵鬧中無意提及，言語間已是有些冒犯了。

先前還吵嚷得面對面說話都聽不見的內閣，突然安靜得能聽見針掉在地上的聲音。

眾人的目光都若有若無落在謝危身上。

謝危卻只是看著茶盞中那輕輕晃動的茶水，還有沉浮於其中搖曳的芽葉，想起了前段時間，初雪的那個早晨。

姜雪寧抱著他說：喜歡一個人，是想要對方高興，自己也高興，而不是相互的折磨。謝居安，倘或你心裡有什麼不快，都要告訴我。我笨，你不說我不知道。對我好，也要叫我知道。不然有什麼事，都一個人悶在心裡，另一個人沒心沒肺，你呀就越看越生氣，常跟自己過不去。

他還是不懂。

多年來，他的心裡都埋藏著祕密，從身世，到天教，到各種各樣層出不窮的計謀。倘若心裡藏不住事兒，遲早會害了自己。

所以他習慣做，不習慣說。

謝危問：我常讓妳不開心嗎？

姜雪寧面上便出現了一種很難言說的神情，似垂憫，似難過，又好像帶著一種溫溫的包容，然後湊上來，親吻他眼角。

她說：我只是想你放過自己。

她唇瓣是潤濕的，落在他眼角，便如一般傾覆而來、沾著些許清潤露水的花瓣。

謝危摟她在懷裡。

可人坐在窗下，卻只是看著案上點的那一爐沉水香嫋嫋而上的煙氣，久久不言。

姜雪寧曾說，他不會喜歡人。

姜雪寧又說，有什麼不快要告訴她。

姜雪寧還說，想他放過自己。

可卸下防禦對著旁人剖白自己，對謝居安來說，是一件危險的事。

他始終很難去想像。

只是這些天來，寧二注視他時，那彷若蒙了一層薄霧似的眼神，總是在他腦海中浮現，讓他覺得胸膛裡跳動的那顆心像是浸泡在烈酒裡一般，灼然地滾燙，甚至帶著一種飽脹的滯痛。

謝危突地起了身，抬步便往外面走。

內閣值房外掛了許多傘。他拿起一柄來，便伸手將其撐開。

內閣中幾位輔臣都不由嚇了一跳，幾乎下意識喊了一聲：「謝少師——」

謝危頭也不回，只道：「有外姓因公事入主坤寧宮，不正好麼？」

說完已執了傘，徑直步入紛紛揚揚的暮雪，向坤寧宮方向去。

不一會兒便遠了。

內閣中眾臣乍聽此言，皆是一怔，不由面面相覷。

坤寧宮有主，這算好事？

然而剛要開口表示疑惑時，腦海裡靈光一閃，總算是反應了過來。

他們覺著乾清宮空著，坤寧宮就該也空著。可如今坤寧宮被長公主挪給了姜雪寧，這不正說明沈芷衣完全沒有要扶立新帝的想法嗎？

不然將來立了新帝，新帝大婚，叫人搬進搬出，那多麻煩，多尷尬？

他們已算知道沒有皇帝的好處了。

明裡不說，暗裡卻十分一致地不希望再搞個皇帝出來。

姜雪寧入主坤寧，幾乎立時削弱了坤寧宮作為皇宮寢宮的特殊，連帶著把整個皇宮的特殊性都給削了下去，可不是好事一件麼？

倒真是他們沒想透啊。

只不過，謝居安也覺著這是好事一件嗎？

第二五〇章　不吃醋

坤寧宮內外，到處是忙進忙出的宮人。

鄭保指點著他們重新布置宮室。

不用的搬出去，有用的搬進來。

姜雪寧倒用不著自己動手，交代完了一些事之後，就同進宮來走動的方妙一道，坐在偏殿裡，一邊剝著橘子，一邊烤火，順道聊聊近日京中的趣事兒。

殿裡頭暖烘烘的。

方妙第一百次忍不住地讚嘆起來：「當初頭回見著妳，我就知道妳是個有『勢』在身的大運之人，果然沒叫我料錯吧？妳看看著座宮殿，往日那可是天子女子巴不得就來了的地方，如今長公主殿下眼睛也不眨一下就給了妳，甭管當不當皇后，這也是坤寧之主啊。」

沈琅雖然駕崩了，可皇族並未瓦解，朝臣也沒有瓦解皇族的意思，所以沈玠還是臨淄王，方妙也還是臨淄王妃。

只不過誰也不提「報仇」的事兒。

二十餘年前「三百義童」的慘案，是非曲直如何，各在人心，何況還得掂量掂量是不是有本事向謝危尋仇。沈芷衣手握重兵都沒提這事兒，其餘人等有點眼色也該看出局勢來了。

方妙自然也不瞎摻和。

她雖嫁了人，可眉眼間的神態卻與舊日仰止齋伴讀時沒什麼變化，甚至端莊的衣裙邊角不顯眼處，還偷摸摸掛了一小串銅錢，時不時便悄悄摸上一把。

眼睛看著人是也還透著點神叨叨的打量。

只是看著看著，又忍不住深深地嘆息了一聲：「唉，太可惜了……」

姜雪寧聞言，不由得向天翻個白眼：又來了，又要來了，這些天她耳朵都要聽出繭來了！

果然，緊接著，方妙就用一種恨鐵不成鋼的口吻，扼腕道：「真的太可惜了！其實這座坤寧宮算什麼啊，妳可是差一點就把整座皇宮握在手裡的女人啊！大好機會放到眼前，天下唾手可得，只要妳當時點個頭，這天下說不準就換了女主！」

姜雪寧沒接話。

方妙眼底便多了一分惋惜：「到那時，說不準我能跟那個圓機和尚一樣，騙吃騙喝，蹭著妳混個國師來當當，豈不美哉？」

姜雪寧掰了一瓣橘子塞進口中，笑起來道：「天剛好要黑了，挺適合妳現在做夢。」

她穿著一身淺青的衣裙。

抬起手來時，那上好的綢緞順著她柔滑的肌膚層疊地落下，便露出了纖細白皙的手腕，上頭鬆鬆掛著一串通透澄澈的蜜蠟黃手串，輕輕一晃便折射出柔和的光彩。

說是「蜜蠟黃」，可其實不是蜜蠟，而是和田黃玉之中比羊脂玉還要名貴的玉種。瞧著與蜜蠟黃玉相似，可價錢是差出去天遠，除了少量為民間巨富所有，僅有的那些也進獻了皇室。

方妙還記得，以前沈玠拿回來過一塊兒。

她當時瞧著歡喜，琢磨著是打塊小玉佩戴在身上，還是做成抹額掛在頭上，末了拿不定主意，也捨不得瞎動，便乾脆鎖在了匣子裡。

可如今看姜雪寧，就這麼漂亮圓潤的一串掛在手腕上，十二顆珠子打磨地光滑細膩，婉約柔麗，乍一眼看上去只怕要以為是蜜蠟。

畢竟哪家有錢也不是這樣糟踐的。

拿著一方整的黃玉，做成一枚印章或是玉佩還好些，若要切碎了打磨成珠，不知要浪費多少好玉料，簡直是暴殄天物。更不用說，玉色如此均勻，質地又都如此上乘，天知道要花多少工夫才能湊足！

方妙是前幾天見她戴上這手釧的，第一眼看時也沒在意，後來對著光偶然瞥見，才發現這玩意兒竟是和田黃玉，差點沒驚得把心給嚇出喉嚨。

於是帶了幾分豔羨地說，這一串可真好看。

姜雪寧當時在做別的事，只漫不經心、不甚在意地回說：「上個月謝居安隨手給的，也不大好看，妝奩上擱著吃了大半月的灰，前兩日把原來那紫玉手鐲磕了，才勉強撿來戴戴。」

隨手給的。

吃了大半月的灰。

勉強撿來戴戴。

恩，可能人比人就是這樣吧……

當時方妙就不想說話了。

眼下不意間又瞥見這串珠子，便想起當日的堵心來，這回倒是真心實意地道：「也就是姜二姑娘才有這福氣，往日吃得多少苦，今日才能享得多少福，過個舒心日子，換了旁人還吃不住這樣好的命格呢。」

姜雪寧不由看她：「妳這感嘆來得沒道理，府裡什麼事兒叫妳不痛快？」

方妙與沈玠那是一對歡喜冤家，不打不相識。

如今是床頭吵架床尾和。

小倆口的事情本也不需要旁人多摻和。

只不過沈玠善良又心軟，後宅裡還有一個姜雪蕙，雖然她不爭不搶，日子也能過吧，可與什麼「神仙眷侶」就差多了，也就是湊合湊合比旁人好點。

方妙撇嘴：「妳可不知道，早兩年是傳過要立他為皇太弟嗎？這陣子京裡人人都在猜將來誰做皇帝，有些個沒眼色的便往他身上猜。如今王府裡面可熱鬧，金銀財寶之外，什麼妖姬美妾都往後院裡送呢，今兒個賞雪偶遇，明兒個月下相逢，沒事兒都能搞出事兒來，一團烏煙瘴氣。今晚我可不想回去受那罪，妳若不留我，我找殿下蹭個地方睡去。」

話說得輕巧，卻未免帶了點酸氣。

但凡動了真心，哪兒能那麼心平氣和地面對呢？

姜雪寧笑起來：「妳這是在意了，吃味兒了。可他既然對這些人無意，那也只是那些人對瞎子點燈，白費蠟，妳倒不用往心裡去，總歸就煩一時罷了。」

方妙道：「我知道他沒錯，可看著就是不高興。」

這種事，總是沒道理可講的。

能控制住不遷怒是很難的。

說不心煩是假的，她只恨不得把那幫心懷不軌的女人都趕出去，別在自己面前晃悠。

只不過抬眸一瞧姜雪寧，卻突然怔了一下。

方妙眨了眨眼：「妳從來不這樣嗎？」

姜雪寧道：「怎麼了？」

姜雪寧沒反應過來：「哪樣？」

方妙坐直了身子，注視著她，眸底多了幾分探究的認真：「像我一樣，通俗點講就是『吃醋』。比如別的女人靠近他，明明也不是他的錯，可妳就是不高興，忍不住，甚至還要給他氣受。妳沒有過嗎？」
吃醋？
姜雪寧仔細回想了一下，還真沒有。
於是搖頭。
方妙面上頓時劃過了一分驚異：「這怎麼可能呢？」
她忍不住想要追問。
只不過這時候外頭突然來人通傳，說謝少師往這邊來了。
方妙立刻就閉了嘴，同時還有幾分莫名的心虛膽怯，趕緊起身來道：「天色也晚了，我突然想起我在這兒跟妳說了半天話，還沒去給殿下請安呢，這就先走一步！」
說罷腳底抹油便溜。
那架勢儼然是學得不好的學生怕遇著先生，能躲多遠躲多遠，畢竟方妙當年在仰止齋，也算是混日子一把好手，可不敢被看見。
於是，謝危撐著傘，從紛紛揚揚的雪裡走過來時，就見偏殿裡的姜雪寧手裡掰著半拉橘子，用一種頗為無奈的眼神看著他。
一名新來的宮女立刻上前要接過他的傘。
豈料謝危眉尖微微一蹙，只跟沒看見似的，自己輕輕將已經收了的傘斜靠在廊柱下，然後才從外頭走了進來。

謝居安凡事不愛假手他人，這一點姜雪寧是習以為常的，往日並不曾注意。可今日興許是換了一名新來的宮女，瞧著眼生，她反倒注意到了。

方妙方才困惑的問題，忽然從腦海中劃過。

姜雪寧眨了眨眼，看著他朝自己走近。

大冷的天從內閣值房那邊來，他眼角眉梢本就是清雋，如今更染上少許寒意，一雙眼看著人時，格外有種專注深沉的味道。

道袍雪白，不沾塵埃。

從前世到今生，她幾乎已經習慣了謝危這不食人間煙火的謫仙模樣，好像除了前世膽大妄為的自己之外，也不曾聽聞哪個女人對他投懷送抱，好像此人天生不近女色，旁人天生也不招惹他一般。

想想怎麼可能呢？

謝居安位高權重，又生得這樣一副好皮囊，便是沒有滿身的智計才華，也不知是多少閨中少女夢裡良配，天底下想與他有點什麼的姑娘，想也知道根本不可能少。

可自己就是沒有半點聽聞。

甚至從來沒有見過。

自然也就不會像方妙一般煩擾。

因為謝危不是沈玠。

姜雪寧並非不會吃醋的人，相反，她若鬧騰起來，手段是一點也不少。可打從與謝居安在一起，甚至沒在一起時，她就從來沒有過這樣的想法，那些小性子和脾氣，更是再也沒有出現過。

不是她收斂了，不用了。

而是謝居安不聲不響，做得太好，一點煩擾都不帶給她，以至於無論是小性子也好，醋罈子也罷，根本連派上用場的機會都沒有。

她眼底潤濕了幾分，上前主動環住他腰，問：「怎麼過來了？」

他才從外頭來，身上還是一片冷意。

可她在這殿內熏得暖烘烘的，湊到他懷裡，便將那冷意驅散了幾分，謝危摟住她，一聲笑：「我要不過來，就妳給沈芷衣賣命這架勢，還不知要在宮裡睡幾天。」

姜雪寧咬唇笑：「誰叫你不來接我？」

她慣來強詞奪理，這般理直氣壯，謝危都習慣了，也不反駁，拿起旁邊雪狐毛滾邊的斗篷來，便把她整個人都罩裡面，只露出巴掌大一張小臉，然後道：「我們回去吧。」

第二五一章　刀藏

姜雪寧聽他說「回去」，用的還是「我們」，眼底便帶了幾分促狹之意，偏要問他：「回哪兒去？」

謝危唇線緊抿，看著她不說話。

姜雪寧便忍不住悶笑。

過了好半晌，他耳尖微紅，面上卻平靜一片，道貌岸然地吐出了兩個字：「學琴。」

她差點笑倒。

謝危卻是拿她一點法子也沒有，索性一手持傘，一手把人環了，從坤寧宮偏殿前面帶走。

鄭保手裡拿了一張清單來找。

還沒等他開口，謝危已經掃了他一眼，徑直將他的話堵了回去，淡淡道：「不是死人的大事就明天來問。」

鄭保頓時無言。

一句話也不敢再說，只能這麼眼睜睜看著謝危把人帶走。

姜雪寧踩著已經被雪蓋上薄薄一層的臺階往下走，只笑：「你也太霸道了些，今日安排不好，明日還要他們布置，耽擱了可不好。」

謝危道：「妳有意見？」

姜雪寧連忙搖頭，假假地道：「那小的怎麼敢，您說什麼就是什麼。」

謝危不接她話了。

兩人出得坤寧宮門時，許是今日人來人往，搬進搬出，宮內一應瑣碎無人照管，竟有一隻毛色雪白的貓慢悠悠從朱紅色的宮牆下來，可因著那一身與雪的顏色相近，乍一看還很難發現。

姜雪寧瞥見時，差點踩著牠尾巴。可這一瞬間腦海裡想起的竟是身旁的謝危，手伸出去幾乎下意識就拽住謝危，要將他往自己身後拉。

沒料想，謝危倒沒什麼反應，只是垂眸看了一眼。

眼見牠擋路不走，便俯身拎著這小貓的脖頸，輕巧地將牠提了起來，然後放到道旁去。

這一時竟有一種說不出的迷惑之感，又隱約像是猜著一點什麼。

姜雪寧愣住。

她怔怔然望向他。

謝危卻只道一聲「走吧」，便拉著她的手往前走。

紫禁覆雪，宮牆巍峨。

姜雪寧心有所觸，唇邊也綻出微微的笑意來，問他：「不怕貓了？」

謝危道：「貓哪裡有人可怕？」

姜雪寧沉默片刻，又看見了逐漸低垂的夜幕下不斷飄灑下來的白雪，問：「那雪呢？」

謝危道：「總會化的。」

那一刻，當真像是漫天飛落的雪，都褪去了蕭瑟的寒意，反透出一種輕盈和緩的溫柔。

刀琴駕著馬車，在宮門外等候。

兩人出來，便掀了車簾入內。

而後一路朝著謝危府邸駛去。

道中無聊，姜雪寧便忍不住，暗搓搓從他口中探聽內閣那邊的情況：「女學的事，那幫老學究，現在是什麼口風？」

這小騙子，成天想從他這兒套話。

後門走起來可真是順溜。

謝危閉上眼睛，含笑道：「沒有口風。」

姜雪寧以為他這意思是不告訴自己，眼珠子一轉就蹭了上去，聲音都軟了些：「我知道，如今朝廷都是內閣議事，事若未定不外傳，你在其中的確不方便總跟我說裡面的情況。可稍微透露一點也無妨嘛，就一點，一丁——點兒！」

話說著她還掐了掐小拇指。比出來的是一個特別小的部分。

謝危被她這一聲叫得耳朵都要酥了，斜眼看她，然後按住了她搭在自己左臂上的手掌，以防她再做出點什麼來，嘆了口氣道：「『沒有口風』的意思是，他們心裡有意見，卻不敢反對，不是不告訴妳的意思。」

姜雪寧明白了：「哦。」

她想想就要鬆手，只不過眼珠一轉，突然又想起學塾的事兒來，非但沒鬆手，湊得還近了些：「那你覺得，把以前奉宸殿，仰止齋，就坤寧宮附近那一片改作女學第一間學塾，先收京中貴女，餘者比聞風而動。然後再往京中其他地方，還有其他州府推行，怎麼樣？」

謝危想想，這是覺得自己利用價值還沒盡。

其實對什麼女學，科舉，他一應興趣都沒有，但若要此時說出「隨便」二字吧，她一雙眼又亮晶晶地看著他，讓他無論如何也說不出口。

於是想想道：「挺好。」

姜雪寧得寸進尺：「然後呢？」

謝危考慮片刻，看她一副真心求教的模樣，到底是沒磨過去，耐心地教她道：「法子是沒有錯的。只不過，鷹隼長有一雙利眼，為的是飛在高空也能看清下方的的獵物；農戶給莊稼勤澆水，去蟲害，為的是秋收時節千鐘粟；天下讀書人，十年寒窗，為的是一舉聞名天下知，封侯拜相享廟堂。世間人多是無利不起早。要推女學，怎麼建學塾，收學生，都是外術。倘能我不動而人趨之若鶩，方是內道。長公主要推女學是個想法，提起來容易，但妳們可想過，學有何用？」

我不動，而人趨之若鶩。

姜雪寧心底一震。她眨了眨眼，腦海裡便突然閃過了幾道靈光，隱隱然已抓住了什麼，頓生醍醐灌頂之感。

謝危知道她還不算笨，這些事上還是一點就透的，便道：「且凡謀事，不可一味謀大，越是大事，越當從小處做起。凡能一蹴而就的，往往都是壞事。開女學，妳是想使學生能學成科舉之才，還是先識字為好呢？」

姜雪寧皺眉思索。

謝危循序漸進，一點點引導她：「天下有白鹿、嶽麓等幾大書院，學子千里迢迢也來求學，可知為何？」

姜雪寧道：「因為書院的先生學識更厚。」

謝危一笑：「不錯。」

姜雪寧便輕輕「啊」了一聲：「所以，能開多少學塾，又開成什麼樣，關鍵不在有多少學生能來，而在於有多少先生能教，還願意教！」

謝危見她抓住了關鍵，唇邊的笑意便深了幾分，安安然重新把眼睛閉上，靠坐回去，道：「謀事易，成事難，貪多嚼不爛，想清楚再做，別讓人看了笑話。」

謀事易，成事難。

姜雪寧前世總想，這人天縱奇才，做什麼都很容易，哪怕是謀反這般的大事，也彷彿信手拈來。然而世間哪裡有什麼真正容易的事？

一切的舉重若輕背後，都是不為人知的心血……

她凝眸望他，到底又為這人心折幾分，服了氣。

只不過麼……

某些事上，真的是不開竅。

姜雪寧琢磨，內閣裡面如今可是全天下各種消息的匯聚地，她入主坤寧宮的事情按說也不小，這人怎麼就能憋住了不問呢？

回到謝府，她滿腦子都是關於女學的想法。

謝危問她：「想吃點什麼？」

她隨口答：「下碗餛飩？」

謝危便把她往壁讀堂裡一放，有筆有墨，留她一個人伏首案前飛快地寫下什麼，自己則往後廚去。

這兩月姜雪寧早把他這府邸摸熟了，跟在自己家似的，地龍燒著，地毯鋪滿，才一進屋便把鞋踹了，盤腿坐在謝危平日坐的太師椅上，鋪了紙，提筆記馬車上所得的指點和想法。

沒留神便是兩刻過去。

她寫了一會兒，思路便被困住，坐半晌之後，沒忍住下來左右踱步走著，考慮起來。

身後便是一排多寶格，另一邊則是一牆的書，有幾隻嵌在壁上的匣子，抽屜上連著祥雲竹枝般的銅環。先才沒注意，偶一抬頭，竟看見其中一角掛出一根細細的黑色絲條。

姜雪寧腳步便止了。

她手指纏上這縷絲條，本以為只是哪裡不小心掛上的，沒料想竟然連著匣子裡，於是扣著那枚銅環，便將那匣子抽了一半出來。

這時便看清那絲條繫著的，乃是一方印。

裡頭還放著一柄眼熟的薄刃短刀。

下面壓著幾頁紙，那字跡歪七扭八，拙劣得像狗爬，叫她這個曾經的原主見了都忍不住面上一紅。

姜雪寧輕輕咬牙，便想要拿出來。

沒料想一隻手及時地伸了過來，竟趕在她去拿之前，將這抽出來的匣子壓了回去，嚴絲合縫地，再也瞧不見裡面是什麼。

姜雪寧一怔，立刻回頭。

果然，不知何時謝危已經回來了，另一隻手上還端了碗餛飩，此刻立在她身後，高出她半個頭，僵著臉瞧她：「誰讓妳亂翻的？」

姜雪寧可一點也不心虛。

她還稍稍抬起了自己削尖的精緻下頷，輕哼一聲，像是偷著腥的小狐狸一樣看他：「怎麼，翻不得呀？」

謝危把那碗餛飩放下了。

姜雪寧這人慣來是給三分顏色就能把染坊開遍全京城的，偏不放過他，還湊過去追問：「我怎麼覺得裡頭那張答卷那麼眼熟呢？是誰這麼大逆不道，竟敢公然宣稱要搞出孔聖人的十八般做法來？這種答卷，真是，就應該把人抓起來，狠狠罵她……」

謝危唇線抿直，盯著她。

姜雪寧臉貼著他肩：「謝先生，你說你怎麼想的呢？」

那時她在奉宸殿伴讀，整天兒被他訓斥，動輒得咎，旁人都下了學，她還要被拎去偏殿練琴。且他人前是叫人如沐春風的聖人，人後對她卻總有一種叫她害怕的嚴厲。

還有甄選考學的那一次……

這人留她下來說兩句話，差點沒把她嚇哭。

可這答卷……

謝危不回答，只轉頭：「妳餓不餓？」

姜雪寧搖頭。

她現在才不餓呢，難得抓著謝居安的小辮子，她眼底都是興奮，渾然不知凡事得講個「度」，還絮絮地追問：「我記得，你給我做了桃片糕，我給了周寶櫻幾片，你後來還生氣了……」

接下來的話便淹沒了。

謝危的手臂突然緊緊的箍住她纖細的腰肢，凝滯的面龐上帶著一種縱使被人揭了短處也鎮定自若的冷靜，然後封緘了她的嘴唇。

她支吾，聲音細碎。

半晌後被放開，只覺頭暈眼花。

謝危坐在書案前那張太師椅上，然後抱她坐在自己腿上，好脾氣地笑著問她：「想知道什麼，我都告訴妳。」

姜雪寧看著，心底突然有些發怵。

他人高腿長，抱著自己坐在他腿上時，她只穿著羅襪的腳掌都不大沾得到地面兒，如此越使她心慌意亂，幾乎立刻慫了，換上一副委屈的口吻：「不想知道，我什麼也不想知道。」

謝危就知道她是屬烏龜的，手把著她腰，便在她腰側軟肉上捏得一把，面上笑意未減半分：「剛才不還很好奇嗎？先生一點點教妳啊。」

姜雪寧猝不及防，頓時嗚咽了一聲。

她聲線本就細軟，這般來多帶了少許驚喘，一雙眼更是水霧濛濛地，可憐巴巴看他：「我錯了。」

還未成婚，晚些時候還是要送她回府的。

謝危到底沒把她怎樣。

只是靜靜抱著她坐了片刻，傍晚時分內閣裡的聽聞便漸漸浮了上來。

姜雪寧問他：「你沒有什麼話想問我嗎？」

謝危凝望她。

這種感覺終究讓他不習慣，但看她眼底帶了幾分期許地望著自己，許久後，終於開口道：「入主坤寧宮，是怎麼回事？」

這一瞬間，姜雪寧眼底便綻開了笑意。

她伸手摟住了他脖頸。

然後一五一十，如實地告訴他：「呂顯不給朝廷出了個主意嗎？」

沈氏皇族，如今位置尷尬。

放在那裡，總不能晾著。

可人養著就要花錢，難不成還像以前一樣，國庫是他們家，予取予求？

內閣輔臣自然不答應。

呂顯回了朝廷，當了戶部侍郎，新官上任三把火，第一把就燒給了皇族，只提議：以往沈琅私庫裡的錢財，歸於皇族，朝廷既往不咎；但國庫的錢，卻不容許皇族再染指，從今往後，每一年國庫只按定例，還要交由內閣審定，才撥給皇族一筆。就這兩部分錢，皇族可以隨便開銷，一年花完朝廷都不管，反正他們不能再問朝廷多要哪怕一個子兒。

如今皇族是沈芷衣執掌。國庫空虛，撥的錢不多，但沈琅的私庫卻是承繼自歷朝歷代皇帝的私庫，縱使揮霍了大半，剩下的那一部分也猶為可觀。

只是若取用無度，久了仍會坐吃山空。

想要長久，有得有長久的法子。

所以，沈芷衣倒比旁人看得遠些，力壓沈氏內部諸多不滿之聲，徑直將這麼大一筆錢都交到姜雪寧手裡，讓她想做什麼生意做什麼生意，得利之後抽她二成做傭金。

要知道她手裡缺錢的產業還真不少。且這麼大一筆錢，將引動多大的力量？絕對是穩賺不賠的買賣，姜雪寧沒有拒絕的道理。

她掰著手指頭給謝危算：「你看，要當皇族的帳房大管家，要推女學，那麼多的事要調停，來來往往都是人，內務府那麼大點地方，哪裡裝得下？比不上坤寧宮寬敞呀。」

謝危還是覺得沈芷衣給自己添堵。

他不說話。

姜雪寧看他這模樣就知道他有悶氣，不高興，於是突然想起了前世那個被她女扮男裝氣得紅了眼的沈芷衣，眼簾微微一顫，輕聲對謝危道：「她只是想用她的方式對我好罷了。」

那天是她從內務府整理帳目回來，經過坤寧宮。

許多宮人搬進搬出。

她問了一句：這是在幹什麼？

邊上的宮女告訴她：聖上已經大行，坤寧宮歷朝歷代都是皇后住的地方，將來還不知道誰當皇帝，如今再住是名不正言不順。按祖制，鄭皇后自然要從裡面搬出來。從此以後，這座宮室便要空置了。

傍晚時分，夕落殘照。

朱紅的宮牆映著金黃的琉璃瓦，坤寧宮那道熟悉的大門裡，是彷彿也流轉著幾分物是人非、朝代更迭的斑駁，一下讓她想起了前世。

費盡心機入主坤寧……

可最終呢？

入主成了入土，是宮殿也是墳墓。

這一天，她足足站在外頭看了一會兒，才一笑離去。

誰曾想，第二天沈芷衣就派了人來。

是鄭保。

他師父王新義在兩個月前已經因為想要暗中逃離京城被錦衣衛的人暗殺，所以如今皇宮上下大小事宜都由他來打點。

眉清目秀一張臉，還是以往模樣。

見著姜雪寧，就微微笑起來，道：「如今坤寧宮已經空置，地方寬敞明亮，比起內務府那點狹窄的地方更適合議事，且僅次於乾清宮，勉強也算在皇宮中心，去哪裡都方便。長公主殿下說，還請您從仰止齋那小地方搬出來，入主坤寧，也免得成日勞累。」

姜雪寧目瞪口呆。

她知道坤寧宮意味著什麼，當時就拒絕了。

只不過……

瓊鼻輕輕一皺，姜雪寧想起那幫老學究就生氣：「我都識相沒答應，他們還叱罵我，我是那種受氣的人嗎？鋪蓋一捲第二天我就搬進去了，跟我鬥！」

想她前世什麼人？不管誰當皇帝，她都要當皇后。

如今沈芷衣不過送她一座坤寧宮，這幫老頭兒就天天叭叭說個不停，兩世過去，討厭的人還是一樣討厭！

謝危終於被她這樣生動的神態逗笑了。

唇角彎起時，眉梢都清潤起來。

姜雪寧見了，便目眩神迷，突然鬼迷了心竅，竟湊上去親他。潤澤的唇瓣，帶著一股清甜的氣息，貼上他的唇瓣，描摹那薄薄的帶著些許稜角的唇形，猶豫片刻，尖尖的小舌悄悄探出，便朝他口中滑。

心跳驟然快了幾分。

她還少有這般主動的時候，還未做得多少，面頰便已染上了桃花似的緋紅，越是那一分欲說還休的羞怯，越是如擂鼓一般使人怦然。

謝危雙目鎖著她，聲音沙啞：「妳一定要找死嗎？」

姜雪寧立刻後悔了。

她只是想這人難得有什麼不滿都好聲好氣說了出來，該給他些獎勵，可不想在這兒被他留到半夜，於是身形一動就想跑。

可她人本就在謝危腿上，能跑到哪兒去？

早就遲了。

他輕易便將她把住。

連地方都不挪一點。

上手撫觸拈攏，引她情難自已，淋漓水溢；沾不到地的雪白腳掌上，羅襪晃晃地掛著，指甲修剪圓潤的腳趾都禁受不住似的繃直了。

然後才抵入緩進。

她無處求援，張著嘴如同溺水的魚似的，深至盡頭時，又漸漸有一種感覺升騰上來，使她頭皮都跟著發麻，淚水漣漣。

姜雪寧哀哀喊：「饒了我，我要死了。」

謝危笑：「快活死？」

姜雪寧頓時一張臉連著白玉似的耳垂都紅了，情轉濃時，張牙舞爪想跑。然而腳尖才一挨著地面便覺發軟，差點沒跌下去，還好她伸手扶了前面書案一把。

這下好，更如放進鍋裡的魚。

貼在邊上煎得一會兒便老實了，沒了力氣。

幸而有謝危在後頭，扶著她腰。

雪峰搖顫，嬌靨帶露。

力竭時，她羞憤捶桌：「你這人怎麼這麼壞！」

謝危撈她起來深吻。

一雙含著笑的眼眸裡，無比認真：「我總能比妳想的還更壞三分。」

分明不是一句好話，可姜雪寧卻被這人眼底的認真打了個七零八落，潰不成軍。

抱他一會兒，方問：「為什麼連刀都藏進匣中？」

以後不用了嗎？

或者，不用防著出什麼意外了嗎？

謝危喉結上下動了動，沉默良久，凝視她濡濕的眼睫，終究沒有回答，只是用自己帶了幾分熱度的唇瓣，在她眼角烙下一枚輕吻。

天下之刀，總為殺人。

許多刀用來殺別人，但不是所有刀都用來殺別人。

他貼她極近，帶了一種近乎蠱惑繾綣，低啞如允諾似的向她道：「姜雪寧，我是妳的。」

第二五二章　餘響

「我想吃櫻桃。」

「冬天哪裡給你找？」

「那妹妹想吃呢？」

「也沒有。」

……

三歲多的謝添下了馬車，同謝危一道，朝著宮門方向走，一面走，還一面問。聽得謝危說冬天沒有櫻桃，便不高興，還把他妹妹抬出來。

豈料謝危還是一樣的回答。

他年紀雖小，可五官生得極好，粉雕玉琢，一看便知是全接著他父母好看的地方長。

前幾天，他和妹妹爭論，爹爹和娘親哪個更厲害。

妹妹非說是爹爹。

謝添雖然只早她兩刻出生，可既然當了哥哥，就有責任教她明事理，於是肅著一張小臉，糾正她：「肯定是娘親更厲害，妳還小，妳不懂。別人都聽爹爹的，可別人也聽娘親的，而且爹爹也聽娘親的。」
謝韞淘氣得很，兩隻小手扒拉著翻出白眼來，氣呼呼的：「不聽不聽，王八念經！」
今日宮裡面公主姑姑家那個叫沈嘉的小子過生辰，謝韞那丫頭一聽，巴不得就去吃去喝了，一早黏著娘親不放，非要早早去宮裡湊熱鬧。
娘親沒辦法，才帶了她去。
謝添現在想起，便跺了一下腳，也生了氣：「宮裡的廚子有什麼了不起，做東西那麼難吃，哪裡有爹爹好？」
謝危養女兒還有點耐心，養兒子……
那可算了吧。
他一向愛靜，聽他叨叨說個不停，懶得搭腔，只放緩了腳步，在他後頭慢慢走著。
這會兒是下午，內閣議事早就結束了。
宮門外的守衛都鬆快了幾分。
謝危只琢磨著這兩個孩子都不像他，更像寧二一些，打小張牙舞爪，讓人不省心，得找個法子收拾，給他們緊緊皮。
冬日裡雪還厚。
便早晨清掃過，此刻又鋪上一層。
謝添踩著雪難免有些吃力，一腳深一腳淺，可也不抱怨，就那麼一點點往前走，將過宮門時，卻忽然眼前一亮，一拽謝危：「呀，爹爹你看，是綠梅開了！」

謝危抬眸，朝前看去，先前還漫不經心的神情，便收了幾分。

那不是什麼綠梅。

是張遮。

他似乎才從宮裡出來，兩手疊袖交在身前，卻攏著一枝尺多長的梅。梅枝傾斜，枯瘦有節，枝頭的梅花卻或綻開或含苞，瓣瓣皆是淺碧。

刑部這位大人，素來清冷，這一枝梅，倒正好與他映襯。

這些年來謝危甚至都懶得去內閣，能與張遮打上照面的時候，屈指可數。

因為某些原因，他不可能待見此人。

燕臨遠去邊關，沒有回過京城。

這位卻不一樣。

此刻見著，他唇角一勾，掛了笑，卻淺淡得很，道一聲：「梅花甚好。」

張遮袖手，官袍在風中吹起一角，他搭垂著眼簾，也不如何寒暄，只道：「還好。」

謝危便不再說話。

謝添眨巴眨巴眼，目光卻在張遮身上，半天收不回來。

他拍了拍他腦袋，道：「走了，別讓人久等。」

謝添這才「哦」了一聲，轉過身跟他一道往前走。

只是走得沒兩步，又忍不住回頭去看。

張遮略微頷首，待他們先經過，也出了宮門，清風振袖拂衣去，雪裡留梅一段香。

謝危收回了目光。

謝添卻湊到他身邊來：「爹爹，爹爹，那個是不是就是修新律的張大人呀？我聽別人說過，他好厲害的！」

謝危聽這話，不舒坦，眼見這小子一腳深一腳淺在自己前面走，輕哼一聲，輕輕一腳過去，都不用兩分力，便把他推得一頭撲進前面雪裡。

謝添懵了。

他撲騰著掙扎了一會兒才從雪裡把腦袋拔出來，有些茫然地朝後面望，看了看謝危，又朝謝危身後找了找：「誰推我，我怎麼摔了？」

謝危涼涼道：「你年紀小，走路不穩當，摔是正常的。」

謝添將信將疑。

但這畢竟是他爹，他真沒懷疑，又扭頭往前面走，只是走著走著還想起方才那茬兒來，接著道：「您不是嫌我笨，說教娘一個就夠費心的，不願再教我，要找開蒙先生來教。那個張大人厲害，他行嗎？」

「撲通。」

涉世未深的小年輕再次一頭撲進雪裡。

謝危就在他邊上停住腳，一雙眼這麼不鹹不淡地瞧著。

若說頭一回摔了，還沒反應過來，那摔第二次還反應不過來，謝添就是傻子了。

他吃了一嘴的雪，好不容易爬起來。

然後心裡委屈，嘴巴一張，哇地一聲大哭起來。

只不過這回倒是乖覺了。

他已經差不多知道自己是哪裡錯了，嗚咽著道：「爹爹說是什麼就是什麼，千好萬好都不如您好，我都聽您的。」

謝危背著手往前走，假假地道：「我們家從來不強迫人，你想請什麼先生就請什麼先生，不用昧著良心勉強的。小小年紀就出賣良心，多不好？」

謝添差點哭出血。

他搖搖頭，堅決不往坑裡跳，咬死了道：「修新律算什麼，一點也不好，兒子沒有賣良心，這話就是憑良心說的！」

小沒良心的良心可真不值錢。

謝危哂笑一聲，眼看著能瞧見重重宮殿了，也就不再對這倒楣孩子動手。

往後有的是教他做人的時候。

已離得遠了的宮門外，大雪紛紛揚揚，從寥廓天際飄灑下來。

立得片刻，雪便落了滿肩。

張遮駐足回首，向宮門方向看去，那一高一矮父子二人的身影已經漸漸變得模糊。

謝居安厭憎塵世，對這天底下的凡夫俗子漠不關心，每日所念，或恐只那一粥兩飯，嫋嫋煙火。

他還活著……

只不過是因為姜雪寧還在吧？

朔風吹去，人間雪重。

聖人看透，唯其一死；若生貪戀，便作凡人。

（全文完）

前世番外篇　雪盡人去

（1）懲戒

夜裡閃爍的星辰，在東方漸漸明亮的天幕下，變得暗淡。

秋寒霜重。

兩道朱紅宮牆夾著的幽長狹道口，一干人等屏氣凝神，半點聲音也不敢發出，便是露水凝結在他們髮梢眉角，也未動手去擦上哪怕一下。

謝危立得久了，一身寒氣。

昏昧的天光投入他深寂的眼底，便如墜入烏沉沉的水潭中一般，不起絲毫波瀾。

燕臨從坤寧宮內出來時，身上的酒氣雖還未散，酒卻已經全醒了。

大仇得報，兵權在握。

本該志得意滿的少年將軍，這時看上去竟有一種近乎懊喪的頹唐，一種近乎無措的茫然，衣襟凌亂。走得近了，還能看見他臉頰上一道細細的血跡上已經結痂的抓痕。

昨晚他到底做了什麼……

那一雙帶著哀求與驚痛的眼眸，蒙著淚水，陡然又從腦海裡劃過。

燕臨腳下竟然踉蹌了一步。

他臉上不剩下多少血色。

一名反賊的統帥，謀反軟禁了前朝皇后之後，在天未亮開的清晨從坤寧宮裡，衣衫不整地走出來，究竟意味著什麼，不言而喻。

謝危看見他時，眼角都微微抽了一下。

這一刻說不上是失望更多，還是沉怒更盛。

待他走到近處，站在這座為霧氣瀰漫了少許的宮門前時，便抄起旁邊人手中的長棍，用力往他背上打去！

這一下的力道極重。

燕臨未閃未避，幾乎打了個趔趄，喉嚨裡也泛出了隱約的血腥味。

他望向謝危：「兄長……」

謝危面上看不見半分情緒，只道：「跪下。」

燕臨咬緊了牙關，眼底竟出現了幾分執拗，發了紅，大聲道：「是她負我在先！我有什麼錯？便有今日一切也是她咎由自取！」

謝危一雙眼終於寒了下來。

他半點都沒留情，這一次是徑直打在他的腿彎，厲聲道：「跪下！」

兩人於宮道之上對峙。

彼此彷彿毫不退讓。

周遭所立兵士皆不敢斜視，只暗自為這一幕所預示之事而心驚不已。

這些年來，傾頹黃州，浴血邊關，都是他在背後支撐。

長兄如父。

燕臨看了他半晌，到底是未能忽略從那座寢宮之中走出來時的慌亂與迷茫，彷彿做了錯事的那個人的確不是她而是自己一般，屈膝跪了下去。

已為磨難與征戰砥礪過的身軀頎長，面容也在風霜打磨下褪去青澀，變得硬朗。

跪在那為露水沾濕的石板上，像是一尊雕像。

然而謝危沒有半分觸動，只是將長棍擲在了地上，道：「她畢竟是皇后！傳家訓，聖人命，便是讓你做出今日這些事來的嗎？人言可畏，前朝不穩，你若真想害她死，只管繼續。」

燕臨未回一字。

謝危只向左右道：「打。軍法三十棍，叫他自己受著！」

言罷轉身，拂袖便走。

數十日前，周寅之的腦袋還被長鐵釘釘在宮門上。

此時上方的血跡都還未清洗乾淨。

燕臨長身而跪。

左右則面面相覷，過了片刻，才有人輕道一聲「將軍得罪」，繼而抬手起刑，一時只聞得棍落之聲，年輕的將軍則攥緊了拳頭，始終未發出半點聲音。

（2）殺意

案牘堆得高高的。

謝危沒有去翻一頁。

呂顯來時，看見他手中持著一張弓，搭上箭，拉滿了，在他腳跨入門時，修長的手指便一鬆，「嗖」地一聲，雕翎箭離弦而去，竟深深射入了書架一方木格，震得上面擺著的書冊都搖晃跌落。

旁人不敢亂傳，只擔心掉腦袋，可呂顯畢竟不同，已經聽下面人來說了燕臨受罰之事，再看謝危如此，便察覺到他心情似乎不快。

話在心中轉了一圈。

他斟酌了片刻才出口：「世子的心思，誰都能看出來。你雖是長兄，可今日罰他，難免生出罅隙。」

謝危收了弓，望著那猶自震顫的箭羽，漠然道：「若非他姓燕，憑這份荒唐，今日我已殺了他。」

（3）回憶

血洗半個朝廷，光謝危這個名字，便是籠罩在京城上空的陰影。

諸事繁多，每日都有人遭殃。

燕臨在宮內受罰的事情只有少數人知道，並未傳開。他似乎也自知不妥，此後數十日再未踏足過坤寧宮。

只是沒料，前朝竟有個叫衛梁的傻子，千里迢迢赴京，口口聲聲說他們犯上謀逆，軟禁皇后，要他們將人放出來，請皇后宣讀沈玠遺詔，另立儲君。

朝野上下誰不罵姜雪寧一句「紅顏禍水」？

這個往昔探花郎，分明因她貶謫到州府，卻偏偏是忠心耿耿，便連她手底下那條叫周寅之的狗，看似忠心耿耿都背叛了，他偏一根筋似的軸，要與朝野理論。

旁人若罵他，他不善言辭，漲紅了臉時，往往只能大聲地重複一句：「娘娘不是你們說的那樣！她不是壞人！」

那實是一種讓人無法理解的執拗。

甚至會使人暗生出曖昧的懷疑。

燕臨到底被激起了妒火，借酒澆愁，可酒只會使人想起過往，想起她。五臟六腑，無一處不覺痛，燒灼之中，愛極恨極，又去尋她。

沒過幾日，原本只在私底下傳的流言蜚語，便跟乘了風似的，飄遍宮廷。

「瞧她那樣，一張狐媚子臉，要不是她勾引在先，燕將軍那樣好的人能看得上她？」

「早兩年我便覺得這樣的人怎麼也配母儀天下……」

「沒規矩！」

「誰不知道她原來是什麼沒教養的野丫頭，也虧得聖上當年喜歡，給寵著，白白叫朝野看笑話。可惜呀，人沒這命，有這位置也壓不住，這不倒了楣？」

「要我說，往日的青梅竹馬，如今不過是舊情複燃罷了。」

「她有的是手段呢，可別小瞧她。」

「知道原來錦衣衛指揮使周寅之嗎？都是被她惑的。」

「還有刑部的張大人……」

「害人精！」

……

話到底是傳到了謝危耳朵裡，燕臨又做了什麼，他也清楚，只是突然想起了許久前某一日，群臣議事，卻都在偏殿等候，姜雪寧一身華服從裡面出來，他們入內，抬眸卻見年輕的帝王手指上沾著點粉豔的口脂，刑部那位平素清正的張大人，話比往日更少許多；又想起事之前不久，他與張遮一道出宮，半路上竟遇著那位皇后娘娘在等，他忖度片刻，尋了個藉口折返，那二人卻留在道中相敘。

燕臨到底是侯府的血脈。

謝危想，他實不能再對他做些什麼了。

（4）五石散

入夜後，宮人掌了燈。

他頭痛，好幾日沒有睡好。

那名手腳俐落做事機靈的小太監，便連忙使人將五石散與烈酒端了上來，服侍他服下。

沈琅便是服食丹藥死的。

五石散也不是好東西。

謝危都知道。

只是他服五石散也沒有旁人藥性發作時的狂態，渾身雖如燒灼一般，卻只是平靜，清醒，甚至能與尋常時候一般，批閱奏摺，籌謀算計。

人最痛苦是清醒。

朱砂磨碎，硯臺如血。

他提筆蘸了朱砂，落在眼中便似蘸了血一樣，勾畫在紙面，都是沉沉壓著的性命。

上頭端正的字，漸漸在光影裡搖晃。

深宮靜寂的晚夜，燈花突地爆了一下，空氣裡浮來一段幽長的香息。

謝危抬眸，便見她走了進來。

鵝黃的仙裙，精緻的面容，烏髮上簪著晃晃的金步搖，走一步，便顫一步，瀲灩的眼眸裡隱約有一絲畏懼的期期艾艾，微啟的檀唇卻覆著燈火光影所覆上的潤澤與可憐。

佛經上說，萬念糾纏，掙扎難解時，邪魔易侵。

謝危靜靜地瞧著「她」。

她還提著食盒，來到他面前，帶了幾分小心翼翼地，將一盅熬好的參湯輕輕放在了御案上，聲音有一種掐得出水的柔麗婉媚，卻失之忐忑：「夜深天寒，謝、謝太師，請用……」

謝危想，這幻夢當真奇怪。

他看了那參湯一眼，輕嗤一聲：「皇后也是這般蠱惑張遮的嗎？」

那明豔得奪目的面容上，乍然閃過了一絲怔忡，隨即卻蒼白下來。

好似被人戳了一刀似的。

她那白皙的手甚至還未來得及從盛湯的瓷盅上撤回，便已輕顫，透出一種無措的愧疚與倉皇來。

這樣的神態，輕易使謝危想起聲色場裡曾見過的，那些交纏的身體，淋漓的香汗，如絲的媚態，欲拒還迎。

確能勾起人不可為人知的欲想。

他突地輕笑一聲，眼見她搭在案上的手腕，竟然伸出手去拿住了，滾燙的指腹慢慢挲摩過那片本該有一道淺淺的傷痕可此刻卻幾乎白如玉璧一般無瑕的肌膚，戾氣漸漸熾盛。

便在這藥力發散的幻夢之中，她都好像怕極了她，彷彿又後悔了、不願了一般，想要用力地抽回手去，只帶了一點哽咽對他道：「臣妾只是想起以前，曾與太師大人同路，如今身陷絕境，不敢盼先生饒恕，但求一隅以、以安身，還請先生，還請先生憐、憐……」

那一個「惜」字，分明就在嘴邊。

可她竟怎麼也說不出口。

謝危壓著她手腕的手指，用力了幾分，竟慢慢用指甲在上面劃出了一道細細的血痕。

她痛得掉眼淚。

謝危心底冷笑，也不知是覺她堂堂皇后卻來自薦枕席過於輕賤，還是覺她無論如何也無法出口的那「憐惜」二字令人生厭，便將她拽到了自己面前來，似笑非笑：「娘娘，這般不知自重？」

她害怕。

想掙扎。

可又竭力地控制住了那股恐懼，沒有掙扎，只是緊繃著身體，張著眼看他。

佛經上說，邪祟若至，不可沉淪，不可甘墮，澄心則自散。

於是謝危靜了片刻，轉眸提了方才滾落在案上的御筆，往那赤紅的朱砂裡蘸滿，然後攥著她，慢慢從她右頸側，順著喉嚨，鎖骨，一筆從那瑩白滑膩的肌膚劃下，斜斜地落進左心房。

像一道淋漓的血痕。

又似乎一道利刃，將她整個人劃開了，有種近乎殘忍的豔麗。

朱砂驅邪。

她是那樣又驚又怕地看著他。

謝危好生憎惡這樣的神情。

他心底萌了惡意，眼簾淡漠地搭垂，嘴唇湊到她耳畔，舌尖一展，只輕緩又清晰地道：

「滾。」

邪祟似乎終於被他嚇退了。

她如蒙受了巨大的屈辱一般，在他放開她的一剎，狼狽地退後，連端來的那碗參湯都忘了端走，落荒而逃。

謝危卻坐了回去。

他仰在椅子裡，眨了眨眼，看見重新恢復了冷寂的西暖閣，手垂在一旁，蘸滿朱砂的御筆便自鬆鬆的指間落到地面。

某一種巨大的空茫攏裹而來。

謝危閉上眼睡著了。

只是縱然借了五石散混上安息香的藥力，這一覺也顯得太淺。醒來時，暗香已去。

他看著那堆得高高的案牘，才想起還有許多事情不曾處理，將伸手去提筆架上懸著的一管新筆時，抬眸卻看見了案角那一盅靜靜已冷的參湯。

輪值的太監們，守在殿門外。

過了好久，忽然聽見裡面喊：「來人。」

他們頓時嚇了一跳，唯唯諾諾地進去聽喚。

謝危坐在那案後問：「昨夜誰來過？」

大多數人面面相覷，茫然搖頭。

謝危慢慢閉了一下眼，改問：「昨夜誰當值？」

這下，眾人之中立刻有名小太監腿軟跪了下來，連連朝著地上磕頭，自知事敗，哭求起來：「太師大人饒命，太師大人饒命！實在是皇后娘娘相求，奴才一時鬼迷了心竅，才答應了她，太師大人饒命啊……」

「……」

謝危低垂在身側的手指蜷了一下，好像有一種鈍鈍的痛覺，遲來了許久一般，從他身體裡經過，讓他恍惚了一下。

門外，已四更殘夜。

（5）門外

經歷過殺伐的皇宮禁內，宮牆四面皆是兵甲。

越是凜冬，越見肅殺。

宮人們都少了許多，平素不出門，若是出門，也不敢抬了眼四下地望，是以道中無人，連往日總鬧騰著的坤寧宮，也如一座困著死人的囚籠。

在天還未亮開的時候，謝危駐足在宮門外，看了許久。

昨夜的朱砂還未從他指掌間擦拭乾淨。

他垂眸看了一眼，抬了步，緩緩走入宮門。

兩旁的小太監見著他，無不露出幾分驚色，向著他跪地伏首。

謝危卻只輕輕一擺手。

他們將要出口的請安，於是都歸於無聲，連頭都不敢多抬一下，直到謝危走過去了，也未敢立刻起身。

舊日奢華的宮殿，一應擺設雖從未改變，可少了人氣兒，添上了一種世事變幻所鍍上的冷清。

景致的窗格裡鑲嵌著雪白的窗紙。

他走到了緊閉的宮門外，又立了半晌，方才抬手，也不知是要叩門，還是就要這般推開。

然而，也就是在這時，裡面隱隱傳出了說話的聲音。

是兩名女子。

或恐是一開始就有，只是他剛才站到這門外時，心思不在，所以並未注意。

「娘娘……」

「謝居安不過是披著聖人皮囊的魔鬼，蕭姝死了，周寅之死了，沈玠也死了，我能怎麼辦呢？人在屋簷下，總要虛與委蛇。想想，委身燕臨也沒什麼不好，說不準我還能當新朝的皇后呢。」

……

她的聲音，沒了昨夜的慌亂與忐忑。

只有一種寂冷的平靜。

以至於聽了也讓人生寒。

謝危還未碰著門扉的手掌，凝滯了許久，終於一點一點，慢慢地收緊，重新垂落下去。

然而清晨那一股原本已壓下去的戾氣，卻洶湧地翻上來。

他搭了一下眼簾，再抬起已無任何任何異樣，轉身便從殿門外離去。等到他身影完全出了宮門，身後那些宮人才敢從地上起身。

緊閉的殿門，未曾打開。

深宮裡是兩名女子的絮語。

那位把生意做遍了大江南北卻竟是個女兒身的尤會長，輕輕地一嘆，只道：「萬事有因，若我料得不錯，謝危此人也很可憐的……」

（6）匕首

回了西暖閣，謝危讓人將那些五石散都扔出去，然後才想起指上的朱砂，便拿了一旁的巾帕一點一點擦拭。

一名小太監進來說：「昨夜那人已經處置了。」

謝危靜得片刻，道：「去給我找把刀。」

小太監頓時一愣。

只是也不敢多問，低頭道一聲「是」，便去內務府開了庫尋，只是也不知謝危究竟要怎樣的刀，只好不同式樣形制的刀都拿了一柄好的，甚至混進去兩柄匕首，才戰戰兢兢地呈到他面前。

謝危的目光一一劃了過去。

末了，手指停落在一柄匕首上。

那真是一柄好看的匕首。

銀鞘上鑲嵌著一枚又一枚圓潤的寶石，倒像是一件玩物。

然後拔開，刀刃上寒光四溢。

拇指指腹只輕輕碰了一下，便見了血，竟十分鋒利。

於是合上，將其擲回漆盤。

他道：「這匕首，給皇后娘娘，送去。」

小太監上前來，等得片刻，卻未等到他說別的，便醒悟過來，立時將那漆盤連著匕首端了下去，送至坤寧宮。

（7）逼殺

過去了一天，兩天……

又過去了一月，兩月……

什麼事也沒有發生。

燕臨又有幾次於深夜進出坤寧宮，宮中的非議，終於傳到了朝野。

誰能容忍前朝的皇后如此水性楊花？

諫書雪片似的飛來，許多人要她為沈玠殉葬，以全天下夫妻同生共死之義。同時舊朝勢力翻湧，借著沈玠遺詔，要將姜雪寧選的那名宗室子借至京城來，立為儲君。

殘冬將盡時，謝危已戒了五石散，卻仍不願出門，只立在蒙著黑布的窗前，問呂顯：「那孩子幾歲？」

呂顯說：「七八歲。」

謝危便說：「年紀還小。」

費盡心力造反，皇族殺了，蕭氏屠了，誰不覺得，將來謝危或者燕臨，總有一人要登基為帝呢？

呂顯希望是謝危。

若是燕臨也沒什麼關係。

但聽著謝危此刻的口吻，他心裡竟萌生了幾分警兆，忽然問：「你難道想立這孩子為儲君？」

謝危沒有回答。

對舊黨要扶宗室子來京城，也未有任何舉動。

只是還沒等得冬盡春來，外頭就傳了消息：那年幼的孩子慘死在了半道上，是燕臨命人動的手。

他把燕臨叫來問話。

燕臨卻如同被激怒了一般，冷冷地道：「千百人都殺了，一個孩子有什麼了不起？這天下是你我打下來的，難道要扶立一個字都寫不來幾個的小孩兒當皇帝！」

謝危靜靜看他：「你想當皇帝？」

燕臨道：「我為什麼不能想？讓那小孩兒當皇帝，她豈非要當太后？她怎麼能當太后！她該是我的皇后！」

「啪！」

謝危看著他這混帳樣，終於沒忍住，給了他一巴掌。

他被他打得偏過頭去。

這一時，幾月前的縫隙便忽然成了裂痕，使得他把原本浮在表面的平靜撕碎，衝他道：「你從來看不慣她，甚至縱容那些朝臣進諫，想要置她於死地！可我喜歡她！誰若要害她，叫她殉葬，我便一個個都殺了！看他們還敢進言半個字！」

謝危沉了一張臉：「誰要害她，誰讓她殉葬，你便要殺誰，是不是？」

他突然喚來了刀琴劍書。

尚未近得燕臨的身，便動起手來。

然而雙拳難敵四手，到底是燕臨被狠狠地摁在了地上，已經聽出他話中所蘊藏的疾風驟雨，一時目眥欲裂：「你想要幹什麼？」

謝危撿起那掉落在地上的長劍，只道：「那我便殺給你看。」

言罷出門傳令：「命禁軍圍了坤寧宮。」

然後命人勒了燕臨的嘴，將人捆縛，一路推至坤寧宮外。

禁軍甲冑沉重，行走時整肅有聲，才一將整座宮殿圍住，裡面所剩無幾的宮女太監都驚慌失措地亂叫逃竄。

禁軍手起刀落，都殺了個乾淨。

燕臨紅了眼眶，竭力地掙扎，幾乎哀求地望著他。

然而謝危只是巋然地立在宮門外，持劍在手，雪白的道袍素不染塵，平添一種凜冽的冷酷，向裡面道：「皇后娘娘，人都死了，可以出來了。」

裡面彷彿有說話的聲音。

又安靜下來。

過得許久，這聽得裡面忽然一聲喊：「謝大人！」

謝危不言。

她的聲音卻又平靜下去，像是這鋪了滿地的白雪，壓得緊了，也冷了，有一種沁人的味道：「您殺皇族，誅蕭氏，滅天教，是手握權柄、也手握我性命之人，按理說，我沒有資格與您講條件。我這一生，利用過很多人，可仔細算來，我負燕臨，燕臨亦報復了我；我用蕭定非、周寅之，他們亦借我上位；我算計沈玠，如今也要為他殉葬，共赴黃泉。我不欠他們……」

身後的燕臨似在嗚咽。

姜雪寧的聲音停了片刻，已然沾了些許輕顫：「可唯獨有一人，一生清正，本嚴明自律，是我脅之迫之，害他誤入歧途，汙他半世清譽。他是個好官，誠望謝大人顧念在當年上京途中，雪寧對您喂血之恩，以我一命，換他一命，放他一條生路……」

那一瞬間，謝危是恍惚了片刻的。

然而待得她話音落地，那個名字便從他心裡浮了出來——

張遮。

朝堂上沉默寡言的一張臉，無趣乏味的一個人……

他無聲拉開唇角，陡地冷笑。

只不過姜雪寧也看不見。

心內彷彿有一團熾火燒灼肺腑，可他的聲音仍舊帶著那一種殘酷漠視的冷平：「可。」

那一刻，彷彿拉長到永恆。

然則不過是一個眨眼。

宮門裡先是沒了聲響，緊接著便聽得「噹啷」一聲清脆的響，比鋒利的匕首見血封喉、從人手中脫落，掉到地上去的聲響。

燕臨如在夢中一般，過了好久才反應過來。

連刀琴劍書都愣住了。

他紅了眼，終如困獸一般，身體裡爆發出一種誰也無法抗衡的力量，竟驟然掙脫了，踉蹌著向那宮殿中奔去，一聲聲喊：「寧寧，寧寧——」

鮮血從殿內瀰瀰漫出來。

那怕疼的、怕死人的、怯懦了一輩子的姑娘，決然又安靜地倒在血泊裡。

金簪委地，步搖跌墜。

燕臨衝進去抱起她，統帥過三軍，攻打過韃靼的人，此刻卻慌亂得手足無措，像是少年時那般哭起來，絕望地喊：「太醫，太醫！叫太醫啊——」

他沾了滿手的血。

那樣無助。

劍不知何時已倒落在了地上，謝危一動不動站在外面，看了許久，沒有往裡面走一步。

姜雪寧終於死了。

（8）綠梅

燕臨的魂魄，似乎跟著她去了。

停靈坤寧宮，朝臣或是不敢，或是不屑，都不來拜。

只有他成天坐在棺槨前喝酒。

醉得狠了，便同她懺悔；偶得清醒，又一聲聲埋怨，恨她，責怪她，彷彿她還在世間一般……

也不知是誰忽然提了一句，說刑部那位張大人，竟給自己寫了罪詔，長長的一頁，三司會審諸多朝臣，沒有一個忍心。

於是他忽然發了瘋。

提著劍便要往刑部大牢去，要殺張遮。

下頭人來報，謝危才想起，確還有一個張遮，收監在刑部大牢，已經許久了。

燕臨自然有人攔下來。

他想了片刻，只道：「前些日抄家，姜府裡那柄劍，拿去給他吧。」

那應當是很久以前的東西了，姜伯游革職，姜府抄家，才從那沾滿了灰塵的庫房裡找出來。

劍匣打開，內裡竟然簇新。

是一柄精工鍛造的好劍。

劍匣裡面還鐫刻著賀人生辰的祝語，一筆一劃有些稚拙，可刻得很深，經年猶在。

去送劍的人回來說，燕將軍看著那把劍，再沒有喝過一口酒，只是在坤寧宮前，枯坐了一整夜。

謝危也懶得去管他。

只是晚上看書時，見得《說文》的一頁上，寫了個「妒」字，後面解：害也。

他便把這卷書投入火盆。

次日天明，雪化了，他想起那為自己定下秋後處斬之刑的張遮，去了刑部大牢一趟。

只是話出口，竟然是：寧二歿了。

後來才補：你的娘娘歿了。

那一刻，謝危只覺出了一種沒來由的諷刺，好像冥冥的虛空裡，有個人看笑話似的看著自己。

又說了什麼，他竟沒印象了。

從刑部大牢出來，待要離開時，卻見一人立在門外，同看守的卒役爭執不休。

穿著的也是一身官服。

只是模樣看著面生，手裡執著一枝晚開的綠梅，碧色的花瓣綻在枯槁的枝上，似乎是宮裡那一株異種。

謝危想了想，才想起：「是衛梁？」

刀琴在邊上，道：「是。」

謝危道：「他來幹什麼？」

劍書便上前去，沒一會兒回來，低聲道：「似是，皇后娘娘生前有過交代，托他折一枝梅，給張大人。」

謝危沉默許久，道：「讓他去吧。」

劍書再次上前。

那些人才將衛梁放了。

衛梁也遠遠看見了謝危，只是神情間頗為不喜，非但不上前來，甚至連點謝意都不曾表露，徑直向著大牢內走去。

謝危立在原地。

片刻已不見了衛梁人。

刀琴劍書都以為就要走了。

然而那一刻，他眸底寒涼，也不知觸著了那一道逆鱗，竟然道：「去抓了他，那枝梅也不要給！」

這分明是戾氣深重。

刀琴劍書近來越發摸不著他喜怒，只得又將已到大牢裡面的衛梁抓了，連著他方才攜入的那枝碧色的寒梅，也帶了回來，奉給謝危。

謝危修長的手指執了，看得片刻，扔在地上，慢慢踩碎。

（9）斷義

回去時，街市上彷彿已經忘了前幾個月才遭一場大禍，漸漸恢復了熱鬧。也有流離失所的百姓沿街乞討。

一名赤著腳的小乞丐與人廝打作一團，擋了前面的道。

謝危坐在馬車裡，也不問。

劍書便來道：「幾個小叫花子打架，已經勸開了。」

謝危撩了車簾一角看。

那小乞丐頭上見了血，哭得厲害，一雙眼睛卻瞪得老大，惡狠狠地看著先前與自己廝打的某個大人，咬緊了牙關不說話。

狼崽子一樣的眼神。

又帶著一種活泛的生氣。

還有滿腔的不甘，不願，不屈服……

他忽然道：「把他帶過來。」

刀琴將人帶到了車前。

那小乞丐也不知深淺，更不知他是誰。

謝危問：「幾歲？」

小乞丐擦了擦頭上的血，道：「七歲。」

謝危又問：「有名字嗎？」

那小乞丐說：「沒有。」

謝危便慢慢放下車簾，對劍書道：「帶他回去。」

卻不是去皇宮。

而是去謝府。

只不過，當謝危走入壁讀堂時，那面空無一物的牆壁前，竟已經立了一道身影。

是燕臨。

玄黑的勁裝，讓他看上去挺拔極了。

只是聽見腳步聲，轉過身來時，一雙眼裡浸滿的卻是沉寂的死灰，還帶著一種尖銳的嘲諷。

一柄鑲嵌著寶石的精緻匕首，被他從袖中扔出，落在案上。

燕臨問他：「是你讓人給了她刀？」

謝危沒有否認：「所以？」

那一瞬間，燕臨幾乎騰起了熾烈的殺心，腰間劍峭拔而出，便架在了他的脖頸上！

他簡直不敢想像這個人做了什麼！

坤寧宮裡，從來不敢留什麼鋒利之物，便連金簪他都叫人把尖端磨鈍。

可這個人卻送了一柄匕首進去！

劍鋒挨著他脖頸，已出了血。

燕臨緊咬著牙關質問：「你怎麼敢，你怎麼敢做出這樣的事來！她活著於這天下又有什麼妨礙？她沒有害過你，你有什麼資格逼她去死！」

謝危道：「你怎知，我給她刀，是要她自戕？」

燕臨怔住。

謝危一雙平靜地眼眸，注視著他，分明和緩無波，卻讓人覺出了一種幽微裡蘊蓄的瘋狂，甚至讓人渾身發寒：「既是刀，便人人都可殺。」

他覺得他瘋了。

謝危笑了起來：「只可惜，她是個懦夫，不敢殺你，只敢將刀對準自己！這般的人，便是死了一千一萬，又有何足惜！」

這是他的兄長。

也是他認識了將近十年，共事了五年的先生！

他遞刀給姜雪寧，原來想她殺他！

這一刻，燕臨只覺出了一種莫大的荒謬，幾乎想要將他一劍斬殺在此！

然而燕牧臨終囑託，到底浮現。

劍鋒一轉，最終從他身側劃過，劈落在那書案上，分作兩半：「你我從此，有如此案。是我從來不曾看清你，你是個喪心病狂的瘋子！」

燕臨走了。

謝危似乎並無所謂。

（10）天下

那個小乞丐被刀琴劍書帶下去，洗漱乾淨，頭上的傷口也包紮了，換上合身簇新的衣物，反倒有些忐忑局促起來。

一雙眼看人也帶著濃濃的警惕。

彷彿他隨時可以拋棄這一切，去逃命。
謝危問他：「你想當皇帝嗎？」
那孩子大概已經知道了他身分，有些畏懼，然而又有一種說不出的渴望，直白俐落，竟無半點遮掩地回答：「想！」
謝危突地笑了起來。
他牽了他，往高高的城樓上走。
那孩子問：「我要起個名字嗎？」
謝危說：「以後你可以給自己起。」
那孩子道：「想叫什麼便叫什麼嗎？」
謝危說：「想叫什麼，便叫什麼。」
暮色昏沉，衰草未綠，城外的荒原一直延伸到天邊。
謝危立到了高處。
那孩子拽著他的衣角，站在他身邊，也朝著下方望。
謝危問：「你看到了什麼？」
那孩子道：「光禿禿的地。」
謝危道：「是天下。」
他於是高興起來：「我當了皇帝，那天下就是我的！」

謝危卻搖頭：「不，它不是你的。」

那孩子困惑。

謝危便抬了手，向下面一指：「你看這江山，綿延萬里不到頭，可天下沒有誰是它真正的主人。你貴為九五之尊，也只能使天下萬萬人匍匐在你腳下，卻不能使這天地為你改一分顏色。甚至那跪伏在你腳下的萬萬人，也從來不比你低賤。你是乞丐，能當皇帝。他日你若配不上，這萬萬人當中，總會有人站起來，拚著一死也要將你從龍椅上拽下，為痴愚的世人，講一個他們或恐一輩子也不會明白的道理。」

那道理究竟是什麼呢？

許多年以後，已經成了一代賢君的皇帝，還總時不時從噩夢中驚醒，回想起那個謎一樣的人，留下的謎一樣的話。

可他此刻，卻忘了追問。

只是在回去的時候，他高興極了：「那將來我有喜歡的人，可以封她做皇后，還有喜歡的，也都可以封作妃子。」

謝危沉寂不言。

他便迷惑地看他：「先生沒有喜歡的人嗎？」

謝危喉結湧動了一下，彷彿壓抑了什麼，最終卻還是什麼也沒有說。

後來的賢君偶爾也會回想起這一幕來，卻仍覺在迷霧中一般：那樣的神情，真的沒有喜歡的人嗎？那或許，總是有過某一個極為特殊的人，曾為他劃下一道深痕。

（11）雪盡

最後的那幾天，謝危並不住在宮裡，也不住在謝府。

他住在白塔寺。

住持方丈則在附近的山中修行。

春來的前一日，謝危上山去看望。

山中春來晚，越往高處越冷，茅屋前竟然飄了雪。

忘塵方丈在沏茶。

他坐下來喝了幾盞，看庭前的雪，將屋簷下一隻小小的水罐蓋滿。

忘塵方丈說：「世間事，有時看不破倒好，人在世間，活一條命，許多人庸庸碌碌便也過了。」

謝危卻說：「那有什麼意思？」

忘塵方丈輕輕一嘆，宣了聲佛號：「你這又是何苦？」

謝危枯坐良久，一搭眼簾，道：「倦了。」

人生世間，各有其苦。

接下來誰也沒有說話。

喝完這盞茶，他告了辭。

臨走時，又瞧見屋簷下那罐雪，於是向忘塵方丈要了，帶下山去。

忘塵方丈說：「雪下山就會化的。」

謝危沒有回答。

到得山下，他將那罐子置在潮音亭內那張香案，裡面的雪已經開始融化。

儒釋道三家的經卷，都被他堆在亭下。

一把火點上，燒了個乾淨。

她說，求他念在當年喂血之恩，以她一命，換張遮一命。

可張遮自定己罪，不願苟活。

那他到底不算同她兩清。

欠了命，得要還。

謝危盤膝坐在香案前，看那罐雪慢慢化，也等著那些經卷漸漸燒盡，擦不乾淨血跡的金步搖擱在正中，邊上是一方乾淨的絹帕。

他垂眸解下了腕間刀。

薄薄的刀刃折射了一縷明亮的天光，映入他眼底，卻未驚起周遭半寸塵埃。

午後負責為碑林燃香的小沙彌進來，三百義童塚的碑林裡，那一塊被人劃了名姓的石碑後，不知何時竟挖開一座新坑。

到得潮音亭前，只見許多血從上方順著臺階，蜿蜒下來。

雪白的道袍紅了半片。

香案上一柄薄刃短刀，用過後，被擦得乾乾淨淨，與那金步搖並排放在一起。

罐中無雪，只餘一半清水。

這個曾如陰影一般籠罩在新王朝上空的男人，就在這樣一個春將至、雪已盡的午後，離奇而平靜地去了，沒有為世間留下隻言片語。

大婚番外篇　此心寄予明月知

（1）雞頭米

一晃已是六月，滿街暑氣，街市兩邊的攤販都打起了蒲扇，在漸漸沉下的暮色裡有氣無力地吆喝。

謝危傍晚從宮裡出來，瞧見路邊有人賣新鮮的雞頭米，想起姜雪寧愛吃，便從馬車上下來，親自挑了半斤買下。

那小騙子現在該還在他府裡呢。

原是他揪她來學琴，沒料想黃河水患，忽然找他去朝裡議事。一去就是兩個時辰，到現在才回。姜雪寧那性子，該等得不耐煩。不買點東西把她嘴塞上，一會兒同他講起歪理來，只怕又有一堆的藉口不學琴。

劍書留在府裡伺候。

謝危才遠遠到斫琴堂外面，就瞧見他愁眉苦臉站在廊下，彷彿遇了難事。再一聽裡面，半點兒聲音都沒有，更別說是琴聲了。

他走上來問：「人跑了？」

劍書硬著頭皮：「倒沒跑，就是，就是……睡著了。」

謝危：「……」

真是一點也不意外。

他抬步走進去，便看見那張「蕉庵」斜斜擺在琴臺上，而姜雪寧歪在窗下那張羅漢床上，眼睛閉著，香夢正酣，琴譜就正好掉在她手邊的地上。西面的晚霞映滿窗紙，光線便暈開了，均勻地塗抹到她身上，彷彿柔柔地上了一層水粉。

謝危靜立在門口，看了片刻。

末了還是輕輕嘆了口氣，放輕腳步，走到她身邊，將那卷琴譜從地上撿起，放回桌上，坐在旁邊剝起了雞頭米來。

拿青瓷小碟盛了，一粒粒雪白。

姜雪寧是被那股淡淡的清香勾著饞醒的，睜開眼時，天色早都暗了。

斫琴堂裡，點了一盞燈。

謝危就背對著她，坐在那燈旁，聽見動靜，頭也不回地問：「醒了？」

姜雪寧原本只醒了一半，聽見這清清淡淡的嗓音，剩下那一半登時也醒了，一個激靈翻身坐起來，就跟老鼠乍然見了貓似的，警惕道：「說好了今日你教我學琴，可你半道走了，我睡著那也不能怪我。你回來也沒先叫我，所以也不能罰我……」

謝危停下來斜她一眼。

姜雪寧立刻閉嘴。

他輕輕一敲旁邊的桌面，姜雪寧便會意，老老實實地坐了過來。這一下，才看見桌上已經剝好的雞頭米，一時望著他，倒有點怯：「給我剝的？」

謝危眉梢一挑：「不吃？」

這哪兒能不吃？姜雪寧可就是被這玩意兒饞醒的。聽見謝危這句，她立時眉開眼笑，把那只青瓷小碟，扒拉到自己面前來，美滋滋地挑揀著，先吃小的，大的留到後面。

謝危看得發笑：「妳這吃法，倒像是不省著下頓就沒得吃了一樣。」

姜雪寧咕噥：「下個月就要跟你成親了，說不準真就沒得吃了呢？」

親事是兩個月前訂的。

謝居安這人既不請媒也不邀妁，自己抄了一封庚帖，給姜伯游遞了。

姜伯游眼見昔日同僚竟要成自己女婿，就算是早先有所猜測，也沒料想來得這樣快，不免面色難看，氣得在自己書房裡面大罵。可謝居安早命人將流水似的彩禮抬了，綿延三五里，抬到姜府門口，便是早些年皇妃進宮也沒有這樣大的排場。

滿京城都知道這事兒板上釘釘。

姜伯游再不願意，胳膊也擰不過大腿，只能忍氣應下。孟氏的態度如何不得而知，反正謝危沒讓半點閒言碎語傳到姜雪寧耳朵裡。

婚期便落在下個月十六。

按著京中嫁女的風俗，這些天他們不該再見了，只是謝危這人霸道，仍舊以學琴的名義把姜雪寧抓來，氣得姜雪寧每天悄悄罵他一回。現在這是借著他的話，當面損他呢。

謝危心想，她膽子倒是越來越大了。

只是一轉念——還不是自己慣出來的？

於是一笑，也不去計較了，只道：「剛才在內閣，聽姜伯游說，妳這兩天在收拾東西，好像準備出遠門？」

兩年前，她跑過一回。

那一次，謝危沒留住。

眼下他聲音雖然稀鬆平常，可目光卻靜靜落在她身上，錯也不錯半分。

姜雪寧剛拈起一粒雞頭米的手指，便忽然頓了一下。

她搭垂著眼簾，慢慢將這粒雞頭米放了回去，過了好半晌，才抬眸看向謝危，輕聲道：

「成親之前，我想回去，看看婉娘。」

（2）野山棗

姜雪寧真的回去了，只不過這次有謝危陪著。

當年婉娘帶著尚在繈褓中的姜雪寧，被趕出姜府，棲身於遠離京城的一座田莊。

那個地方叫青瓦莊，真就是瓦片大小一塊地方。

在群山環抱之間，東面臨著悠悠長河。

人們種稻養豆，務農為生。只有富裕些的人家，屋頂上會蓋有瓦片；窮一些的，便燒黃泥磚做牆，鋪乾茅草為簷。

夏天來了，有風有雨也有稻花香，姜雪寧就光著腳從田埂上跑過，去叫地裡勞作的婉娘回家；冬天來了，有雪有霧也有山棗紅，姜雪寧就爬上樹摘下棗，用清溪水洗了喚她吃。

那會兒只有外人叫她婉娘，而她喚她「娘親」。

她們在這兒相依為命十四載。

只可惜，竟是一場謊言。

在她十四歲那年，婉娘一病，撒手人寰，從此命運向她開了個巨大的玩笑，將她推入了泥淖的深淵。

一輛光鮮的馬車，載著惶然不安的她，駛向京城；病去的婉娘則被草席一裹，黃土一覆，埋在了青山腳下。

那座墳頭，久無人打理，已長滿了荒草，連墓碑上寫的名字也被經年的雨水侵蝕，刮得看不清了。

姜雪寧帶了一小罈杏花釀，一小碟桃片糕，放到她墓碑前，輕聲道：「婉娘，我回來看妳了。」

謝危立得遠遠的，並不靠近。

姜雪寧便把周圍的荒草都壓平了，抱著膝蓋坐下來，同她講姜雪蕙：「她嫁給了沈玠，是個王爺，雖然只當了側妃，但衣食無憂，人也不愁。她成婚的時候，我把鐲子給了她，說是妳送的。她……」

聲音一頓，她笑了一下，淚卻從眼底滾落。

姜雪寧撒了謊：「她見了很喜歡，戴在腕上也很好看。還說，等回頭得空了，就專程回來看妳。」

山風撫過層巒，樹裡蟬鳴陣陣。

她的聲音也風似的輕快：「我也見過京城啦，就像妳說的那樣，真好，真漂亮，到處都是人。可我在那裡待了好久，總也不如這裡自在。妳若是活著，怕要罵我不知好歹了吧？」

婉娘對她好，也對她不好。

可兩世輾轉，愛恨如痴，那些不好的，固然為她留下了深深的傷痕，可經歷的時間久了，竟慢慢淡了。

前世她恨，求自己所未得，最終迷了路；此生她愛，索性不去強求，卻柳暗花明。

人活著，總歸得往前走。

這一天，姜雪寧像是回到了童年時，向她絮絮叨叨，說著自己在外面的收穫，結交的朋友，一直坐到霧隱山巒，夕深露重。

回去的馬車上，她掀開一角車簾，遠遠看著那座小小的墳塚。

謝危輕聲問她：「還恨她麼？」

姜雪寧久久沒有回答，只是盯著遠處，看四合的暮色將那座墳塚吞沒，慢慢道：「燕臨說，她愛我。我想，她為我穿衣，給我做飯，就算沒有愛姜雪蕙那麼多，也至少分給過我一點點。除了姜雪蕙，我就是她第二愛的人。多也好，少也罷，總歸有，不是麼？」

謝危的心，忽然被什麼揪住了。

他伸出手，攬住她的腰，摩挲著她的耳垂，轉過了她的臉來，便見她眼睫濡濕，眼眶也紅了。

姜雪寧望著他，卻問：「你恨過我嗎？」

謝危靜默不語。

姜雪寧便道：「當年，婉娘的心裡，只有姜雪蕙，沒有我，我恨過她。所以便想，那時我眼裡只有張遮，沒有你，你該也恨過我吧？」

謝危竟輕笑一聲，一巴掌拍她腦門兒上：「恨？再胡說八道，信不信回去讓妳抄琴譜！」

姜雪寧怔住，捂住自己腦袋，呆呆看著他。

謝危便看著她，不住搖頭：「笨，真是笨，無可救藥的笨！」

姜雪寧怒了：「說話就說話，你罵我是什麼意思？」

她這一怒，方才泫然欲泣的眼淚也回去了，往日張牙舞爪那勁兒便也回來了。

謝危這才看得舒坦了些。

一手搭著姜雪寧，一手卻支著腦袋，他靠坐在搖晃的馬車裡，倒是難得有了幾分懶洋洋的溫吞相，只道：「我既知自己不會輸，又怎會生恨？早也好，遲也罷，總歸贏了，不是麼？」

總歸贏了……

這便是謝居安。

姜雪寧看著他，本該笑出來，可不知為何，心裡卻只湧出了一片酸澀。他才智無雙，素有聖名，可對著她，卻從來不問一個「愛」字。彷彿他不在乎她是不是真的喜歡他，只要朝夕陪伴，便不奢求更多。

他這半生，分明比世人都苦。

可倘若只看他這一身清冷出塵，誰又能窺知端倪？

姜雪寧輕輕地靠了過去，小聲道：「先生總說旁人笨，可學生看，先生也不比旁人聰明多少。」

謝危看她。

她卻已閉上了眼睛。

馬車搖搖晃晃，再一次駛向京城。只是這一次，車內的兩人不再彼此戒備，生疏地相對而坐，而是相互依偎著，像是寒風裡彼此依靠著取暖的鳥雀。

等到下車時，謝危伸手去扶她。

姜雪寧卻將一枚野棗放到他掌心：「謝居安，我的喜歡，來得遲了一些，或許還沒攢得那麼多，積得那麼深。但你不要恨我，我請你吃棗，好不好？」

那是一枚半紅的野棗。

儘管還沒熟透，卻是她在回來路上，踮起腳尖所能勾到的枝條上最紅的那一顆。

在馬車上攥了一路，猶帶著她掌心的溫度。

謝危看著，竟怔了許久，卻是一把把姜雪寧擁進懷裡，抱得緊緊的，聲音微啞：「傻寧二，妳話這樣講，我怎麼捨得吃？」

夜裡一片靜寂。

他能聽見自己鼓噪的心跳，湧流了一腔溫熱的血，驅走風裡夾帶的寒意。

（3）金壽錢

姜雪寧同謝居安成婚的那一日，天氣極好，滿京城都在議論。

街頭巷尾，無人不知；世家貴族，盡皆赴宴。

大紅的嫁衣，又一次穿在了身上。只是這回，花轎去的不是臨淄王府，而是謝氏宅邸。

姜雪寧的心裡，也一片安然。

謝危雙親不在。

兩個父母緣不深的人也不願請誰來拜，便索性拜了兩張空椅子。

已是刑部侍郎的張遮，與眾人一道坐在席面上，其母蔣氏同來觀禮，不免小聲埋怨他：「還好人家姑娘找著個好歸宿，不然你說你造多大孽！」

張遮不反駁，還「嗯」了一聲。

禮成後，府裡便有丫鬟端來一碗水餃，放在蔣氏面前，笑著說：「我們姑娘，啊不，該叫夫人了，特意著人煮的福餃，長輩分兒的人都有。」

蔣氏一吃，竟吃出三枚金做的圓錢來。

每一枚上頭，都刻了個「壽」字。

丫鬟伶俐，便在旁邊說：「這是長命百歲錢，天增福人增壽，您老人家一定長命百歲！」

蔣氏喜得眉開眼笑，還把那三枚錢給張遮看。

張遮卻瞧得分明：那錢上的壽字，雖努力做到了橫平豎直，可刻字的人腕力不夠，便顯得有些稚拙。

這般的字跡，他是認得的。

於是萬般的情緒點滴浸上心頭，末了卻溫溫地暈開，染得他唇畔掛出一抹笑，只向蔣氏道：「好兆頭。」

那頭坐的呂顯原不是什麼長輩，但為著謝居安拿天下當籌碼公然搞兒女情長的事，他十分不爽，偏要占這便宜，充一回長輩，便硬要人給自己端了一碗來吃。誰曾想，還真吃出來一枚錢。

只不過是個銅的。

面上寫的還是個「祿」字，簡直像是明晃晃譏諷他功名利祿求不成。

呂顯差點沒氣歪鼻子，憤怒地嚷嚷起來：「絕對是故意的，姜雪寧她絕對是故意整我的！沒有這麼巧的事！」

刀琴劍書都站得遠遠的，才不搭理他。

呂顯到底也不敢拿了那枚錢去找謝居安說理。畢竟這種日子，若敢去尋他晦氣，說不準便被亂棍打出來，到時顏面盡失，犯不著。

席面上，一時是歡聲笑語，觥籌交錯。

只是也有一道人影，在觀完禮後，便出了廳堂，誰也沒驚動，似乎是要悄然離去。

只不過謝危穿了一身喜服，站在外頭廊下，淡淡地叫住了他：「這麼遠回來，不多坐會兒嗎？」

那道身影長而直，還沾著點僕僕的風塵。

少年將軍的輪廓已變得深邃而成熟，氣質也完全沉了下來，眉目裡卻是點分不清是夢還是真的朦朧。

燕臨道：「看上一眼罷了，倒也不必久留。」

謝危知他或有心結未解，只抬起頭來，看了看院中濃蔭，輕嘆一聲道：「難得回來一趟，侯府庭中那一樹櫻桃已經熟了，你若要走，記得摘一捧，路上吃吧。」

燕臨便看向了旁邊一牆之隔的勇毅侯府。

他終究是慢慢笑了一笑，道：「好。」

舊日的少年，到底還是步履匆匆的去了。

謝危在原地站了許久，才回過身，往那高燒著紅燭的新房走。劍書叫他去宴賓客，他說不去；刀琴請他去見同僚，他說懶得。

一路回去，進了門，只把姜雪寧那蓋頭扯了，問她：「想不想出去？」

姜雪寧傻眼。

他一笑，大半夜裡，拉著同樣穿了一身喜服的她，直接打院中牽了一匹馬，扶她上去，自己坐在她身後，便縱馬疾馳，竟往山上去。

姜雪寧被他嚇得不輕：「謝居安你發什麼瘋！」

謝危只在她身後暢快地笑：「我一直瘋，妳才知道？」

姜雪寧無話可說，心跳如擂鼓。

山間樹影重重，十六的月亮異常地圓，偶爾透過樹縫，漏下來幾縷光，便像碎銀子似的亮著。蟲聲鳥語，都被馬蹄聲驚了。

謝危在山崖前勒馬，拉著姜雪寧攀了上去。

山頂上視野陡然開闊。

夜空裡霜月大如玉輪，遍野山花漸謝，落蕊如雪，遠遠能看見斜對面的山上有座古寺，幾枚星子便灑在那古寺簷角，墜在那山坳幽谷。

姜雪寧登時為之一震。

謝危便執了她的手，與她並肩而立，道：「十五的月亮總是十六才圓，可見遲也有遲的好。我早年在江湖間顛沛，與人論道，訪幽至此，到這山崖上，見過這般景致。當時從未想過，將來要與別人一塊兒看。可自打那天換過庚帖，與妳訂了親，我便想，等成婚這一日，一定要帶妳上來看看。」

姜雪寧抬頭仰望那輪大得離譜的月亮，不由笑出聲來：「別人成婚喝熱茶吃熱酒，你成婚卻帶我吹冷風，看爽月，可真行。」

謝危認真看她：「不喜歡嗎？」

姜雪寧也回望他：「不，很喜歡。」

只不過……

她突地嘆了一口氣：「但下回這麼高的地方，可別帶我來了，萬一摔下去，可怎麼辦？」

謝危道：「這麼怕死？」

姜雪寧白他一眼。

謝危笑她：「人慫膽小。有我在，妳怕什麼？便妳不小心掉下去，我也會跟著妳，縱身一躍——」

他眉眼清雋，衣袂飄搖。

姜雪寧聞言回望他，一時竟覺他是那天上的謫仙，乘著這一陣風，便要歸去，於是伸手將他袖子拽住。

謝危一怔：「怎麼了？」

姜雪寧只是想起了那一天在城門外，遇見張遮。風和雨，模糊了他的面容，也讓她覺得自己所聽聞的聲音，變得不真切起來。

她想，謝居安怎麼會自戕呢？

他顛覆了王朝，報得了大仇，從此該權柄在握，快意地活在世間，誰也不能拿他怎樣。

可張遮說……

姜雪寧眼睫微微一顫，卻不敢向眼前的謝危吐露半個字，只慢慢道：「我想活久一點，一百歲不嫌短，兩百歲不嫌長。」

謝危道：「那不老成了妖怪？等妳年紀大了，臉上會長滿皺紋，頭髮也會變白，牙齒都會掉光。」

姜雪寧道：「那又怎樣？」

謝危敏銳地察覺到：「妳有心事，在想什麼？」

姜雪寧笑：「想你，想你長命百歲。」

「……」

謝危回首看她。

她卻將一枚刻了「壽」字的金錢，放進他手裡。

山風吹亂了她鬢邊垂落的長髮，她眼底倒映著夜空的星斗，盛了一天的月色，認真地凝望著他，柔軟得不像話。

謝危看著那一枚錢，靜默了好久，才輕笑一聲：「好。」

（番外篇完）

後記

信仰真實

前幾天忽然被告知因本書將被出版為繁體中文，出版方希望作者能為本書寫一篇後記，然而我當時正在旅途中，一來一心要借旅行逃避一段時間的俗事，整理身心，甚至不想回覆任何來自都市的消息；二來距《坤寧》完成已有兩年多，我又並非那種會時不時回看自己作品的寫作者，書裡的人物和劇情都已模糊，僅能記起個大概，假如立刻就寫出一篇後記來，未免有些敷衍。

因此，拖延在所難免。

不出意外的話，以我拖延症晚期的情況，這篇後記拖到一個月後再交似乎也並無不可。但大概是天要治我，在旅行暫告一段落的次日，一位合作方便忽然來問：「謝危前世對姜雪寧的感情是喜歡嗎？」我一時竟也無法給出完全肯定的答案，只能翻書找出相關情節提供給對方。

不否認一部分作者的創作多少是摻雜著商業因素的，但在諸多動因之中，「喜歡」甚至「熱愛」毫無意外應當排在最前列——塑造自己為之傾倒的角色，推進自己為之動容的情節，表達自己或強烈或隱微的觀念，完全為自己而寫。

這也就意味著，這本書不論他人是否能閱讀或喜歡，至少寫作者本人喜歡，是這本書最契合的受眾，會被自己所創造的人物和情節吸引，也許這也算是創作者「自戀」的一種體現吧。

無論如何，我並非上述中的例外。

在為回答合作方問題而翻找情節的過程中，我被自己兩年前寫的這本書吸引了，當晚就順著相關章節往下翻，原本以為已經模糊的那些人物都隨著閱讀漸漸重新清晰，原本以為已經淡去的創作時的情緒也隨著故事的起伏重新濃烈，就這樣一直看到了凌晨三點。

我以為作品完成，就應當封存，從此以後與創作者無關，一個合格的創作者也不應再對作品發表更多的言論，那會破壞作品在讀者心中已有的感覺。但在重溫《坤寧》之後，我發現，大概自己還不能算一個合格的創作者，也或許是在本書完成兩年後，心境和寫作觀念也有所變化，對這本書，我竟然有話想說，並且有不少話想說。

寫這本書的初衷其實非常簡單：我就要寫一個被很多人喜歡著的、愛著的女主，寫她和不同男性甚至女性之間的羈絆，寫她重生後要風得風要雨得雨，最重要的是挽回自己遺憾的故事。

故事的基調本應是昂揚向上，甚至是輕鬆爽快的，然而我本人卻並非一個輕鬆詼諧的人，在大多數的時候我是那種聽別人講笑話都無法意識到那是個笑話、總要慢幾拍才反應過來的人，過於無趣、刻板，甚至嚴肅。寫作者無法背叛他們的創作觀念。所以寫著寫著，故事有些偏向嚴肅和沉重，導致不同風格的劇情和設計在前後顯得有些割裂，又因為網路連載的原因，部分劇情設計並未經過深思，難免失之草率。

從這個意義上講，這本書實在算不上優秀。

但我喜歡它。

文無第一，對創作者來說，世上很難有完美的作品，所有人都在追求完美的路上。我喜歡這本不完美的、有缺陷的書，正如喜歡書中不完美、有缺陷的那些人。

姜雪寧不完美，她前世悲劇的命運早就在婉娘為了報復將她與姐姐掉包時，就已經起筆。在回京前，養母知道她是自己仇視的人的女兒，不會愛她；在回京後，生母厭憎她被仇人養大，也不願愛她。她想要的一切都需要付出和爭取，年少時成長環境的改變也讓她敏感、自卑，來自親人的不理解、不寬容，加重了她身上的反叛，但也因此，她並未真正地學會那些世故、圓滑、虛偽，她是不守規矩的、鮮活的、熱烈的、真實的，甚至連她自以為的「壞」，都是不加掩飾的。

其他人也是因此被她吸引。

尤其是謝危。

相比起姜雪寧，謝危似乎要「完美」一些，他懂得忍耐，通曉智慧，深諳規則，甚至有種遺世獨立的清醒，但他唯獨無法「真實」地活著。從年幼時那一場宮變開始，他就已經見識過人心裡最血腥的虛偽，也對世間所謂的「君臣有別，貴賤不等」的規則產生了深深的質疑。從那個大雪天以後，他捨棄了舊日的名姓，以「謝危」為名，披上聖人的皮囊，掩蓋魔鬼的心腸，然後以「復仇」為中心，編織著自己人生中的一切——除了姜雪寧。

她是一個意外，也是一個例外。

謝危本已見慣人心的幽暗，從不期待有誰會在危難時向他伸手。上京時，洞察人心如他。輕易便能看出姜雪寧驕縱不善外表下隱藏的不安，但也並不上心。然而在遭遇伏擊，落入險境時，原本那個對他不假顏色甚至討厭他的小姑娘，卻不惜割腕放血救他，甚至訓斥他、摔爛了他不願離身的琴。

姜雪寧的本性是善良的，愛與恨都是不加遮掩的真實。

但謝危偏偏無法展露自己的真實。

他憎惡虛偽，又不得不以虛偽為方式，達成自己復仇的目的，正如他自己所言，連喜歡一個人都不會讓對方知曉。黑暗裡的人會渴望光，活在虛偽裡又憎恨虛偽的人，不可避免地會被那個真實的人吸引。所以即便前世，謝危也會為姜雪寧動心，但喜歡的是她真實的好，厭憎的是她真實的壞，是作為旁觀者的、單方面的愛恨交織。

甚至我忍不住想過，即便在入宮後被朝野上下詬病，市井流言非議，姜雪寧也還是那樣真實地活著，而看似為士林所敬仰的太師謝危、為天下所傳頌的聖人謝居安，在沉默中注視她帶著一身毫不掩飾的張揚從遠處走過時，在厭憎之外，會否也生出一點連自己也不願承認的羨慕？

姜雪寧為救張遮而選擇自戕，意味著她已經勘破了世間名利的羈絆，洗盡塵埃，重新回到善良的本真，一如年少時割腕救謝危。

只不過彼時救謝危，是出於天性中的善，此時救張遮，卻是出於她對張遮的嚮往和愛。愛是更大的善。

長劍墜地，晴陽化雪，謝居安理所當然地恍惚，為著那一點連自己都沒有理清甚至沒有意識到的念想，也理所當然地嫉妒，嫉妒那個能讓她捨命相護的張遮，所以連她托衛梁帶給張遮的那一枝綠梅，他也要毀去。

姜雪寧的重生，是一次返璞歸真。

這理應是一個人依靠前世的經歷重新體悟、慢慢治癒自己的故事，只是受限於我當時笨拙的想法和粗淺的筆力，並未完整地完成。假如在兩年後的現在，也許能寫得更好一些。只是每一本書，於作者而言，都是人生中的一個印記。這個不完美但真實的姜雪寧，就是我在寫作《坤寧》的一年裡所留下的印記，過去的心境絕不會再重來，我無法也不願重寫這個故事，所以只能任由它不完美地存在於這個世界上，也感謝每一位能看完這個故事的讀者對這個不完美故事的寬容和喜愛。

時鏡　於２０２２年７月

國家圖書館出版品預行編目資料

坤寧 / 時鏡作 . -- 初版 . -- 臺北市 : 臺灣角川股份有限公司 , 2023.09-

冊 ; 公分

ISBN 978-626-352-937-3（第 8 冊 : 平裝）

857.7 112011314

坤寧 八

2023年9月21日 初版第1刷發行

作者　時鏡

發行人　岩崎剛人
總監　呂慧君
編輯　陳育婷
設計主編　許景舜
印務　李明修（主任）、張加恩（主任）、張凱棋

台灣角川

發行所　台灣角川股份有限公司
地址　104台北市中山區松江路223號3樓
電話　（02）2515-3000
傳 真　（02）2515-0033
網址　http://www.kadokawa.com.tw
劃撥帳戶　台灣角川股份有限公司
劃撥帳號　19487412
法律顧問　有澤法律事務所
製版　尚騰印刷事業有限公司
ISBN　978-626-352-937-3

原著書名：《坤寧》由北京晉江原創網絡科技有限公司授權出版。